SV

NORA
BOSSONG

REICHS
KANZLER
PLATZ

Roman

Suhrkamp

Klimaneutral
Druckprodukt
ClimatePartner.com/14438-2110-1001

Erste Auflage 2024
Originalausgabe

Umschlaggestaltung: Rothfos & Gabler, Hamburg,
unter Verwendung eines Motivs von picture alliance/
Fotoarchiv für Zeitgeschichte (Köpfe) und
eines Motivs von Midjourney (Hintergrund)
Satz: Dörlemann Satz, Lemförde
Druck: CPI books GmbH, Leck
Printed in Germany
ISBN 978-3-518-43190-0

www.suhrkamp.de

REICHS
KANZLER
PLATZ

Was Ihr seid – das waren wir
Was wir sind – das werdet Ihr

Schriftzug beim Friedhof Pritzwalk

1919-1927
Madame Quandt

I

Lange hatte ich keine Vorstellung vom Tod. Die Geschichten, die meine Eltern mir als Kind erzählten von Wolken und Engeln und Flammen und Teufeln, blieben mir so fern, dass ich nicht einmal Angst davor hatte. Vielleicht, weil meine Großeltern schon vor meiner Geburt gestorben waren, konnte ich die Bedeutung dieses vollkommenen Verlusts einfach nicht verstehen, und dass mein Vater am Ende meines ersten Schuljahrs einige Tage lang nur noch zart mit dem Leben verbunden gewesen war, hatte meine Mutter gewissenhaft vor mir verborgen.

Auch das, woran ich heute denke, ist wohl nicht mehr als eine Hilfskonstruktion. Ich denke an Hellmuts Mutter. Sie starb kurz nach dem Krieg an der Spanischen Grippe, und ich habe sie nie kennengelernt. Hellmut kam erst einige Monate später in unsere Klasse, blass und schmal, als sei er selbst erkrankt. Der Tod seiner Mutter war das Erste, was wir über ihn wussten, das Zweite war, dass sein Vater ein großes Unternehmen führte, und in der Pause wurden wir von unserem Lehrer geschickt, ihm unser Beileid auszusprechen, man wusste nicht so recht ob für das eine oder das andere.

Meiner Mutter imponierte der Name der Familie, obwohl mein Vater meinte, im Generalstab habe noch nie jemand von einem Quandt gehört. Sie drängte mich, auch einen Kondolenzbrief zu schreiben, aber auf dem Papier fand ich keine passenden Worte. Hellmuts Mutter war ja nicht fürs Vaterland gestorben, wie einige Väter, die aus dem Krieg nicht zurückgekommen waren, ihr Tod ergab überhaupt keinen Sinn. Das schrieb ich und zerriss das Blatt wieder, es klang wie ein Vorwurf.

Ich zeigte Mutter den zugeklebten und adressierten Umschlag mit dem schwarzen Trauerrand, und sie schickte mich mit fünfzehn Pfennig fürs Porto los. Draußen warf ich den leeren Umschlag in einen Mülleimer. Vom Geld wollte ich eine Rippe Schokolade kaufen, zögerte aber und ließ es später einem der Kriegsinvaliden in seinen Blechtopf fallen. Ich dachte, so käme ich vielleicht mit dem Gewissen davon.

Trotzdem vermied ich es, mit Hellmut allein zu sein. In der Turnumkleide gehörten wir beide zu den Langsamsten. Waren nur noch drei oder vier Jungen in dem nach Talkumpuder und Kinderschweiß müffelnden Raum, dachte ich, die anderen könnten mich mit Hellmut zurücklassen. Sagte ich dann nichts, wäre es, als würde ich mein eigenes Versäumnis gutheißen; sagte ich etwas, erinnerte ich Hellmut wieder an den Verlust seiner Mutter. Je länger die Zeit der Kondolenz vorbei war, bald sechs Monate, dann schon mehr als ein Jahr, desto peinlicher wurde es. Ich verließ die Umkleide meist mit offenen Schnürsenkeln.

Dann kam die Woche nach den Osterferien, Hellmuts Ankunft am Arndt-Gymnasium jährte sich zum zweiten Mal, und obwohl ich erst zwölf war und von Politik nichts verstand, spürte ich die Hitzigkeit auf dem Schulhof, die nicht zum vereisten Boden und den Atemwölkchen der Umstehenden passte. Kurz vor den Feiertagen hatten die Kommunisten mit Schusswaffen und Sprengstoffanschlägen einen Umsturz versucht. Reichspräsident Friedrich Ebert hatte den Ausnahmezustand verhängt, und fast zweihundert Menschen waren bei den Unruhen erschossen worden. Ich dachte wieder an den Tod und wie absurd und endgültig er sein musste.

Als Hellmut sich im Unterricht zu mir umdrehte, fühlte ich mich unwohl. Ich riss ein Blatt Papier aus meinem Heft und schrieb den Kondolenzbrief. Es ging mit einem Mal ganz leicht. Ich schrieb, dass ich ihm schon lange hatte schreiben wollen, aber nicht die richtigen Worte gefunden hätte. Ich schrieb, dass es die richtigen Worte vielleicht gar nicht gäbe, er aber dennoch wissen solle, dass mir seine Trauer nicht egal gewesen sei. Ich hätte sie ihm gern etwas leichter gemacht und zugleich gewusst, dass das nicht ging.

In der Pause ging ich auf ihn zu. Er sprach mit zwei Jungen aus einer höheren Klasse, die wie er unter der Woche als Internatsschüler im Haus Wettin wohnten, und sah sich nur unwillig zu mir um. Ich sagte, es täte mir leid, und reichte ihm den Zettel.

Natürlich verstand er nicht, was ich meinte, es war ja schon so lange her. Die beiden Älteren feixten, und meine Ohren liefen heiß an. Dann, wie um mich zu retten, klarte sich Hellmuts Gesicht auf, und er versicherte mir, es sei nicht so schlimm, sie wären schließlich im Skiurlaub gewesen, und wir könnten an einem anderen Tag den Lernstoff nachholen. Er wandte sich wieder ab, ich aber blieb hinter ihm stehen und sagte halblaut: Morgen?

Nein, Sonntag, gab er zurück, und wohl nur, um mich loszuwerden, fügte er hinzu: Da bin ich zu Hause.

II

Später habe ich mich gefragt, warum er die Verabredung nicht einfach zwischen zwei Unterrichtsstunden wieder auflöste. Vielleicht hielt er es für abwegig, dass ich wirklich vor der Villa seines Vaters stehen könnte. Damals dachte ich darüber nicht nach, sondern berichtete meiner Mutter davon wie von einer guten Note. Sie legte mir meinen besten Anzug raus und gab mir Geld für Blumen. Aber keine Rosen, schärfte sie mir ein, und am Sonntag überreichte ich Hellmuts Stiefmutter einen Nelkenstrauß. Ich wusste noch nicht, dass sie als Kommunistenblumen galten, und seine Stiefmutter ließ sich nichts anmerken. Mir fielen ihre großen, kühlen Augen auf, und ihr Gesicht erinnerte mich an die Marmormadonna, die ich auf einer Florenzreise mit meinen Eltern gesehen hatte.

Weil sie so gut Französisch sprach, nannte Hellmut sie Madame Quandt. Mutter werde ich nicht zu ihr sagen, damit du es weißt. Mir schien Mademoiselle passender, aber das ging natürlich nicht, schließlich war sie verheiratet, und auch noch mit dem Herrn des Hauses. Vor drei Monaten hatte die Hochzeit stattgefunden. Sie war keine sieben Jahre älter als Hellmut. Im November würde sie zwanzig werden; wir hatten April.

Hellmut führte mich in seinem Zimmer an den Regalen vorbei, in denen sein Spielzeug wie in einem Kaufhaus ausgestellt war. Kaum etwas sah benutzt aus. Er sei jetzt natürlich zu alt dafür, erklärte er und nahm eines der Modellautos herunter. Aber wir könnten hinausgehen und die Autos im See versenken. Das würde Madame Quandt verlegen machen, weil sie nicht wusste, ob sie ihn ausschimpfen dürfe.

Ich folgte ihm gehorsam und zerschlug den Romano-Rennwagen auf dem Parkweg. Die Felge splitterte, und ein Gummirad rollte in den Rasen. Als ich aufblickte, bemerkte ich, dass der April hier bereits wie Frühsommer aussah. Die Bäume blühten violett und purpur, und die Rabatten waren mit sternblättrigem Blau überzogen. Dahinter, auf dem sandigen Babelsberger Grund, stand die Villa mit ihren zahllosen Fenstern und Dachvorsprüngen, sauber, leblos und monströs.

Mein Brief sei seltsam gewesen, sagte Hellmut und trat nach dem Romanowagen. Eigentlich kitschig. Ich sah auf die Rauten der Wegplatten und wollte mich entschuldigen, aber Hellmut fuhr fort: So sei man nicht in Kondolenzbriefen. So ehrlich. Da logen die Leute vor lauter Hilflosigkeit noch mehr als sonst. Vielleicht, fügte er hinzu, habe es ihm gefallen, aber sicher sei er sich nicht.

Am Ufer zeigte er mir, wie man mit einem Käscher nach Fröschen jagte. Mit einer schnellen Bewegung aus den Schultern ließ er das Netz ins Wasser dippen. Ein Frosch blieb zappelnd hängen, und Hellmut hielt ihn mir vors Gesicht. Das Tier spreizte seine schlangenhaften Beine und glotzte mich an. Ich fand hübsch, wie Hellmut lachte, auch wenn vielleicht etwas Bösartiges darin lag. Dann verlor er das Interesse an dem Tier, warf es ins Gebüsch und stocherte mit dem Stiel des Käschers im Froschlaich, bis die kleinen Blasen über den See trieben.

Weißt du, wie sie früher hieß?, fragte er unvermittelt, und ich kann nicht mehr sagen, woher ich den Namen kannte, aber ich antwortete: Ich dachte, Ritschel.

Hellmut lachte, wie er über den Frosch gelacht hatte.

Davor, sagte er.

Ich verstand nicht, was er meinte. Ich konnte mir nicht vorstellen, dass Madame Quandt schon einmal verheiratet gewesen und bereits Witwe war. Natürlich war durch den Krieg vieles möglich, Madame Quandt konnte mit siebzehn die Nachricht erhalten haben, dass ihr Mann gefallen war, aber es passte nicht zu meinem flüchtigen Bild von ihr, das mir rein und schwebend erschien wie das der Jungfrau Maria.

Davor hieß sie Friedländer, sagte Hellmut.

Ist sie Jüdin?, fragte ich.

Ihr Stiefvater ist Jude, und einen besseren Namen hat sie nicht abbekommen. Nach einer kurzen Pause fügte er hinzu: Wir haben nichts gegen Juden, aber in der eigenen Familie muss es ja nicht sein. Die Leute reden. Und wir müssen eben immer auch an die Geschäfte denken.

Er sah in diesem Moment älter aus, wie ein kleiner Erwachsener, und ich stellte mir vor, wie er mit Zigarre und Cognacschwenker in einem Chesterfield-Sessel saß und mit der Glut aufs Fenster wies. Jahre später, als ich von Quandts Übernahme der deutschen Waffen- und Munitionsfabrik hörte und dann auch vom Bau der Baracken auf dem Betriebsgelände der AFA, habe ich wieder an dieses Bild von Hellmut mit Zigarre denken müssen, und ich habe mich gefragt, ob er es wohl anders gemacht hätte als sein Vater und sein Bruder.

Er erzählte noch etwas von Madame Quandt, dass sie in einem katholischen Internat aufgewachsen war, bei Nonnen, die sie von morgens bis abends hatten knien und beten lassen, und dass sie mittlerweile protestantisch war wie alle in der Familie Quandt. Sie wechselt so oft ihren Namen und ihren Glauben, sagte Hellmut, was weiß ich, was sie in Wirklichkeit ist. Vermutlich kann sie das nicht mal selbst sagen. Weißt du, sagte er leise, Mama hätte gemerkt, dass Madame Quandt auch unseren Namen nur wie eine Maske trägt.

III

Aufgewachsen bin ich in einer heilen Welt. Das zumindest habe ich während meiner Kindheit geglaubt. Sie erstreckte sich auf 230 Quadratmetern, die vom Geruch frischen Kakaos und alten Flieders durchflutet und nach oben hin von Stuck begrenzt waren. Meine Mutter liebte französische Romane und mein Vater das Knistern des Plattenspielers. Den meisten meiner Klassenkameraden hatten die Kriegsnachrichten die Väter ersetzt, und selbst als später einige dieser Väter zurückkehrten, füllten sie die Familien nicht mehr auf. Außer in den wenigen Wochen zum Ende meines ersten Schuljahrs hatte mir nie jemand gefehlt.

Überall in der Wohnung fanden sich Fotografien von Vater in Offiziersuniform, und manchmal dachte ich, dass sie nicht das Abbild von Vater wären, sondern Vater das Abbild der Fotografien. Über dem Ehebett meiner Eltern hing ein Porträt von Wilhelm II. mit Pickelhaube und im Salon ein Foto meiner Großeltern, das letzte Zeichen der vorangegangenen Generation. Das Sepia war schon so vergilbt, dass ich nur noch den dunkelhaarigen Dackel in der Mitte des Bildes gut erkennen konnte. Er hieß Waldemar und gehörte wie alles auf dieser Aufnahme bereits der Geisterwelt an.

Auf dem Boden des Berliner Zimmers erwachte er zu neuem Leben, denn meine Eltern hatten mir zum fünften Geburtstag einen Stoffhund geschenkt, der lange Jahre nicht von meiner Seite wich. Das Berliner Zimmer war Annies Reich, und es besaß nur ein einziges, kleines Fenster. Selbst im Sommer brannte elektrisches Licht, unter dem unsere

Zugehfrau summend bügelte und nähte und sich von mir mit den Holzschienen meiner Eisenbahn einzäunen ließ. Aus ihren Stoffresten baute ich Waldemar ein Körbchen und las ihm aus meinen Kinderbüchern vor, was ich, als ich das Alphabet noch nicht vollständig beherrschte, halb aus meiner Erinnerung, halb aus meiner Fantasie heraus tat. Neben dem Zimmer stand eine Kammer leer, in der ich Fundstücke für Waldemar hortete, was auch immer er mit Paketschnur, Eicheln, einer zerbrochenen Wäscheklammer anfangen sollte. Niemand sagte mir, dass die Kammer eigentlich für mein Geschwister gedacht war, das nie auf die Welt gekommen ist.

Abends erkundigte Vater sich nach meinen Spielen mit einem Ernst, als nähme er sie ebenso wichtig wie die Arbeit an seinem Schreibtisch, und erst später habe ich verstanden, dass auch sie nichts anderes als Kinderspiele eines Erwachsenen war. Morgens um acht Uhr bezog er seinen Platz hinter dem gewaltigen Kirschholzschreibtisch seines Arbeitszimmers. Dort thronte er neun Stunden und studierte Zeitungen, Schachpartien, historische Schlachtpläne, nur unterbrochen von den Mahlzeiten, um zwölf Uhr Mittagessen, um halb vier Tee mit Bisquit. Vater liebte die Pünktlichkeit, denn sie war alles, was ihm von seiner militärischen Laufbahn geblieben war. Draußen wütete der Weltkrieg, und hier drinnen spielten zwei Jungen einen Alltag nach, der nicht mehr oder noch nicht ihrer war.

Vaters eigentliches Leben hatte vor meiner Geburt stattgefunden, und es schien mir so geheimnisvoll und aufregend wie die Abenteuer in den Heftchenromanen, die ich meinen Eltern hin und wieder abtrotzte. Es spielte im Jahr 1900, und es gab darin Boxer und eine Kaiserinwitwe namens Cixi, die ich mir von Seidenbahnen wie von einem Kokon umschlossen vorstellte, während die Boxer vor meinem inneren Auge wie eine Armee aus unzähligen Jack Johnsons in den Ring stiegen, um Weltmeisterschaft nach Weltmeisterschaft zu gewinnen.

Vater hatte damals das deutsche Kaiserreich in China verteidigt, und das hatte ihn zwei Finger der rechten Hand gekostet. Mutter liebte es nicht, wenn er von dieser Zeit erzählte, bestimmt, dachte ich, weil sie damals noch keinen Anteil an seiner Geschichte hatte und es jemand anderes an seiner Seite gegeben haben musste, ich kannte nicht einmal einen Namen.

Auch ich wollte General oder wenigstens Boxer werden, doch meine Eltern hielten nichts davon. An einem Märzmorgen im Jahr 1915, an dem Vater in einem Lazarettbett an sich heruntergesehen und die Vögel draußen dazu zwitschern gehört hatte, war mein Schicksal besiegelt worden. Ich sollte Diplomat werden, und deshalb fuhren wir im Sommer nach Nizza, Lausanne oder Florenz, wo meine Eltern mich mit der Schönheit gotischer Kirchenfassaden und der Weite des Mittelmeers vertraut machten und später, als ich aufs Gymnasium ging, ein Privatlehrer mich in Französisch und Italienisch unterrichtete. Meine Eltern warteten in Cafés auf mich, umgeben von Springbrunnen, Karyatiden und eleganten Kellnern, bis ich ihnen am Nachmittag meine Fortschritte Wort für Wort berichtete. Sogar das Porträt des Kaisers wich einer Vedutenmalerei des Ponte Vecchio, kurz nach der Abdankung des Monarchen.

Englisch sollte ich ebenfalls lernen, aber Vaters Rheuma verhinderte einen längeren Aufenthalt auf den Britischen Inseln, obwohl ich glaube, dass es in Wahrheit an Mutter lag, die nicht auch noch den Sommer im Regen verbringen wollte. Überhaupt diente Vater ihr häufig als Vorwand. Wenn sie eine Einladung von Bekannten, deren Einfallslosigkeit und zähe Abendgestaltung sie tagelang beklagte, schließlich mit Verweis auf Vaters Gesundheit absagte, schwang doch ein leiser Vorwurf mit, und Vater spielte folgsam die Rolle des schuldigen Kranken, galt ihm ja Gehorsam ohnehin als die oberste Tugend.

Einmal trafen wir auf einem Spaziergang Vaters früheren Adjutanten Faulberger, der mittlerweile Major im neugegründeten Reichswehrministerium war. Sie unterhielten sich über den einstigen Frontverlauf in Frankreich, über Generalfeldmarschall Mackensens Triumph in der Schlacht bei Tannenberg, und Vater erläuterte, was aus seiner Sicht seit dem Versailler Vertrag nötig war. Nach wenigen Sätzen unterbrach Major Faulberger ihn in sanftem Ton.

Mit Verlaub, Herr General, Sie reden von einer anderen Armee. Von der heutigen verstehen Sie nichts mehr.

Vater sah ihn konsterniert an. Mehr, als Sie denken, entgegnete er. Ich habe noch alle Sinne beisammen.

Als wir weitergingen, kamen wir an einem Hoftor vorbei, durch das monoton metallisches Hämmern drang. Vater starrte auf die drei Männer, die rittlings auf einer Kanone saßen und dabei waren, sie zu zerlegen. Er zog eine Miene, von der ich nicht sagen konnte, ob sie bestürzt oder belustigt war. Im nächsten Moment hatte er sich wieder unter Kontrolle und nickte im Takt der Hammerschläge. Das ist schon richtig, erklärte er. Mindestens folgerichtig.

Später, als wir wieder daheim waren, beobachtete ich vom Berliner Zimmer aus, wie er im Flur den Garderobenschrank öffnete. Minutenlang stand er dort reglos vor seiner alten Uniform, dann streckte er die Hand aus und fuhr über die Schulterstücke. Damals schien mir sein Blick leer, heute aber meine ich jene verwunderte Trauer darin zu erkennen, mit der man einem Menschen nachsieht, von dem geliebt worden zu sein man einmal irrtümlich geglaubt hat. Als Schritte im Salon zu hören waren, schloss er die Tür schnell und lautlos und stützte sich mit den Fäusten auf die Anrichte. Im Salon schlug die Pendeluhr sechs Mal, und ich dachte zum ersten Mal, wie stickig und still es bei uns doch war.

IV

Natürlich weiß ich es nicht mit Sicherheit, aber ich glaube, dass es Madame Quandts Wunsch war, mich wieder in die Villa einzuladen. Es war Ende Mai, und als sie im Entree auf mich zukam, um den Strauß entgegenzunehmen, diesmal Pfingstrosen, lächelte sie, als habe sie sich seit Tagen auf diese Blumen gefreut.

Ihr Gesicht war heiterer, ihre Augen leuchteten, und war sie mir im April noch vor der Kulisse der Empfangshalle erschienen wie ein Bild, das man aus einer Illustrierten ausgeschnitten hatte, nahm sie jetzt vom Raum um sich Besitz. Eigentlich kann es kaum sichtbar gewesen sein, es war ja noch fast ein halbes Jahr bis zu Haralds Geburt, und doch erinnere ich, seit diesem Tag gewusst zu haben, dass sie schwanger war. Es war, als habe sie mit dem Fötus, der sich in ihrem Bauch eingenistet hatte, in diesem Haus Halt gefunden, eine Berechtigung, zu bleiben.

Die Fenster des Salons gingen zum See. In die Kälte aus verchromten Möbeln hatte jemand drei Fotografien eines einfachen Dorfs gehängt. Das war Pritzwalk, der Geburtsort des Quandt'schen Vermögens. Madame Quandts Seidenkleid nahm sich davor exotisch aus. Es war wie ein Kimono in der Taille gebunden, und ihre Bewegungen darin wollten unbedingt Dame sein. Sie zeigte eine gütige Strenge, während sie die Anordnung des Kaffeeservice begutachtete, und zugleich schien noch das Mädchen durch, das gerade erst die Schule verlassen hatte.

Sie musste so etwas wie eine Schauspielerin sein. Das dachte ich nicht, weil sie so schön war wie die Frauen auf der Leinwand. Natürlich war sie auch das, aber dafür hatte ich keinen Sinn, obwohl ich schon fast dreizehn war. Ich betrachtete Frauen noch immer unbefangen wie ein Kind, und vielleicht sah ich deshalb, dass Madame Quandt eine Rolle spielte, während die anderen ihre Augenfarbe, changierend zwischen Grau und Eisblau, ihr dickes blondes Haar, ihr ebenmäßiges Gesicht bemerkten und hingerissen waren.

An der Kaffeetafel saß Hellmuts jüngerer Bruder Herbert mir gegenüber. Wegen eines Sehfehlers ging er seit einem Jahr nicht mehr in die Schule, sondern bekam Privatunterricht, und seine Zukunft hatte Herr Quandt bereits auf einem Gutshof eingerichtet, oben in Mecklenburg, weit weg von Berlin. Herbert konnte keine Farben unterscheiden, und ich sah verstohlen auf seine Augen, die mir wässrig, ja verquollen vorkamen. Je länger ich beobachtete, wie sie unter den Lidern träg hin und her wanderten, desto mehr schien mir, als verbliche auch für mich der Raum. Er verlor an Tiefe, und die Umrisse der Möbel und Menschen traten schärfer hervor. Wie anders Herbert zwischen Wesentlichem und Unwesentlichem unterscheiden musste, dachte ich fasziniert, wie genau er wohl manches ausmachen konnte, gerade weil anderes für ihn nicht zu sehen war.

Die Stille, mit der man hier seinen Tee trank und dabei die prächtige Aussicht auf den See ignorierte, schüchterte mich ein. Ich blickte auf die Fotografien an der Wand und sagte mir, dass mein Vater immerhin schon mit Adligen und Ministern und mit adligen Ministern Umgang gehabt hatte, und wenn meine Familie zwar durch das fehlende Millionenvermögen von den Villenvororten getrennt war, so hatten wir doch seit Generationen unseren sicheren

Platz in der Berliner Gesellschaft, anders als die Quandts aus Pritzwalk.

Als Madame Quandt mich fragte, ob mein Vater auch so viel auf Reisen sei wie ihr Mann, erzählte ich ihr von dem Orden. Vater hatte ihn als Entschädigung für die beiden Finger erhalten, die noch in Peking lagen. Das war im letzten Jahrhundert gewesen, vor meiner Geburt, und ich hatte Sorge, sie könnte es für etwas Belangloses halten. Seit dem Weltkrieg war das Eiserne Kreuz ja fast so gewöhnlich wie Zeige- und Mittelfinger der linken Hand, und die Invaliden saßen auf der Straße vor ihren Blechschalen, das Kreuz an ihren Lumpen, und warteten darauf, dass ein Schuljunge mit dem Klirren fallender Münzen Ablass für irgendeine Feigheit kaufte.

Ich suchte nach dem Namen von Vaters Orden, aber er fiel mir nicht ein. Madame Quandt muss mir meine Unruhe angemerkt haben. Sie beugte sich zu mir herüber und berührte meinen Arm. Ihre Hand war warm und trocken, und ich hätte mir gewünscht, sie ruhte dort ein wenig länger. Pour le mérite?, fragte sie in elegant tänzelndem Französisch, und zum ersten Mal schien mir, dass sie keine Rolle spielte, sondern wirklich sie selbst war.

V

Mehr als die Größe und der Reichtum beeindruckte mich an Hellmuts Zuhause, dass alle so jung waren. Meine Eltern waren alt, sie redeten alt, sie rochen alt, und auch wenn mir Annie einzureden versuchte, dass es nur das Fliederparfum war, das mein Vater über Gebühr benutzte, so konnte sie doch nicht hinreichend erklären, warum ich keine Großeltern mehr hatte und weshalb mein Vater das Haus nicht verließ, um zur Arbeit zu gehen wie die Väter meiner Klassenkameraden, jene zumindest, die noch am Leben waren. Natürlich, es hinderte ihn seine versehrte Hand, aber so ganz ließ es sich damit nicht begründen.

Vielleicht lag es auch an Neuve-Chapelle. Vater war von dort im März 1915 zurückgekehrt und für den Rest des Krieges beurlaubt worden. Seither verabscheute er den Krieg, und mehr noch verabscheute er den Frieden, in dem man die Versehrten bemitleidete, und im Stillen verabscheute er womöglich auch Mutter, die so tat, als habe sich nichts verändert. Sie war eine zarte Frau, von der Annie behauptete, dass sie an einem zweiten Kind gestorben wäre. Meinem Geschwister aber war die Granate von Neuve-Chapelle zuvorgekommen, die so gesehen Mutters Leben gerettet hatte. Das war alles, was man Gutes über die Granate von Neuve-Chapelle sagen konnte.

Einmal sah ich durch die angelehnte Badezimmertür Vaters Kraterlandschaft. Er saß auf einem Schemel, und Mutter hockte vor ihm und fuhr mit einem Lappen über die sehnig verkohlte Haut seiner linken Hüfte. Er stank, sogar von der Tür aus konnte ich es riechen, nach zwanzig

Minuten im Lavendelbad stank er noch immer, er würde sein Lebtag nicht mehr aufhören zu stinken, und ich hörte ihn sagen, wie unbarmherzig die deutschen Schwestern gewesen waren mit ihren wippenden Hauben und dem roten Kreuz auf ihrer Brust, die ihn im März 1915 gerettet hatten. Mutter kämpfte seither mit seinem mächtigen Körper, und mehr als sie kämpfte Vater damit, und ich erschrak, als mir bewusst wurde, was er sich gerade gewünscht hatte.

Nach Neuve-Chapelle, den Schwestern und der drei Jahre später folgenden Niederlage wollte Vater den Kaiser nicht zurück, vielleicht verabscheute er insgeheim auch ihn. Wir waren liberal-konservativ, was bedeutete, dass Vater General Ludendorff so wenig wie den Sozialdemokraten über den Weg traute. Er wählte Stresemann und die DVP und erläuterte bei unseren Sonntagsspaziergängen im Grunewald seine Gründe, nach denen weder Mutter noch ich gefragt hatten.

Gerade in einer Zeit, in der vieles im Umbruch, wenn nicht bereits zusammengebrochen sei, komme es auf Kontinuität ebenso wie auf Erneuerung an, belehrte er uns. Ein wenig Zentralismus war aus seiner Sicht unerlässlich, um ein stabiles Ganzes zu erhalten, und ein wenig Wahlrecht schadete nicht, solange jene, die es wahrnahmen, etwas von den Dingen verstanden. Er schritt erhobenen Hauptes ein Stück vor uns her, seine acht Finger hinter dem Rücken verschränkt. Ob er der Ansicht war, dass meine Mutter etwas von den Dingen verstand, blieb offen. Sicher kam ihm nicht in den Sinn, sie könnte etwas anderes wählen als er, und er hatte auch nicht ihre verschlagene Miene bemerkt, als sie zum ersten Mal aus einer Wahlkabine getreten war.

Vater betonte, er stünde der neuen Regierungsform aufgeschlossen gegenüber, oder wie er sagte: gehorsam interessiert, aber er lebte doch eigentlich in der Zeit vor dem Weltkrieg, als es noch einen Generalfeldmarschall und deutsche Kolonien gegeben hatte und man den wichtigsten Mann im Staat beim Vornamen kannte wie einen wirklichen Herrscher und nicht wie einen Büroangestellten als Herrn Soundso, der kurz darauf von einem anderen Herrn Soundso ersetzt wurde. Die Kolonien waren nun dem Völkerbund unterstellt, Wilhelm II. trug einen Vollbart und lebte in den Niederlanden, und die Hierarchie endete mit zwei Sternen auf den Epauletten. Mein Vater bewertete all das als richtig oder doch zumindest als folgerichtig. Die Kaisertreuen nannte er zurückgeblieben, die Völkischen waren ihm entschieden zu dumpf. Die Räterepublik wiederum führte ins Chaos, das Chaos kannte nur Armut und Untergang, und sorgenvoll blickte er nach Russland, das ungefähr in Richtung des Biergartens lag, wo ich mir eine Fassbrause erhoffte.

Was für Soldaten gelte, fasste er seine Überlegungen zusammen, das gelte in gewisser Weise auch für Staatsformen. Man müsse zwischen Freund und Feind unterscheiden, aber auch zwischen Verwundeten und Gefallenen. Den Verwundeten versuche man zu bergen, den Gefallenen müsse man im Zweifelsfall zurücklassen, um sich selbst aus der Schusslinie zu bringen. Man habe ihn zu ehren, dürfe aber nicht zu lange um ihn trauern. Man mag es sich anders wünschen, schloss mein Vater, aber Wünsche sind etwas für Geburtstagskarten. An einer gefallenen Staatsform festzuhalten, ist nur etwas für Nostalgiker, und der Tod ist in jedem Fall eindeutig.

VI

Herrn Quandt traf ich ein einziges Mal. Es war Hellmuts vierzehnter Geburtstag, ein knappes Jahr nach meinem ersten Besuch in der Villa, und sein Vater war von seinen wichtigen Tätigkeiten in der Stadt herbeigeeilt, um vor der versammelten Gruppe pubertierender Gymnasiasten einen kurzen Vortrag über Pflicht und Freude zu halten. Sein Kopf war ein weißer, runder Mond, der über einem dunkelblauen Anzug schwebte, distanziert und gutmütig. Er sprach von Textilien, denn die waren der Grund seines Reichtums, der Villa, des grünscheckigen Gartens vor den gewaltigen Fenstern.

Die gesamte kaiserliche Armee, vom einfachen Soldaten bis zum General, vom Heimkehrer über den Versehrten bis zum Gefallenen, ja sogar die Fahnenflüchtigen hatte Herr Quandt ausgestattet, und auch mein Vater war, ehe man ihn wenige Monate nach Kriegsbeginn ehrenhaft in den Ruhestand versetzt hatte, in den Stoff aus der Fabrik Günther Quandt, Pritzwalk, gekleidet gewesen. So genau wie an diesem Nachmittag hatte ich noch nie über den Körper meines Vaters nachgedacht, und es verwirrte mich. Er hatte für mich immer vor allem aus Uniform bestanden, aber dass diese Uniform gar nicht zu Vater, sondern zu Herrn Quandt gehörte, wurde mir erst jetzt klar. Vater selbst begann erst darunter.

Was genau die Freude war, von der Herr Quandt uns berichten wollte, bekam ich darüber gar nicht mit. War es das Geld, oder war es der Umstand, dass ein guter Kaufmann über den Dingen stand, über Sieg und Niederlage, dass für ihn eine verlorene Schlacht immer auch bedeutete, dass neue Uniformen benötigt wurden? Am Ende kam Herr Quandt noch auf Gott zu sprechen und dass der wahre Dienst an ihm das betriebsame Schaffen sei, und dann musste er auch schon wieder los, denn Gott ließ man nicht warten. Er drückte seinem Sohn die Hand, seine Frau überflog er nur wie eine Zahlenkolonne in den Rechnungsbüchern.

Madame Quandt hatte sich an diesem Tag herausgeputzt, ihr flaschengrünes Kleid knisterte leise, wenn sie sich bewegte, dazu trug sie Perlenschmuck und einen schmalen Haarreif, aber das hatte Herr Quandt nicht einmal wahrgenommen. Immerhin der kleine Nestor starrte sie unentwegt an. Eine Weile blickte sie auf die geschlossene Tür, als könne sie darauf das Nachbild ihres Mannes erkennen. Ihr Gesicht verlor die kühle Eleganz, ohne die es offen in seiner Kindlichkeit lag.

Eine Minute seines Vaters koste mehr Geld als das ganze Jahr eines Arbeiters, erklärte Hellmut, und ob wir uns vorstellen könnten, wie es sei, jeden Morgen in solchen Minuten aufzuwachen. Er baue an einem Imperium, und so etwas vertrage keine Verschwendung. Als ich sagte, auch mein Vater habe einmal an einem Imperium mitgewirkt, blickte Hellmut mich belustigt an. Doch nicht mit dem Kaiser, sagte er. Mit Staaten baut man keine Imperien mehr auf.

Früher waren die Geburtstage heiterer, bemerkte die Haushälterin, als sie eine Schale Würstchen hereintrug. Madame Quandt hob nur die Brauen. An so einem Tag merkt man, wie sehr die Mutter fehlt, sagte die Haushälterin leise zu ihr. Sie rückte die Schale auf dem Tisch zurecht und lächelte uns reihum an. Kurz darauf zog Madame

Quandt sich lautlos zurück, sogar der Stoff ihres Kleides unterließ es zu knistern.

Als ich etwas später von der Toilette zurückkam und aus Versehen nicht links, sondern rechts in den Flur einbog, sah ich sie hinter einer der verglasten Türen in einem Clubsessel, den nicht sie, sondern wie alles im Haus ihre Vorgängerin oder die Vorgängerin ihrer Vorgängerin ausgewählt hatte. Sie saß so allein, als habe sich die ganze Welt von ihr abgewandt, und ich hätte mich gern zu ihr gesetzt, meine Hand auf ihren Arm gelegt, aber sie war sieben Jahre älter als ich, und auch wenn sie in diesem Moment verletzlich wirkte, sie hätte meine große Schwester sein können, und sie war bereits verheiratet. Sie gehörte dem Kreis der Erwachsenen an, und wir, Hellmut und ich, sein jüngerer Bruder Herbert und all die Jungen im Salon, waren durch einen tiefen, unsichtbaren Wald davon getrennt, der sich in den nächsten Jahren lichten würde, um uns hindurchzulassen, aber niemand konnte so genau sagen, wann.

Madame Quandt blickte auf und sah mich durch die Glasscheibe hindurch an. Ihre Lippen formten ein Wort, aber ich verstand nicht, welches es war. Eilig ging ich den Flur hinunter und gesellte mich wieder zu den anderen. Der Fruchtpunsch wurde gerade in pompösem Kristallglas in den Salon gebracht. Ich dachte nicht weiter über sie nach.

VII

Gern hätte ich damals geglaubt, dass Hellmut und ich Freunde waren, aber insgeheim wusste ich, dass es so weit nicht ging. Hellmut akzeptierte mich, weil es einfacher war, als mich wieder loszuwerden. Wenn ich zusammen mit anderen Jungen zu ihm eingeladen wurde, dann doch nur, weil die Zahl der Gäste noch nicht stimmte, und wenn er mir von einer Spazierfahrt mit seinem kleinen Bruder Harald erzählte, dann wusste bereits die halbe Klasse davon.

Wenn ich ehrlich bin, weiß ich nicht einmal, ob mir wirklich schon etwas an Hellmut lag. Dachte ich an unsere Treffen, dann faszinierte mich die weitläufige Villa doch mehr als unsere Unternehmungen, und sah ich ihm nach Schulschluss hinterher, interessierte mich vor allem der rote Maybach, der ihn manchmal am Freitag abholte. Es war ein anhaltender Streit zwischen uns Schülern, ob das nun eines der neuartigen Modelle mit Roots-Kompressor war, wie sie bei der Automobilausstellung präsentiert worden waren, und es ärgerte mich, dass auch ich es nicht wusste.

Hellmut verschwand hinter seinem Familiennamen wie das Licht einer Kerze im Laternenschein, und ich meinte, eine größere, bessere Welt zu betreten, wenn ich die von konischen Buchsbäumen gesäumten Stufen der Villa hinaufging. Sobald mich Madame Quandt im Entree empfing, war ich vollständig der Beletage entkommen, in der mein Vater einer alten Zeit nachtrauerte, auch wenn er der neuen gehorsam interessiert salutierte. Es war, als könnte ich durch eine Freundschaft mit Hellmut alles gutmachen, die Kraterlandschaft meines Vaters, das fehlende Geschwisterkind, den Ruhestand meiner Eltern, der im Gleichklang unserer Pendeluhr seine Farben verlor. Und dann kam die Gelegenheit mit Karl.

Karl war der Schüchternste in unserer Klasse. Sein Vater war nicht aus dem Krieg zurückgekommen, ein Stiefvater hatte sich nicht gefunden, und am Wochenende musste er neben seiner Mutter hergehen, als wären sie ein Ehepaar. Während die meisten von uns bereits den Stimmbruch hinter sich hatten, sang er immer noch so hell und rein wie ein kleiner Junge. Darum nannten wir ihn den Eunuchen.

Zuerst benutzten wir den Namen nur, wenn er nicht in der Nähe war, aber am Ende des Schuljahrs waren wir gereizt von den Prüfungen, von den drohenden Noten, den Rügen der Lehrer, und gerade hatten wir auch noch eine Stunde bei Doktor Klausner gehabt. Klausners Oberlippe war immer von Speichel benetzt, und er schmunzelte, wenn er einen von uns nach vorne kommen ließ, um ihn in all seinem Nichtskönnen bloßzustellen. Es war nur Musik, was er unterrichtete, und vermutlich war das sein Problem. Karls Problem war, dass Klausner ihn gerade vor allen gelobt hatte.

Wir standen am nördlichen Rand des Schulhofs und aßen unsere Pausenbrote. Karl kam mit seinem vorsichtigen Lächeln und einer durchweichten Brottüte auf uns zu, und da sagte Caspar, oder vielleicht war es auch Hellmut gewesen, dass der Eunuch im Anmarsch sei. Karl blieb stehen und blickte zu Boden, drei oder vier Schritte von uns entfernt. Er zögerte nur einen Augenblick, aber es fühlte sich endlos an. Dann korrigierte er seine Richtung und ging mit gesenktem Kopf an uns vorbei.

Einer der Aufseher hatte die Sache mitbekommen, und

auch wenn es vielleicht doch Caspar gewesen war, fiel der offizielle Verdacht auf Hellmut. In der nächsten Unterrichtsstunde musste er vortreten, und ohne das Wort Eunuch auszusprechen, schwang es peinlich lautlos in jedem Satz unseres Lehrers mit. Wir waren fast erleichtert, als endlich der Rohrstock zum Einsatz kam. Hellmuts Gesicht war bleich, und ich meinte, schon nach dem ersten Schlag Tränen in seinen Augen zu sehen. Ich schaute zu Karl hinüber. Er zog bei jedem Hieb seinen Kopf tiefer zwischen die Schultern.

Gern würde ich behaupten, dass ich Mitleid mit Karl hatte, wenigstens im Nachhinein. Ich bin ehrlich. Er war das schwächste Glied, und ich empfand nichts für ihn, weil die Schwächsten, so wurde es uns beigebracht, nicht dafür da sind, etwas für sie zu empfinden. Sie schweißen uns nur zusammen. Sie machen es uns leichter aufzustehen, so wie ich beim vierten Schlag aufstand und mit hoher, fistelnder Stimme sang: *Wenn das meine Mutter wüsste.*

Die ganze Klasse, mit Ausnahme von Karl, brach in Lachen aus. Und dann lachte auch Karl, mitgerissen wie ein Stöckchen von der Strömung. Damit endete Hellmuts Bestrafung, wir waren einfach nicht mehr zur Ruhe zu bringen. Später wurden Hellmut und ich zu Direktor Kremmer geschickt, aber es war bloß eine Verwarnung, und als wir danach zu zweit durch die leeren Gänge des Schulgebäudes gingen, boxte er mir anerkennend gegen die Schulter.

VIII

Am Anfang war es nur der Schlag auf den Rücken, mit dem Hellmut mich am Schultor verabschiedete. In den Gesichtern der Umstehenden bemerkte ich einen Ausdruck, den sie mir früher nie zugestanden hatten. Vielleicht war es Anerkennung, vielleicht auch Neid. Bald warf Hellmut mir während des Unterrichts, wenn Doktor Kuffsteiner zu einer langen Exkursion durch den *Gallischen Krieg* ansetzte, belustigte Blicke zu, die auch unsere Klassenkameraden bemerkten, und auf dem Pausenhof suchte er immer häufiger meine Nähe. Wenn die Gruppe um uns zu groß wurde, lehnte er sich zu mir, sein Mund nah an meinem Ohr, und flüsterte etwas, das nur für mich bestimmt war.

Zwei Mal kam er mit an den Wannsee, wo Arbeiterkinder sich im schlammigen Wasser erfrischten und Halbstarke an einer Reckstange ihre Kräfte maßen. Natürlich war dies kein Ort, den Herr Quandt für seinen Sohn ausgesucht hätte, und so blieb Hellmut nie lange. Wenn er sich vom Steg kopfüber ins Wasser gestürzt hatte und wenige Züge vom Ufer weggeschwommen war, drehte er schon wieder um. Am Strand rieb er sich mit meinem Handtuch trocken und wollte nur kurz in der Sonne liegen. Dann eilte er den strengen Nachmittagsstunden in der Villa entgegen, doch etwas von ihm blieb im trägen frühsommerlichen Müßiggang des Stadtbads, und wenn es bloß war, dass sogar die Jungen aus der Klasse über uns nun mit mir sprachen.

Der Mord an Walther Rathenau drang nur schwach zu mir durch, obwohl er auf dem Schulhof heftig diskutiert wurde, immerhin hatte ein ehemaliger Schüler unseres

Gymnasiums den Tatwagen gefahren. Mehr Sorgen bereiteten mir die Ferien, die mir alles wieder zu nehmen drohten, was in den letzten Wochen zwischen Hellmut und mir gewachsen war. Obwohl ich den Muff von Kreide, Ranzenleder und Doktor Kuffsteiners Schnapsatem nie hatte ausstehen können, verließ ich die Schule in den letzten Unterrichtstagen widerwillig. Hellmut sollte im Juli mit seiner Familie nach Frankreich reisen, und wer konnte schon sagen, was nach der Unendlichkeit von sechs Wochen von unserer Freundschaft bleiben würde?

Abends betete ich, dass etwas dazwischenkommen möge, und ich hatte ein schlechtes Gewissen dabei. Meine Mutter hatte mir schon als Kind eingeschärft, dass man sich nicht wegen kleiner Dinge an den Herrgott wandte, sonst habe er keine Zeit mehr für die wichtigen Anliegen.

Am ersten freien Tag radelte ich an den Wannsee. Weder der Geruch der feuchten Holzumkleiden noch das Kreischen der Kinder brachten mich in Ferienstimmung. Auf einer alten Decke liegend, starrte ich in den Himmel. Einige Wölkchen zogen als stumme, träge Herde vorbei, sie kamen mir sehr deutsch vor, und ich dachte an die französischen Wolken, die wie schwerelose Baisers über einer Landstraße mit rotem Maybach schwebten, als plötzlich Hellmut vor mir stand.

Madame Quandt gehe es nicht gut, erklärte er, und ich erschrak darüber, denn dass mein Gebet erhört worden war, machte die Warnungen meiner Mutter noch drohender. Doch als er sich neben mich ins Gras setzte, konnte ich ein Grinsen nicht unterdrücken, so froh war ich, dass Madame Quandt allein mit ihrem Mann in Bad Kissingen zur Kur war, während wir einen ganzen Sommer vor uns hatten.

IX

Zum ersten Mal entkam Hellmut dem herrischen Regiment der Zeit. Wir ließen unsere Bäuche von der Sonne wärmen und schwammen um die Wette. Ich war kräftiger als Hellmut, und draußen, hinter den Bojen, wo man schon einen guten Blick auf Schwanenwerder hatte, schlang er seine Arme um meinen Hals und ließ sich von mir zurück Richtung Ufer ziehen.

Hier bedeutete eine Minute für ihn nicht mehr ein Jahr im Leben eines namenlosen Arbeiters, sondern die Spanne, die es brauchte, um den Steg entlangzujagen und sich in den See zu stürzen. Ein paar Mal gingen wir zusammen über die Holzplanken, Hellmut stieg dicht vor mir auf den Sprungsockel, seine Jungenbeine waren über das Schuljahr muskulöser geworden, und Flaum lag auf seinen Waden. Dann wieder wartete ich am Ufer und sah ihm zu, wie er in den Knien federnd an der Kante stand, die Arme erst zur Seite ausstreckte und dann bereits im Absprung über seinem Kopf zusammenführte. Ich blinzelte gegen die Sonne und verlor mich im Glitzern des Wassers, das beim Eintauchen seines Körpers aufspritzte.

Bei jeder Pause im Gras musste ich ihm den Rücken mit Nivea eincremen, ehe er sich ein Hemd überzog. Er hatte entsetzliche Angst vor Sonnenbrand, denn zu Hause hatte er erzählt, wir würden uns bei mir auf den neuen Schulstoff vorbereiten. Sorgfältig fuhr ich mit den Händen über seine Schulterblätter und hinab bis zum Bund seiner Badehose. An den unteren Rippen war er kitzelig, wenn ich dort mit zwei Fingern hin und her strich. Um ihn zu ärgern, behauptete ich, hier hätte sich die Haut schon gerötet, und er ertrug zitternd meine Erkundungen seines Rippenbogens.

Natürlich öffneten wir die Schulbücher kein einziges Mal, aber immerhin lasen wir uns gegenseitig vor. Hellmut fing damit an, als er in einem von Madame Quandts französischen Romanen an einer Stelle hängengeblieben war. Es ging um Monsieur de Charlus' Liebesleben und »spezielle Gründe«, wegen denen er es doch nicht so mit Frauen hatte. Hellmut hatte das Buch heimlich aus ihrem Schlafzimmer genommen, und es war offensichtlich nicht für Jugendliche bestimmt. Seine Stimme holperte über die französischen Silben und wirkte zugleich weicher und erwachsener in der fremden Sprache. Was ich darunter verstünde, unter den speziellen Gründen, fragte er, und ich sagte nur: Lies weiter.

So las er mir von Monsieur de Charlus und seinem Neffen Robert vor, der ein Loblied auf Bordelle sang, und dann gab er mir das Buch, und ich las ihm vor. Nach zwei Seiten blickte ich kurz auf. Hellmut hatte die Arme unter seinem Kopf verschränkt, seine Lider waren geschlossen, und nur das Zittern seiner Wimpern verriet, dass er noch nicht eingeschlafen war.

Und was ist das zwischen Robert und Marcel, fragte ich, und meine Wangen wurden heiß. Hellmut erwiderte: Aber wieso, es geht doch um Rahel. Sie war eine Dirne, oder?

Ich spürte seinen Arm an meinem und ließ das Buch auf meinen Bauch sinken. Wir lagen schweigend nebeneinander und lauschten auf das Kreischen der Kinder im Wasser.

Ob er Pläne für die Zukunft habe, fragte ich, und er lachte.

Mein Vater hat ausreichend davon. Und du? Er drehte den Kopf zu mir, und kurz fühlte ich mich schwindelig von all den Jahren, die sich vor mir ausbreiteten und über die ich nie wirklich nachgedacht hatte.

Ich werde Diplomat, sagte ich, aber in Wahrheit wollte ich einfach nur hier liegen bleiben. Der Herrgott hatte mir meinen kleinen Wunsch erfüllt. Und später, das denke ich manchmal, hatte er keine Zeit mehr, sich zu kümmern.

X

Etwas war seltsam in diesen Sommertagen. Wann immer ich an einer dicht befahrenen Straße oder an einem Bahngleis entlangging, zog es mich an die Kante des Gehsteigs, als sollte ich mich gleich unter das nächste vorbeijagende Fahrzeug stürzen. Mein Herz raste, ich wollte mich festhalten, aber alles driftete von mir weg.

Vielleicht war das meine einzige wirkliche Vorstellung vom Sterben. Sie stammte aus meiner glücklichsten Zeit. Nie wieder habe ich so viel Angst gehabt, etwas zu verlieren. Abends im Bett wehrte ich mich gegen die Müdigkeit, ich wollte nicht einschlafen, könnte doch am nächsten Tag alles wieder vorbei sein. Meinen Ellenbogen drückte ich leicht gegen die warme Decke und stellte mir vor, es wäre Hellmuts Arm. Nur kurz schloss ich die Augen, schon war ich vom Schlaf davongetragen.

Tags lag ich neben ihm im Gras und las ihm aus Arthur Schnitzlers *Lieutenant Gustl* vor, *Die Bürgschaft* von Schiller und Gedichte von Stefan George. Er blätterte in einem Buch, legte es dann aber beiseite. Er möge manchmal seiner eigenen Stimme nicht zuhören, sagte er, und lieber solle ich weiterlesen. Ich beugte mich vor, um zu sehen, was er dabeihatte. Ich könne es gern haben, sagte er und schob es mir zu, er habe es zwei Mal zum Geburtstag bekommen.

Vorne hatte jemand mit königsblauer Tinte eine Widmung hineingeschrieben, ein Zitat des Konsuls Buddenbrook: *Mein Sohn, sey mit Lust bey den Geschäften am Tage, aber mache nur solche, daß wir bey Nacht ruhig schlafen können.* Darunter die besten Wünsche einer unleserlichen Tante.

Ich habe das Buch heute noch. Es ist einer der wenigen Gegenstände, die ich bei jedem Umzug in einem Koffer transportiere, damit ich sie in der neuen Wohnung noch vor dem Eintreffen der Kisten bei mir habe, eine leinengebundene Ausgabe. Manchmal stelle ich mir vor, seine Stimme läse mir daraus vor. Einige Sätze lang höre ich sie in meinem Kopf, und dann verliert sie sich und wird zu meiner eigenen.

Damals kam ich auf einen Trick, um Hellmut zum Vorlesen zu bringen. Ich schlug vor, dass wir Theaterszenen mit verteilten Rollen nachspielten. Das gefiel ihm, und am nächsten Tag brachten wir unsere zerfledderten Reclamhefte mit an den See. Er wurde zu Wilhelm Tell, ich zu Gessler. Er war Faust, ich Mephistopheles. Er war Hamlet, ich Ophelia. Von der trockenen Wiese rupfte ich einige Grashalme, die ich zwischen meinen Fingern zum Kranz flocht, und er bekam sich vor Lachen nicht mehr ein. Ruhig wiederholte ich meinen Einstieg, so oft, bis er wie selbstverständlich fragte: Fräulein, soll ich in Eurem Schoße liegen?

In diesem Sommer lernte ich auch zu lügen. In der Schule waren schon die ersten Geschichten von Mädchen umgegangen. Sie handelten von Nachbarinnen, entfernten Verwandten, Freundinnen von Schwestern oder einer Schülerin des nahen Mädchengymnasiums. Über Jahre hatten wir uns vollkommen genügt, plötzlich brachen diese Wesen von überall her in unsere Welt ein. Selbst am See kamen sie ungefragt in unser Idyll, fragten kichernd nach der Uhrzeit oder der Wassertemperatur, und ich versuchte mir zu erklären, worin ihr Zauber lag, aber es gelang mir nicht.

Hellmut gegenüber wollte ich das nicht zugeben, und so erfand ich Annies Tochter. Sie hieß Louise, hatte keine Zöpfe, sondern einen Pagenkopf, war größer und schneller als andere Mädchen ihres Alters, und überhaupt erinnerte sie kaum an die Freundinnen der anderen. Mit Louise hatte ich schon ganze Minuten auf der dämmrigen Kellertreppe und in der leeren Kammer verbracht. Ich entwickelte ein feines Gespür dafür, wann ich eine Episode zu weit trieb, und in Hellmuts Miene erkannte ich den Zweifel schon, ehe er ihn selbst wahrnahm. Mit ein, zwei Sätzen stellte ich Louise wieder so in Position, dass ihre Erkundungen meiner Nähe noch waghalsig, aber nicht übermütig waren.

Hellmut hörte mir zu und sagte selbst kein Wort. Ich meinte, unter seinen halb geschlossenen Lidern blickte er zu den schmächtigen Schwimmerinnen am Eisstand, denen die nassen Zöpfe wie Schnüre über die Schultern fielen.

Und wann siehst du sie wieder?, fragte er schließlich.

Ich wurde rot, weil mir auffiel, dass ich Louise seit Tagen nicht vermisste. Sie sei gerade im Urlaub, redete ich mich heraus. In Lugano, setzte ich hinzu, um es glaubhafter zu machen, doch dann fiel mir ein, dass Annie selbst nie weiter als bis Stralsund gekommen war. Was denn eigentlich bei ihm sei, fragte ich.

Ach, Mädchen, sagte Hellmut und streckte sich gähnend. Da ist doch keine dabei.

XI

Anfang August wurden wir von einem Sommergewitter überrascht. Wir drängten uns mit anderen Badegästen unter einem Baum, aber unsere Hemden waren bereits durchnässt, und ich begann trotz der noch warmen Luft zu frösteln. Hellmut entschied, dass es bis zu mir nach Hause zu weit sei, und im Segelclub ließ er für uns ein Taxi rufen.

In der Villa schickte uns das Hausmädchen mit Handtüchern und frischer Kleidung ins Badezimmer. Es war ein großer, heller Raum mit zwei Waschbecken und einer freistehenden Wanne. Ich konzentrierte mich auf den Wasserhahn, um nicht zu Hellmut hinüberzustarren. Er legte seine Kleider Stück für Stück über den Wannenrand. Ob ich fröre, fragte er, da erst merkte ich, dass ich wieder leicht zitterte. Er gab mir ein Handtuch, kurz glitt mein Blick hinab zu seinen Lenden, dann drehte ich Hellmut den Rücken zu und beeilte mich, aus den nassen Sachen zu kommen.

So schnell ich auch wegsah, so fest hat sich mir sein Bild doch eingeprägt. Ihm haftete noch der Schatten des Jungenhaften an, obwohl sein Geschlecht die kindliche Zierlichkeit verloren hatte und bereits von hellem Schamhaar umwachsen war, und es mag sein, dass es mit jedem Heraufbeschwören ein wenig mehr zu meiner Fantasie wurde und der Anblick, den ich heute erinnere, nichts mehr mit dem gemein hat, was er damals war.

Von der Unterwäsche bis zum Oberhemd kleidete ich mich in seine Sachen und suchte etwas von seinem Geruch darin, aber sie dufteten nur nach Persil. Als ich mich im

Spiegel begutachtete, stellte Hellmut sich dicht hinter mich. Schneidig, meinte er und zog mir den Kragen zurecht.

Das Abendessen hatte die Haushälterin uns auf einem Tablett in Hellmuts Zimmer gestellt. In den Regalen waren die Spielsachen einer Reihe Bücher gewichen, und wir saßen auf zwei senfgelben Sesseln wie in einem kleinen Salon. Sein Bett stand einen Raum weiter. Sie hatten hier so viel Platz, dass sie für jede Tätigkeit in ein anderes Zimmer gehen mussten.

Wenn ich nicht rüber ins Gästezimmer wolle, sagte Hellmut, könne ich mir auch mit ihm das Bett teilen.

Das macht sicher weniger Umstände, meinte ich, und Hellmut sah mich irritiert an, als hätte ich etwas Ungehöriges gesagt, und ich wusste nicht, was genau es war.

Für Umstände haben wir Personal.

Als wir bereits unter den Decken lagen, klopfte es an der Tür. Vielleicht erschrak ich deshalb vor ihr, weil Hellmut mir nicht gesagt hatte, dass Madame Quandt zurück war. Sie war nur ein Schatten im Gegenlicht, und doch fühlte ich mich von ihr eingeschlossen, als sei sie eine Türhüterin, die entschied, wer wieder herauskam und wer nicht.

Hellmut suchte etwas im Nachttisch und tappte dann eilig durchs Zimmer. Er gab ihr ein Röhrchen, und sie redete flüsternd auf ihn ein mit ihrer weichen Stimme, in der etwas Ahnungsloses lag. Ihre Worte verschliffen sich in ein unverständliches Wispern. Dann hörte ich Harald weinen.

Was ist denn los gewesen?, fragte ich, als sich Hellmut wieder neben mich legte.

Ich hatte noch ihre Schlaftabletten. Ich glaube, sie gibt Harald davon. Hörst du, jetzt ist es ruhig.

Es war tatsächlich still, viel stiller als in meinem Schlafzimmer, in das bis in die Nacht hinein gedämpft Verkehrslärm drang. Hellmut drehte sich von mir weg, und ich betrachtete seinen Schemen im Dunkeln, lauschte seinem Atem, der langsamer wurde. Bald atmete ich in seinem Rhythmus, dann wieder überholte ich ihn. Mein Zeitgefühl setzte aus, vielleicht verliert es seinen Sinn, wenn alles gut ist und nichts mehr vorwärtsstreben muss. Irgendwann, es mochte schon nach Mitternacht sein, hörte ich Schritte im Flur. Hellmut regte sich nicht, und vorsichtig schob ich meine Hand vor, erst über mein Kissen, dann stieß ich an seines. Fast hatte ich sein Haar erreicht, spürte schon die Wärme seines Kopfes in meiner Handfläche, da drehte er sich um. Was ist?, stieß er hervor. Schnell zog ich die Hand zurück, aber die Decke darunter raschelte, und ich stotterte etwas von Schritten und dass ich gedacht habe, vielleicht suche Madame Quandt ihn.

Bleib liegen, sagte Hellmut, ich gehe ins Gästezimmer. Er stopfte sich Decke und Kissen unter den Arm und flüsterte: Ich hätte nicht gedacht, dass du so bist.

Als er die Tür schloss, lag ich wieder in der Stille, und das Bett um mich war so leer, als wäre gerade jemand darin gestorben. Ich fühlte, wie falsch ich war, und nichts hätte ich mir mehr gewünscht als eine von Madame Quandts Tabletten.

Sie stand dann im Morgenmantel vor mir, eine Tasse in der Hand. Durch die Vorhänge fiel bereits Sonnenlicht. Krank sah sie nicht aus, aber sie wirkte müde, als hätte auch sie trotz des Pillenröhrchens wach gelegen. Sie erwähnte Hellmut mit keinem Wort, stellte mir nur den Kakao auf den Nachttisch und meinte, dass es schon spät sei und meine Eltern sicher auf mich warteten. Der Fahrer werde mich nach Hause bringen. Meine Kleider waren über Nacht getrocknet, und sie hatte sie mir gefaltet auf den Stuhl neben dem Fenster gelegt. Es war, als stoße sie mich ohne Erklärung von allem weg, was mir etwas bedeutete.

Den Rest des Tages verbrachte ich wie in Trance. Auf die Fragen meiner Eltern antwortete ich einsilbig, zog in meinem Zimmer die Gardinen vor und ging früh schlafen. Am nächsten Tag fuhr ich wieder an den See. Ich lag auf meinem Badetuch und blickte zum Steg hinüber. Ein Junge nach dem anderen trat an die Kante, fuhr sich über die nassen, kurzgeschnittenen Haare, federte leicht in den Knien und sprang dann ab. Ihre Körper glitten vor meinen Augen vorbei wie Libellen, hübsch in der Sonne glänzend, aber kein einziger Sprung ging mich etwas an. Als ich hinter mir jemanden rufen hörte, drehte ich mich um und suchte die geröteten Gesichter ab. Es war schon zwölf Uhr vorbei. Hellmut war nirgends zu sehen.

XII

Ich sah ihn erst in der Schule wieder. Direkt nach den Ferien geriet er mit einem Schüler aus der Parallelklasse aneinander. Für gewöhnlich ging er Raufereien aus dem Weg, und wir waren alle überrascht, als er seine Tasche beiseite legte und dem Jungen einen heftigen Stoß gegen die Schulter versetzte. Der andere drehte sich um und schlug, ohne zu zögern, zurück. Hellmut taumelte, fing sich gerade noch und griff erneut an. Sie hakten sich unter den Achseln fest und rangen sich gegenseitig zu Boden.

Keiner von uns schritt ein, und niemand wusste so genau, was passiert war. Jemand meinte, der andere habe eine Bemerkung über Hellmuts Stiefmutter gemacht: dass sie eine Judenbraut sei oder etwas in der Art, aber sicher klang er nicht. Die beiden Körper wälzten sich auf der trockenen Erde, und während ich ihnen zuschaute, spürte ich Neid. Wie gern wollte ich der andere sein. Mit Hellmut rangeln. Spüren, wie er mich mit seinem Oberkörper hinunterdrückte. Hellmut aber beachtete mich nicht einmal, als er wieder aufstand und sich den Dreck von der Hose klopfte.

Am Wochenende nahm ich mein gespartes Taschengeld zusammen. Man kann keinen Sommer wie ein gefallenes Blatt in ein Buch pressen, das war mir klar, aber ich wollte, dass etwas Hellmut an unsere Zeit erinnerte, trotz unseres Streits, und ich hoffte, ich könnte ihn damit wiedergutmachen. Heute frage ich mich, warum ich ihm nicht Ernst Jünger oder Alfred Döblin schenkte. Ich suchte etwas Besonderes und wählte das Ausgefallene. Lange saß ich mit dem Gedichtband von Oscar Wilde an meinem Schreibtisch, um die richtigen Worte für eine Widmung zu finden. Ich wusste ja, wie banal unsere Theaterspiele waren im Vergleich zu dem, was Hellmut vor sich hatte, und ich wollte, dass meine Sätze auch dann nicht albern wirkten, wenn er an der Spitze des Unternehmens stand. Ich wollte zeigen, dass ich daran dachte. Dass wir aus der Zeit zwar nur kurz ausgebrochen waren, aber dass ich ihn nicht alleinlassen würde, wenn sie ihn wiederhatte.

Am nächsten Tag wartete ich an der Treppe des Schulgebäudes. Ich hatte das Buch mit einer Schleife umwickelt und drückte es an meine Brust. Hellmut kam die Stufen hinauf, er hatte den Arm um Caspars Schulter gelegt und redete auf ihn ein. Vielleicht sah er mich tatsächlich nicht. Ich stand da mit dem Buch, und erst als die beiden schon außer Sichtweite waren, merkte ich, wie feucht und fleckig der Umschlag von meinen Händen war.

Kurz vor Unterrichtsbeginn ging ich dann zu seinem Platz und legte es ihm aufs Pult. So war ich noch nie vor ihn getreten, wie ein Lehrer, der auf ihn hinabsah.

Es sei ein Andenken, sagte ich.

Er warf nur einen kurzen Blick auf den Umschlag. So einen Schund lesen wir nicht, sagte er und schob mir das Buch zurück. Ich blieb stehen, nicht weil ich noch etwas zu erwidern wusste, sondern weil ich mich mit einem Mal wie ein Angestellter fühlte, der sich erst entfernen durfte, wenn er von ihm die Erlaubnis dafür bekam.

Wer einen Krüppel als Vater hat, sagte Hellmut, dem kann man ja kaum vorwerfen, so verweichlicht zu sein wie du. Du hast eben kein besseres Vorbild.

In seinem Gesicht suchte ich nach einem versteckten Lächeln, einem Blinzeln, irgendetwas, das mir verriet, dass dies nicht seine eigenen Worte waren, dass er nur glaubte, sie sagen zu müssen, und eigentlich doch etwas ganz anderes meinte. Aber er blickte mich kühl an, fast als sähe er durch mich hindurch.

Ich wandte mich ab, ohne etwas zu entgegnen. Nach dem Unterricht ließ ich das Buch auf seinem Pult liegen, und erst am Abend im Bett, als ich vor Enttäuschung und Wut nicht einschlafen konnte, fiel mir die Antwort ein: Dass mein Vater ein Krüppel sein mochte, weil er im Krieg gekämpft hatte, aber seiner hatte bloß die Stoffe geliefert, in denen man die Gefallenen begrub.

XIII

Von seiner ersten Freundin hörte ich im Vorbeigehen. Es war ein halbes Jahr nach unserem Zerwürfnis, und in dem Pausengespräch wurde das Mädchen mit blonden Locken als längst bekannt verhandelt. Hellmut saß drei Bänke vor mir und war doch weiter entfernt als Catulls Iuventus, den wir mühsam aus dem Lateinischen bargen. Wenn ich mir Hellmuts Freundin vorzustellen versuchte, tauchte Madame Quandt vor meinem inneren Auge auf. Ihre Stimme quälte mich, während sie ihm vorlas, und ich sah Hellmut neben ihr liegen, und nur das Zittern seiner Wimpern verriet, dass er noch nicht eingeschlafen war.

Meine Klassenkameraden verloren in dieser Zeit ihre Angst vor den Lehrern. Es gab für sie Erlebnisse jenseits der Schulstunden, die wirklicher waren als Noten und Prügel. Doktor Klausner und Direktor Kremmer galten ihnen bloß noch als warnende Beispiele, dass man auch wieder zurückfallen konnte in die Ödnis aus Kreide und Stundengong. Nur vor mir wollte sich diese neue Wirklichkeit nicht öffnen. Ein paar Mal kam Hellmut in meinen Träumen vor, und wenn ich aufwachte, boxte ich in mein Kissen.

Tagsüber klammerte ich mich an den Lernstoff, um überhaupt etwas zu haben. Es war, als hätte sich eine Scheibe zwischen mich und die belebte Welt geschoben, und wenn ich mich jemandem nähern wollte, stieß ich nur gegen kaltes, glattes Glas. Auch die anderen näherten sich mir nicht mehr. Sie nahmen mich wahr, einige hatten sogar Ehrfurcht vor mir, aber niemand hätte mich vermisst, wäre ich in eine andere Klasse versetzt worden oder einfach verschwunden. Es gab für mich keinen Platz in dieser Gruppe, und ich fühlte mich schuldig, denn ich passte nicht in ihre Welt.

Ich weiß nicht, was du suchst, sagte Annie einmal zu mir, aber die guten Noten trösten dich ja nicht. Sie sah mich besorgt an, dann beugte sie sich wieder übers Bügelbrett. Ich hätte sie gern umarmt, aber ich war zu alt dafür, und so ging ich zurück in mein Zimmer und setzte mich wieder an die Hausaufgaben.

Auch meine Mutter wird etwas von meiner Stimmung bemerkt haben, die das ganze Schuljahr über anhielt, aber sie ging lobend darüber hinweg und gab vor, nur meine ausgezeichneten Zensuren zu bemerken. Mein Vater war ohnehin zu beschäftigt, die Weltkriegsstellungen an der Ostfront nachzuzeichnen. Einmal blickte er auf, als in München ein Bierkellerputsch unter der Führung von General Ludendorff und einem Emporkömmling scheiterte. Von Ludendorff habe er ja nie viel gehalten, bemerkte er, und als zwei Monate später, im Januar vierundzwanzig, Lenin starb, sagte er mit einer Mischung aus Genugtuung und Sorge: Werden sehen, was wir davon haben.

Zwei Jahre lang lebte ich an den anderen vorbei, ich lernte und las und spielte Klavier, und resigniert nahm ich an, es würde immer so weitergehen, lernend und lesend und Klavier spielend, ohne die Aufregung, die um mich her alle erfasste. Eines Nachmittags, als ich bei meiner Klavierlehrerin klingelte, bekam ich eine Ahnung, was das Älterwerden wohl für die anderen bedeuten mochte. Ein junger Mann erklärte mir, Frau Raskollnikowa liege mit Grippe im Bett und er werde den Unterricht heute übernehmen. Wir saßen eng beieinander auf dem samtbezogenen Hocker, und als er seine Hand auf meine legte, um mich bei einer zu hastig gespielten Passage zu korrigieren, zitterten meine Finger leicht. Tage später noch habe ich staunend meine Finger betrachtet und versucht, das Zittern in sie zurückzuholen, aber sie blieben still, und in der folgenden Woche stand die erholte Frau Raskollnikowa wieder in der Tür.

Nicht, dass ich mich in dieser Zeit gefragt hätte, wie es Hellmuts Stiefmutter ging, aber auf dem Schulhof schnappte ich einmal eine Geschichte über sie auf. Ein Freund der Familie, ein Ministerialbeamter namens Schulze, war aus einem noch fahrenden Zug ausgestiegen und zwischen Bahnsteig und Gleisbett geraten. Den Unfall überlebte er nur wenige Tage, und da seine Frau bereits zuvor einer schweren Krankheit erlegen war, hinterließ er drei Waisen. Auf Madame Quandts Wunsch hin wurden alle Schulzekinder in der Villa aufgenommen. Sie war erst dreiundzwanzig und kümmerte sich bereits um sechs Kinder. Was für ein guter Mensch sie war, dachte ich noch, ehe ich sie wieder vergaß in meinem Kokon aus Lektüre und Fingerübungen.

Heiligabend saßen wir hinter einer Säule. Draußen war es so mild, dass Vater nach einigen Schritten seinen Wintermantel gegen einen leichteren Wollmantel hatte tauschen wollen, und nun machte Mutter ihm Vorwürfe, dass wir wegen seines Kleiderwechsels in der hintersten Reihe saßen. Das Jahr über gab sie nicht viel auf Gottesdienste, gerade deshalb wollte sie Weihnachten einen guten Blick auf die Kanzel haben.

Der Pastor sprach von der Geburt des neuen Menschen, vom Eintritt des Messias in die Geschichte, und je länger ich die Familien um mich ansah, Geschwister aufgereiht wie Orgelpfeifen, Großeltern in Festtagsmoden aus dem letzten Jahrhundert, junge Paare, eine Schwangere, desto einsamer fühlte ich mich allein mit meinen Eltern. Da bemerkte ich weit vorne einen straffen blonden Dutt, und als der Kopf sich leicht nach links drehte, meinte ich das Profil von Madame Quandt zu erkennen. Aber schon wandte sie sich wieder ab, und ich saß zu weit entfernt, um sicher zu sein. Vater kommentierte murmelnd die Predigt, und Mutter gab schmallippig zurück, sie könne nicht folgen, wenn sie den Pastor nicht sehe.

Als ich Madame Quandt nach dem Gottesdienst tatsächlich auf dem von Gaslaternen erleuchteten Kirchhof entdeckte, spürte ich eine überraschte Freude, wie über etwas, das man wiederfindet, ohne danach gesucht zu haben. Kurz tauchte unsere letzte Begegnung in meinen Gedanken auf, sie aber schien den Morgen in der Villa längst vergessen zu haben. Ich solle sie doch wieder einmal besuchen, sagte sie und drehte sich zu Hellmut um. Er musterte mich, als wären wir uns seit Jahren nicht begegnet.

Und sehen Sie, hörte ich meinen Vater hinter mir dozieren, bei den Wahlen ist es doch nicht so schlimm gekommen, wie einige dachten.

Du hast dich ziemlich zurückgezogen, bemerkte Hellmut. Wir dachten alle, du wärest jetzt vielleicht politisch geworden, in einer Partei oder so.

Madame Quandt lachte und zog ihren Fuchskragen enger um den Hals. Aber Hellmut, Hans ist doch so ein guter Schüler, er hat sicher keine Zeit für Unfug.

XIV

Als ich Hellmut nach den Weihnachtsferien in der Schule sah, grüßte er mich wieder. Sein Lächeln mag ich mir nur eingebildet haben, aber ich wagte wieder, ihm morgens zuzunicken, wenn ich den Klassenraum betrat. Einmal hatte er Schokolade dabei und gab auch mir davon ab. Sie kam mir zu wertvoll vor, um sie im Trubel herunterzuschlingen, und so fand Annie am Nachmittag einen geschmolzenen Riegel in meiner Jackentasche. Ein anderes Mal musste Hellmut im Lateinunterricht an die Tafel und sah sich hilfesuchend zu mir um. Ich formte lautlos die Worte *bellum cum civibus*. Zwei Tage später fragte er mich auf dem Pausenhof, ob ich ihm bei der Vorbereitung der Lateinklausur helfen könne. Ich muss geglüht haben vor Freude, und es ist mir unerklärlich, warum es nicht allen um uns herum auffiel.

Mein Besuch bei ihm war knapper bemessen als früher. Eine Stunde am Samstagnachmittag, keine Einladung zum anschließenden Tee, Günther Quandt hatte an diesem Tag noch andere Pläne für seinen Sohn. Wir saßen an Hellmuts Schreibtisch und gingen Cicero durch, bewacht von einer schweren Uhr, die im Bücherregal tickte. Nur einmal wurden wir unterbrochen von Unruhe im Flur.

Das ist bestimmt mein Bruder mit Jochen, meinte Hellmut. Die Schulzekinder sind leider etwas nachlässiger erzogen, als man es bei uns gewohnt ist, und Herbert lässt sich mitreißen.

Wie sich deine Stiefmutter kümmert, das ist schon toll, sagte ich. Sie ist doch selbst noch so jung.

Hellmut wurde rot und nickte.

Und wie sie mich in die Literatur einführt, das ist ganz einzigartig. Da muss man für alles Schöne Interesse gewinnen. Du kannst dir gar nicht vorstellen, wie viel das ist gegen den Kaufmannsgeist meines Vaters.

Ich stimmte ihm zu, ich hätte ihm bei allem zugestimmt.

Weißt du noch, du hast uns Proust aus ihrem Zimmer mitgebracht, sagte ich.

Ach ja, Proust. Hellmut kratzte mit seinem Stift Striche auf den Heftrand, und ich merkte, dass es ihm unangenehm war.

Damals nach dem Gewitter …, begann ich zögerlich, und als Hellmut in Richtung seines Schlafzimmers blickte, hätte ich die Worte am liebsten wieder geschluckt. Du denkst nicht ernsthaft, dass ich so einer bin?

Er wirkte unsicher, was er wirklich davon halten sollte, aber auch verlegen, mich womöglich falsch verdächtigt zu haben.

Wir waren noch Kinder, sagte er schließlich und schob die Frage damit von uns weg.

Das Foto des jungen Mädchens hatte ich in den Illustrierten meiner Mutter gefunden, in einem Artikel über Mahjongspielerinnen. Mit Schere und Pappe hatte ich es so achtsam in ein Porträt verwandelt, dass der Stolz auf das Mädchen fast ehrlich war, mit dem ich es Hellmut präsentierte.

Leider wohnt sie in München, aber wenn man weiß, dass es die Richtige ist, erträgt man auch den Aufschub.

Ja, für die Richtige erträgt man einiges, bestätigte Hellmut.

Und so beugten wir uns wieder über Cicero und ertrugen beide unser Warten.

XV

Auch wenn wir nicht mehr so vertraut werden sollten wie im Sommer vor der neunten Klasse, nahm er mich nun manchmal wieder in den Pausen mit zu einer Runde um den Hof oder schlug mir nach dem Unterricht einen Spaziergang vor. Er erzählte dann von den Romanen, die Magda ihm gab, und von den Nachmittagen, an denen sie zusammen auf der Terrasse saßen und sich auf Französisch unterhielten oder Stücke durchgingen, die wir für den Unterricht vorbereiten sollten, *Nathan der Weise*, *Macbeth*, *Leonce und Lena*.

Im März lud er mich ein, sie beide ins Kino zu begleiten. Es war kurz nach Magdas erster Fehlgeburt. Niemand von uns sprach davon, aber sie war blass und klein, viel blasser und kleiner, als ich sie mir hätte vorstellen können, und ich dachte, sie würde an diesem Abend im dunklen Kinoraum vollständig verschwinden.

Es lief *Der letzte Mann* von Murnau im Ufa-Palast am Zoo, mit Emil Jannings in der Hauptrolle. Er spielte den alternden Portier eines Grandhotels, der zum Toilettenwart degradiert wird. Am Anfang lachte Magda ein paar Mal, bald saß sie still neben uns und gab bis zum Ende des Films keinen Ton mehr von sich.

Als wir draußen vor dem Lichtspielhaus in der kalten Berliner Winterluft standen, fragte sie Hellmut, wie der Satz am Anfang gelautet habe. Er wusste es nicht mehr und fand es auch nicht so wichtig. Sie aber insistierte. Fast wäre es zum Streit gekommen, und Magdas Gesicht nahm eine Härte an, die mich erschreckte. Später habe ich die Anfangssätze nachgelesen. »Heute bist Du der Erste, geachtet von Allen, ein Minister, ein General, vielleicht sogar ein Fürst – Weißt Du, was Du morgen bist?!« Weder Hellmut noch ich begriffen an dem Abend, dass Magda von sich reden hörte.

Wir gingen den Ku'damm hinunter. Eigentlich hätten wir fahren sollen, man erwartete die beiden zu Hause, und normalerweise wagte niemand, sich dem lange vorherbestimmten Zeitplan zu widersetzen. Magda aber wollte noch nicht zurück. Sie blickte in die Lichter der Hotels und Schaufenster, als könne sie sich daran mit neuem Leben füllen. Das sei doch etwas anderes als Neubabelsberg, meinte sie. In der Villa wisse man manchmal nicht, ob die Welt draußen eigentlich noch existiere.

Hellmut blieb stehen und beugte sich vor Magda auf den Boden. Der Schneeregen hatte auf dem Bordsteig Laub und Zeitungsfetzen aufgeweicht, die sich unter den Schuhen verfingen. Es sah albern aus, wie er so kauerte und doch nur um die Spitze ihrer Pumps bemüht war, und hier fühlte ich wohl zum ersten Mal, dass ich der überzählige Dritte war.

Aus den Lokalen drängten angeheiterte Menschen, die kurz in das feuchtkalte Wetter blinzelten und dann wieder laut und lachend in ihr Gespräch zurückfielen. Als wir an einem Künstlercafé vorbeikamen, in dem einige Männer in schäbigen Jacketts zusammensaßen, machte Magda eine abfällige Bemerkung, dieses Gesocks sei nichtsnützig, oder etwas in der Art. Es war beiläufig und wurde von keinem von uns aufgegriffen, unter anderen Umständen hätte ich nicht mehr daran gedacht. Aber an diesem Abend wollte ich mich über sie ärgern, und so fand ich sie überheblich, war sie doch selbst nichts als eine hochgeheiratete Frau, die einen Pelz trug, den sie sich von allein niemals hätte leisten können.

Später habe ich mich natürlich gefragt, ob ihr damals schon etwas anzumerken gewesen war, eine Gesinnung oder übertriebene Abneigung, und ich bin all unsere Begegnungen, die während meiner Schulzeit so zahlreich nicht waren, noch einmal durchgegangen. Dieser war einer der Momente, die ich gegen sie anführen kann. Reicht das aus? Immer fällt mir noch jemand ein, der herablassender von den Arbeitslosen sprach oder mehr Verachtung für linke Intellektuelle aufbrachte, ein Lehrer, Schulkamerad oder der Kolumnist irgendeiner Zeitung.

Alles in allem kam sie mir plötzlich durchschnittlich vor, zumindest in dem, was sie zeigte: an Vorteilen interessiert, ihres Standes bewusst, von den Kommunisten mal belustigt, mal beunruhigt. Dass ihre Vergangenheit sie ängstigte, auch das war nicht ungewöhnlich bei einer Frau, die in ein Milieu hineingeheiratet hatte, das über jenem lag, aus dem sie stammte. Die meisten Menschen gehen mit geliehenen Sachen wenn nicht vorsichtiger, dann doch zumindest unbeholfener um, und so war auch sie etwas zu bemüht, dem zu entsprechen, was sie meinte darstellen zu müssen. Was sie war, konnte sie schließlich nur durch Quandts Gnaden sein, und immer trug sie die Warnung mit sich, sie könnte wieder zu dem werden, was sie einmal gewesen war, das uneheliche Kind eines Dienstmädchens.

Von der Uhlandstraße herunter marschierten einige Männer mit Fahnen und im Gleichschritt. Dieses Bild sah man jetzt häufiger, seit das Verbot der SA aufgehoben worden war, und ich hatte mich schon daran gewöhnt, wie man sich mit Baulärm oder zankenden Nachbarn abfindet. An diesem Abend störte es mich bloß, weil der Zug mich zwang, länger neben Magda und Hellmut herzugehen.

Wenn jemand bereit sei, sein Leben für eine Idee zu opfern, ob man dafür, fragte Magda, nicht doch mehr Achtung empfinden müsse als für jene, die im ewigen Einerlei immer weitermachten wie Zirkustiere, die dressiert im Kreis liefen.

Es war nicht klar, ob sie auf die vorbeiziehenden Braunhemden abzielte oder ob sie an etwas völlig anderes dachte, an ihren Krankenhausaufenthalt oder an die Enge in der riesigen Villa, die sie gleich wieder umfangen würde. Aber sogar Hellmut sah sie verwundert an, denn ihre Bemerkung passte so gar nicht zu dem, was man in Neubabelsberg zu sagen pflegte.

Sonst sei das Leben doch nicht mehr als ein Warten auf den Tod, fügte sie hinzu, und am Ende des Satzes hob sich ihre Stimme leicht, als schwinge etwas Fragendes mit. Keiner von uns antwortete ihr.

An der Schlüterstraße winkte Hellmut endlich ein Taxi heran. Ich könne ein Stück mitfahren, meinte Magda, aber ich wollte lieber auf den Bus warten. Als Hellmut ihr die Tür aufhielt, wirkte er reif und ganz selbstverständlich wie ihr Begleiter. Plötzlich war ich mir sicher, dass er schon einmal mit einer Frau geschlafen hatte oder wenigstens mit einem Mädchen aus dem Nachbargymnasium. Es gab mir einen Stich, aber es war doch nicht eigentlich das, was mich verletzte. Er war wegen ihr hier, und ich bedeutete ihm nicht mehr als ein Alibi, das jemand braucht, der mit einer verheirateten Frau ausgeht.

Lächelnd drehte er sich noch einmal zu mir um und

wollte mich zum Abschied umarmen. Ich sagte nur ein Wort.

Friedländer.

Seine Augen verengten sich, und er sah mich eine Weile an.

Ob sie losfahren könnten, fragte Magda aus dem Inneren.

Fahr mit ihr nach Palästina, flüsterte ich.

Wie du meinst, sagte er und stieg zu ihr in den Wagen.

XVI

Am Montag stellte ich mich krank. Annie merkte wohl gleich, dass ich nur simulierte, aber vor meiner Mutter hielt sie zu mir und beteuerte, meine Stirn sei heiß und man könne mich so nicht in die Schule schicken. Als meine Eltern nach dem Mittagessen das Haus für ihren Spaziergang verlassen hatten, klopfte Annie an meine Tür und setzte sich neben mich auf die Bettkante. Ihre Hand, leicht wie ein Vogelkörper, brütete auf meiner, und mir waren wohl schon eine Weile lautlos Tränen aus den Augenwinkeln gelaufen, als mein Kinn zu zittern begann.

Ach, Jeanlebon, sagte sie und strich mir übers Haar. Dann hörte sie sich meine Geschichte an. Hellmut wurde zur Schwester eines Klassenkameraden, es war ja für Annie leichter, nur die halbe Wahrheit zu kennen, und während ich ihr die Etappen der Abweisung erzählte, verstand sie endlich meine Zurückgezogenheit der vergangenen Jahre.

Zuerst versuchte sie mich mit all den anderen schönen Töchtern zu trösten, die es angeblich scharenweise gab, doch sie verstand schnell, dass damit bei mir nichts auszurichten war. Ich müsste mich also entscheiden, ob ich aushielte, was sie womöglich für einen anderen empfand, oder ob ich das Mädchen nicht doch besser ganz aufgäbe, für immer, sagte Annie, was eine so lange Zeit war, dass mir schwindelig wurde. Wollte ich sie jedoch wirklich wieder als Gefährtin bei mir haben, musste ich sie in dem bestärken, was sie sich wünschte, und das hieß, meine eigenen Wünsche aufzugeben. Du darfst dir keine Hoffnung machen, versprich mir das, sagte Annie.

Als ich Dienstag wieder auf dem Schulhof stand, entschuldigte ich mich bei Hellmut für mein Betragen nach dem Kino. Eine von Magdas Bemerkungen hätte mich gereizt. Ich habe mich wie eins dieser Zirkustiere gefühlt, die immer nur im Kreis laufen, sagte ich.

Es muss die Vorstellung gewesen sein, wie ich als geschmücktes Pferd durch die Manege trabte, die Hellmut zum Lachen brachte, und als er mit wieder düsterem Blick hinzufügte, immerhin sei ich nicht der Dompteur, wusste ich, dass es nichts mit mir, sondern mit seinem Vater zu tun hatte. Er erzählte mir von einem Streit zwischen Quandt und Magda, geriet dabei regelrecht in Rage, und seine Rede endete damit, dass seinen Vater alle Schuld traf.

Er behauptet, sie zu lieben, aber ich glaube, in Wahrheit liebt er nur seine neuen Fließbänder in Oberschöneweide, sagte Hellmut und trat einen Stein ins Gebüsch.

XVII

Im Sommer musste Magda erneut zur Kur, und als die Ferien begannen, reiste Hellmut ihr nach. Ich kann nicht sagen, wie lange sie in Graubünden blieben, eine Woche, zehn Tage oder länger, und noch weniger weiß ich, was sich dort zwischen ihnen zugetragen hat. Niemandem im Speisesaal des Hotels kann entgangen sein, dass mit dieser Mutter und ihrem Sohn etwas nicht stimmte oder doch zu viel zusammenging, und unmöglich wird die leise Gespanntheit verborgen geblieben sein, wie sie überspieltes Begehren hervorruft.

Ich fuhr ein letztes Mal mit meinen Eltern nach Italien, von Verona über Padua nach Venedig, wo ich Stunden damit zubringen konnte, auf der Rialto-Brücke, von Passanten angerempelt, den Gondolieren zuzusehen, dem weichen Muskelspiel ihrer Arme, wenn sie mit dem Ruder die Gondel rangierten. Meine Eltern fassten derweil bereits Pläne für mich, da nach den Ferien mein letztes Schuljahr begann.

Wir saßen beim Abendessen auf der Terrasse unseres Hotels, meine Mutter mit einem Tüllhütchen, zu dem ich sie anstelle der morbiden Larve überredet hatte, die mir, als Mutter sie sich kurz vors Gesicht gehalten hatte, auf bestürzende Art zu ihr zu passen schien. Der modrige Geruch des Kanals drang zu uns herauf und vermischte sich mit dem Duft des gegrillten Fischs, während mein Vater mir meinen Weg vom Studenten in Marburg und Heidelberg zum Gerichtsreferendar in der preußischen Justizverwaltung, schließlich zum Gerichtsassessor in Bad Homburg und

Berlin ausmalte. Und dann der Einstieg in den Auswärtigen Dienst, Attaché, Konsul, Konsul erster Klasse, Generalkonsul. Und dann Konsul im Ruhestand, dachte ich, und dann wäre ich bald auch schon tot. Hinter meinem Vater sah ich einen Soldaten den Platz überqueren.

Ich melde mich zum Militärdienst, sagte ich, um ihm mit all seinen Plänen eins auszuwischen. Er warf meiner Mutter einen bestürzten Blick zu, sie aber nestelte nur am Tüll, und obwohl ich es nur aus Trotz gesagt hatte, fühlte ich mich befreit. Als Soldat würde ich auch ohne Freundin den anderen als männlich gelten.

Welches Militär?, fragte Vater. Du meinst wohl nicht diese Schrumpfarmee, die nicht mal das Ruhrgebiet verteidigen kann. Kommt nicht in Frage.

Du hast dein halbes Leben in der Kaserne zugebracht, du kannst es mir nicht verbieten.

Das waren andere Zeiten.

Es ist wohl sein Leben, sagte Mutter entschuldigend.

Darüber wird noch zu sprechen sein, entschied Vater.

XVIII

Nach dem Urlaub bedachte Vater mich nun häufig mit einem besorgten Blick, und sonntags erkundigte er sich regelmäßig, ob ich bei meinen Zukunftsplänen Vernunft angenommen hätte. Sie seien immer vernünftig gewesen, antwortete ich, und als ich einmal hinzufügte, Faulberger könne mich bei der Infanterie in Berlin unterbringen, sah Vater resigniert ein, dass ich es tatsächlich ernst meinte. Er hätte sich wohl gewünscht, mein letztes Schuljahr möge endlos dauern, doch es zog in seiner eintönigen Fülle aus Vokabeln, Formeln und Jahreszahlen unerbittlich an uns vorbei.

Die einzigen Tage, die mir wirklich in Erinnerung geblieben sind, waren jene mit Hellmut. Es war wohl immer dann, wenn er aufgewühlt war, dass er nach Schulschluss meine Nähe suchte, mit mir einen Spaziergang zum Jagdschloss Grunewald machte oder mich zum Kaffee am Botanischen Garten einlud. Selten genug hatte er Zeit, er eilte bereits dem Takt des Unternehmens nach, und die wenigen freien Minuten verbrachte er normalerweise mit Magda auf der Veranda, oder sie gingen zusammen durch den Park, bei Regen dicht nebeneinander unter einen Schirm gedrängt, er hielt ihn über sie, und sie hakte sich bei ihm ein. Er erzählte mir betont gleichgültig davon, aber es ist nicht möglich, gleichgültig von Regenschirmen zu berichten. Sie sind zu unwichtig, und wer sie erwähnt, offenbart, was unter ihnen geschieht.

Wie sein Blick sich aufhellte, wenn er von der Akkumulatoren-Fabrik auf seine Stiefmutter kam, wie belegt seine

Stimme klang, wenn er von ihr wegen eines Termins bei der Schneiderin versetzt wurde.

Es waren keine zehn Nachmittage, an denen ich mich Hellmut und Magda anschloss, wenn sie eine Galerie oder ein Museum besuchten, an Samstagen meist, und Magda ging immer einen Schritt hinter uns durch die Ausstellungsräume. Ich weiß bis heute nicht, was meine Rolle in diesem Bündnis war. Der Anstandsdritte? Der geduldete Schulfreund? Oder hatte doch Magda ein Interesse daran, dass ich hin und wieder in ihrer Nähe war? Ich höre ihre weiche Stimme hinter mir, die uns auf eine ungewöhnliche Linienführung aufmerksam machte, auf ein Detail am Bildrand, und mir kommt es vor, als hätten wir überhaupt durch sie erst sehen gelernt. Wir sahen Beckmanns orangefarbenen Mond über einer Synagoge und Kirchners vogelgesichtige Frauen im Kronprinzen-Palais. An ihrer Seite wurde Hellmut aufmerksam, er nahm sich die Ruhe, die es braucht, um in den Farben etwas zu bemerken, das sich nicht in ökonomische Verwertbarkeit übersetzen ließ.

Und dann war es plötzlich März. Ein Mal noch Klausners speichelfeuchtes Lächeln. Ein Mal noch am Beginn der Unterrichtsstunde aufstehen und setzen. Ein Mal noch klang der Gong. Unsere letzten Wochen als Schüler liefen aus, und kaum waren die Prüfungen abgelegt und der Kater des Abschlussballs ausgeschlafen, auf dem wir uns noch weinselig in den Armen gelegen hatten, stoben wir in unterschiedliche Richtungen davon. Manche Schulkameraden vergaß ich so schnell, dass ich erstaunt gewesen wäre, hätte mir einer von ihnen versichert, jahrelang mit mir einen Klassenraum geteilt zu haben.

Am Tag vor meinem Dienstantritt zitierte Vater mich

in sein Arbeitszimmer. Das mit dem Gehorsam, begann er und erhob sich von seinem Stuhl. Gehorsam ist deine erste Pflicht. Auch wenn dir ein Befehl unsinnig erscheint, wirst du ihn befolgen. Manchmal zeigt sich der Sinn erst, wenn man das ganze Bataillon überblickt. Mit seinem Finger malte er Kreise auf die Schreibtischplatte. Und im Gefecht ist es besser, einen unsinnigen Befehl auszuführen, als zu diskutieren. Fürs Diskutieren hast du als Zivilist noch genug Zeit. Gehorsam, wiederholte er, ist deine erste Pflicht, aber du gehst nicht gegen dein Gewissen. Niemals. Er blickte auf seine Finger hinab, die in Habachtstellung zu warten schienen, und wir standen einander eine Weile schweigend gegenüber. Du wirst es sonst nicht mehr los, fügte er hinzu. Ich habe einige Kameraden gesehen … aber lassen wir es für heute gut sein. Er straffte seine Schultern und lächelte mich verwundert an, wie jemanden, den er vor langer Zeit gekannt hatte.

XIX

In der Kaserne wurden wir morgens vor Anbruch der Dämmerung aus den Betten geschrien, und abends kamen wir oft erst um Mitternacht in unsere Stuben, weil wir noch Stiefel putzen, unsere Pistolen reinigen oder Bier im Mannschaftsheim trinken mussten. In den verbliebenen vier oder fünf Stunden fiel ich in ein Nest aus Watte, und mein Kopf sog sich mit Traumbildern voll, als müsse er die Ödnis der wiederkehrenden Appelle und die gleichbleibenden Bewegungen der Schießübungen ausgleichen.

Wenn es am Morgen regnete, auf diese beharrliche Weise, die nicht mehr hoffen lässt, es ginge jemals vorbei, stellten sich unsere Körper in eine stumpfe Wartehaltung. Wir schenkten der Nässe in unseren Gesichtern und der Kälte unserer Füße keine Beachtung mehr, sondern suchten den Tag nach Möglichkeiten ab, unsere Hosenbeine kurz in der Nähe eines Ofens zu trocknen oder in der Latrine die Schuhe mit Zeitungspapier auszustopfen, nur einige versuchten im Gegenteil, jeden Schauer und jede Pfütze mitzunehmen, um sich am nächsten Tag mit Fieber in der Krankenstation auszuruhen.

Der Weltkrieg saß einigen Älteren noch im Blick. Sah man sie an, schaute man geradewegs ins Leere, als wären sie Puppen oder Automaten und nichts mit Seele. Andere dienten, um sich für den Weltkrieg zu rächen und das Joch des Versailler Vertrags abzuwerfen. Kolljatschek, ein Gefreiter ohne Alter und Familie, der jeden Tag die Latrinen putzte, obwohl niemand von uns bemerkte, dass er für irgendetwas eine Strafe verdiente, sah verschreckt auf, wenn man ihn ansprach, matt und hektisch wie ein waidwundes Tier. Er stammelte Unverständliches und floh hinter die Latrinentür. Als ich mich bei einem der Feldwebel erkundigte, was mit ihm los sei, wehrte er es mit der Hand ab. Ob der Gefreite Kolljatschek an einer Nervenkrankheit leide, bohrte ich nach. Er hat Dinge gesehen, sagte der Feldwebel schließlich. Wir alle haben sie gesehen. Nicht er, wir sind die Verrückten, weil wir einfach weitermachen, als wäre nichts gewesen. Kolljatschek ist der einzig Normale von uns.

Die Stube teilte ich mir mit zwei Adelssprösslingen, dem deutschtümelnden Wernher zu Taube und dem zierlichen Constantin vom Stein, dessen Gesicht sofort rot anlief, sobald wir losmarschierten. Wenn er aufgeregt war, hyperventilierte er, was uns nachts mitunter eine der wenigen Stunden Schlaf raubte. Dann war da noch Kranz, ein Schlosser aus Pankow, Rubinroth, ein künftiger Philosophiestudent, sowie der Sohn eines Unteroffiziers, der bei der ersten Übung wie ein Sack Mehl in einen Graben geplumpst war und für die restliche Zeit abgemeldet blieb. Im Nachhinein hieß es, er habe Plattfüße gehabt. Seinen Namen habe ich vergessen.

Rubinroths Großvater war noch in die Synagoge gegangen, aber das war vor dem Krieg gewesen. Rubinroth selbst hatte auf dem Gymnasium den katholischen Religionsunterricht besucht, weniger wegen Christus oder dem Papst als wegen einer gewissen Charlotte. Sein Name klang trotzdem jüdisch, sein Vater arbeitete obendrein als Prokurist beim Bankhaus Jacquier & Securius, und so gingen einige einfältige Scherze auf seine Kosten. Ich fragte mich, ob er aus Trotz so schlecht schoss, aber er behauptete, er mache sich nichts daraus, und wenn die Witzbolde auch noch im Schützengraben meinten, sie könnten das Vaterland so viel besser verteidigen als er, ließe er ihnen gern den Vortritt.

XX

Einmal holte Hellmut mich mit dem Wagen seines Vaters von der Kaserne ab. Als er meine Uniform musterte, spürte ich zum ersten Mal ihm gegenüber so etwas wie Stolz. Schneidig, sagte er. Auch wenn Kriege heute natürlich nicht mehr im Generalstab entschieden werden, sondern zwischen Unternehmer und Ingenieur.

Eine halbe Stunde lang fuhren wir im Kreis um die Kaserne, er erzählte zusammenhangslos über seine Einarbeitung bei Siemens, Magdas neue Abendgarderobe und das Studium in London, das sein Vater für ihn plante, in ein paar Monaten ziehe er zu den Tommys. Danach setzte er mich ab, und ich hörte über Monate nichts von ihm.

Der Regen, die Latrinen, der Krieg, es gab ja hier genug anderes, doch wenn ich ans Kasernentor kam, suchte mein Blick die Straße ab, der rote Maybach tauchte nicht mehr auf, und geschlagen trat ich den Rückzug an.

Dafür wartete Karl eines Sonntags, als wir Ausgang hatten, vor der Kaserne auf mich, und ich glaube, dass ich mich damals nicht einmal wunderte, weshalb er, den ich einmal gedemütigt hatte, überhaupt mit mir zu tun haben wollte. Warum er nicht in Berlin Streiks organisiere, fragte ich nur, denn er war noch während unserer Schulzeit Sozialdemokrat geworden.

Wir müssen die Menschen überall erreichen, erklärte er. Das Militär dürfen wir nicht den Reaktionären überlassen.

Ich bemerkte, wie Kranz darüber lächelte. Tatsächlich schien Karl einen schwachen Erfolg zu haben, ihn für den Arbeiterkampf zu interessieren. Kranz lud ihn ein, mit uns in die nächstgelegene Kneipe zu kommen, einen stickigen Raum, erdrückt von Butzenscheiben. Im Hinterzimmer arbeiteten drei Frauen. Sobald eine von ihnen nur halb in der Tür erschien, erhob sich einer der Männer und verschwand mit ihr. Nie habe ich die drei auch nur ein Wort sagen gehört.

An unserem Tisch wurde das Gespräch mit jeder Runde lauter, es ging um nichts mehr, also um alles. Erst der Krieg, verkündete einer, rücke die Dinge zurück an ihren Platz. Und dem werde sich auch die Politik wieder beugen müssen, ergänzte ein anderer. Frankreich hat uns nie besiegt!, rief jemand. Als Schmähsätze über die Sozialdemokraten fielen, blickte ich zu Karl, der mit ruhigem Gesicht das Treiben beobachtete.

Gestorben, gestorben, gestorben muss sein!, sang nun ein Kamerad. Flandern in Not!

In Flandern reitet der Tod!, fielen wir grölend mit ein.

Ein Kamerad forderte Haltung, immerhin seien wir auch hier noch Soldaten, ein anderer kommandierte Abmarsch.

In Zweierreihen schwankten wir auf die Straße, und am Ende des Zugs stritten Karl und Rubinroth über Hegel und Marx, über den Glauben im Allgemeinen und die sozialistische Bewegung im Besonderen. Jemand schrie, sie sollten aufschließen, und Kranz wollte nichts mehr von Politik wissen.

Sonst drang wenig vom Zivilistenleben in die Kaserne, und es war kurios, wie schnell wir es vergaßen. Kaum hatten wir die Uniform an, waren wir nicht mehr als unser Dienstgrad, und der war bescheiden. Nur der Adel behielt seine gottgegebene Überlegenheit. Vom Stein und zu Taube saßen gebückt in ihren Doppelstockbetten, tagträumten von ihren kommenden Siegeszügen und rezitierten Gedichte. Dass ihnen das im Schützengraben sicher von Nutzen sein werde, bemerkte Kranz. Die Größe des Deutschen offenbart sich in Tat *und* Geist, erklärte zu Taube. Wenn auch der Geist, fügte er mit mitleidigem Blick auf Kranz hinzu, nicht jedem gleichermaßen gegeben ist.

Kranz machte sich nicht viel aus Taubes Gerede, er schoss ausgezeichnet, lief schneller als wir alle und kam am besten mit den Stubenkontrollen klar, da er es gewohnt war, von seinem Meister angeschnauzt zu werden. Mir dagegen rutschte jedes Mal das Herz in die Hose, wenn der Obergefreite Brinkmann meine Koppel am falschen Platz oder ein Hemd schlecht gefaltet fand. Bei den Offizieren hatte ich bessere Karten, einige von ihnen erinnerten sich noch an meinen Vater, und Major Kellinghus bemerkte vor einem Geländemarsch sogar, ach, der Held von Neuve-Chapelle, wie geht es ihm denn?, und ich durfte vermelden, es ginge ihm ganz anständig.

XXI

Als ich meinen ersten Urlaub bekam, reiste ich Hellmut hinterher und nahm Sprachunterricht in der Willow Road bei einem gewissen Mister Bloomsdale, der so bleich war wie ein Schlossgespenst. Hellmut ging bereits in der gehobenen Gesellschaft ein und aus und wurde von Herrn Lind, einem Geschäftsfreund seines Vaters, auf Trab gehalten. An Hellmuts Seite probierte ich mein neues Leben in einem Weltreich aus, das nicht niedergedrückt war von Reparationszahlungen oder Prüfungsangst, sondern getaktet von Soireen und Partys. Es regnete sogar weniger, als meine Mutter immer befürchtet hatte, und selbst Hellmut schien unbekümmerter als sonst, erleichtert, für einige Zeit dem anhaltenden Streit zwischen Magda und seinem Vater zu entkommen.

Kein einziges Wort fällt mehr zwischen ihnen, wenn mein Vater abends nach Hause kommt und Magda noch wach ist, erzählte er. Aber noch grausamer als die Stille ist seine joviale Fröhlichkeit neuerdings. Wie ein gespanntes Seil über der Leere. Glaub nicht, ich hätte vor, nach meiner Zeit hier noch einmal in die Villa zurückzuziehen.

Kurz hielt er inne und drückte sich die Hand auf den Bauch. Seit er in London war, klagte er über Magenschmerzen, und ich zog ihn damit auf, dass er wohl ein schlechtes Gewissen wegen Foxy habe, dem Mädchen aus Chelsea, mit dem er auf die Partys ging. Sie hieß Kathleen oder Catherine, hatte fuchsrote Haare, eine Stupsnase voller Sommersprossen und schmolz für ihn dahin, während sie ihn nicht im Geringsten interessierte. Ich sehe sie noch vor mir, wie sie in Tränen ausbricht, was sie ganz herzergreifend vermochte.

Ich würde mir eher Gedanken machen, wenn ich von der britischen Küche keine Magenschmerzen bekäme, sagte er. Die Ehe meines Vaters ist schneller vorbei, als ich mich von der Minzsauce erholt habe.

Und dann?, fragte ich.

Auch ihm musste klar sein, dass es in der Realität keine Chance für ihn gab. Wenn sie seinen Vater verließ, hatte auch er sie verloren. Er blinzelte zu einem Schaufenster hinüber, und sein Blick wirkte so abwesend wie der seines Bruders.

Damals glaubte ich nicht, dass sie seine Schwärmerei erwiderte, vielleicht wollte ich es auch einfach nicht glauben. Heute denke ich, dass sie in gewisser Weise verliebt gewesen sein wird in seine Verliebtheit. Er gab ihr das, was sie sich einmal von seinem Vater erhofft hatte, das Gefühl, dass sie etwas wert war, nicht nur ein Schmuckstück oder Zierat, und sie wollte auch mehr sein als eine Angestellte, deren Ausgaben kontrolliert und quittiert wurden mit dem Vermerk *genehmigt Quandt*.

Du verstehst es nicht, sagte Hellmut. Weil du noch nie geliebt hast.

Vielleicht hast du noch nie geliebt, gab ich zurück. Du willst nur wie dein Vater sein.

Er presste die Lippen aufeinander. Entschuldige mich, ich muss noch zu Lind. Wir sehen uns später bei den Rickensons.

Als ich auf der Party eintraf, bewunderte die walkürenhafte Lady Brimstone gerade Lindberghs Atlantiküberquerung, was den Prinzen von Hessen zu der Bemerkung hinriss, mit ihr an Bord wäre Lindbergh gewiss abgestürzt. Ein Kellner reichte mir ein Glas Sekt, das ich in einem Zug austrank und ihm zurück aufs Tablett stellte. Sofort begann ich mich zu langweilen und nahm ein zweites Glas.

Ziellos wanderte ich umher, blieb mal hier, mal dort stehen, bei den ewig gleichen, jahrhundertealten Gesichtern, die weniger gehübscht als auf den Ölporträts und vom Alkohol gerötet in Erscheinung traten. Wenn ich ehrlich bin, habe ich diese Partys ohne Hellmut nie ertragen. Die feine Gesellschaft entpuppte sich nach dem dritten Glas als kleiner Kreis, der seine gehobene Stellung am liebsten dafür verwandte, plumper zu sein als seine niedrigsten Angestellten, und die Einzigen, die gegen zweiundzwanzig Uhr noch Haltung wahrten, waren die Butler.

Nach etwa einer Stunde ließ ich mich kapitulierend in einen Sessel fallen. Neben mir erschauerte ein Mädchen, als es von den verrußten Gesichtern der Grubenarbeiter hörte, und ein junger Mann mit Pelzkragen und Nickelbrille betonte mehrmals, dass er Nationalökonomie studiere und der Lohn von sechs Pfund in den Minen nicht länger zu halten gewesen sei. Speicheltropfen flogen auf sein Kanapee.

Wir sollten, erklärte er, in Gottes Namen die Beziehungen zur Sowjetunion abbrechen.

Nicht im Namen des Königs?, fragte das Mädchen.

Haben Sie schon Charlotte gesehen?, ging der Prinz von Hessen dazwischen. In ihrem Dekolleté könnte man Fledermäuse verstecken!

Da sah ich Hellmut den Saal betreten. Suchend blickte er sich um und kam dann auf mich zugeeilt. Er zog mich aus dem Sessel und klopfte mir mit der flachen Hand gegen die Brust.

Hör zu, Hans, du musst heute Abend meine Begleitung übernehmen. Ich kann nicht bleiben.

Was ist los?

Magda ist in der Stadt.

Ich war perplex, und mir fiel nichts Besseres ein, als zu fragen: Und dein Vater?

Schlafen gegangen. Er hat morgen früh Geschäftstermine. Vielleicht ist er auch einfach alt. Also was ist? Kümmerst du dich um meinen Anhang?

Ich erspähte den Fuchs in einer Gruppe von Freundinnen, erwartungsfroh zu uns herüberblickend. Sie tat mir leid, oder ich tat mir leid, aber ich wusste, dass keiner von uns beiden gegen Magda gewinnen konnte, und so nickte ich nur.

Du bist ein Freund, sagte Hellmut und drückte mich an sich. Dann eilte er wieder dem Ausgang zu. Vor der Tür drehte er sich noch einmal um und hob die leere Hand, als proste er mir mit einem unsichtbaren Kelch zu. Da erst merkte ich, dass ich sein Sektglas hielt.

Es war das letzte Mal, dass ich ihn sah.

XXII

Ich weiß nicht, was ich ihm mehr verüble: dass er kurz darauf mit ihr nach Paris ging oder dass er nicht mehr von dort zurückkam. Immer wieder setze ich mir seine Tage dort wie ein Puzzle zusammen, und auch wenn die Teile die gleichen bleiben, scheint das Bild jedes Mal anders, als könnte ich mich einfach nicht an den Anblick gewöhnen.

Seither habe ich Paris immer gemieden. Aber ich träume oft davon. Magda und Hellmut gehen Hand in Hand einen Boulevard hinunter. Ich weiß nicht, in welchem Arrondissement er liegt und ob er überhaupt mehr ist als Kulisse, hinter der Baracken und Brachland zum Vorschein kämen. Manchmal gelingt es mir, mich selbst zum Erwachen zu zwingen, manchmal aber muss ich ihnen weiter folgen. Sie kichern, und Hellmut legt seinen Arm um Magda. Die Straße ist menschenleer, nur schemenhaft gesäumt von Autos und Bäumen, und nach einigen hundert Metern schwenken die beiden auf einen Hauseingang zu.

Es ist eine schmale Holztür, die zwischen die prunkvollen Portale der Bürgerhäuser geraten ist. Im Dämmerlicht erkenne ich abgetretene Stufen, und feuchte Luft schlägt mir entgegen, obwohl ich noch einige Schritte entfernt bin. Gerade als die beiden die Schwelle überschreiten, dreht Hellmut sich zu mir um. Sein Gesicht ist zur Fratze verzerrt. Ohne jede natürliche Bewegung renne ich auf ihn zu und stoße ihn die Treppe hinab. Ich horche auf den Aufprall. Stille. Es ist so dunkel, dass ich dort unten nichts erkennen kann. Nur Magda steht neben mir in der Tür und streckt ihre Hand nach mir aus.

Wenn ich aufschrecke, muss ich alle Lichter in meinem Schlafzimmer einschalten. Ich liege in meinem Bett, fühle den Pyjama kalt vom Schweiß und wage es nicht, wieder einzuschlafen. Dann setze ich von neuem das Puzzle zusammen, füge ein Teil zum anderen.

Anfang Juli kommen sie in Paris an. Die Hitze staut sich in den Straßenschluchten, und Hellmuts Magenschmerzen werden noch stärker, aber er will lieber verliebt sein als zum Arzt gehen. Sein Vater verliert sich in Geschäftlichem, und auch Magda bekommt nichts mit von Hellmuts Leiden, oder sie geht darüber hinweg, weil sie von ihm gesehen werden will und ihn nicht an eine Krankenstation verlieren.

Im Café de la Rotonde trinken sie Champagner und essen Austern, die zweihundert Kilometer von der Küste herbeigeschafft wurden. Natürlich habe ich darüber nachgedacht, ob sie miteinander geschlafen haben, in seinem Hotelzimmer oder, falls der Concierge zu streng war, in einem der besseren Stundenhotels von Pigalle. Ich glaube es nicht. Nicht in der Realität jedenfalls. In Gedanken sicher. Beide taten das, und nach einem Sommergewitter spucken ihnen die Wasserspeier einer Kathedrale den Regen vor die Füße. Abkühlung bringt es nicht, und als Magda am nächsten Tag abreist, kann Hellmut vor Schmerzen kaum stehen, und endlich lässt er den Hotelarzt rufen.

Magda und Quandt sind hinter Brüssel, als der Arzt ihn mit einer Blinddarmentzündung im fortgeschrittenen Stadium in ein Krankenhaus einweist. Mit dreckigem Operationsbesteck schneidet man ihm dort den Bauch auf, und wenig später erwacht er in einem schmalen, kalten Zimmer. Die Schmerzen sind anders, aber immer noch da. Eine Schwester kommt, dann geht sie wieder, ihr Französisch ist zu schlecht, um seines richtig zu verstehen, und in der Nacht steigt sein Fieber, bis er halluziniert.

Erst in Berlin erfährt Magda per Telegramm von der Sepsis, im Entree der Villa mit zu vielen Koffern und einem Herrn Quandt, der in diesem Moment auch keine Hilfe ist. Vor Sorge weiß er nicht, ob hierhin oder dorthin, und es ist Magda, die Koffer und Mann stehen lässt und zurück zum Bahnhof fährt, den nächsten Zug nach Hannover nimmt und dann weiter nach Paris. Ihr Mann folgt ihr noch am selben Tag nach.

Vom Gare de l'Est eilt sie sofort ins Krankenhaus, ein altes Schulgebäude hinter dem Canal Saint-Martin. Ein letztes Mal sehe ich sie dort als Madame Quandt auftreten, die schnell und hart Französisch spricht, um mehr Autorität auszustrahlen, als sie besitzt. Der jungen Schwester macht sie Vorwürfe, bis dieser die Tränen in den Augen stehen. Madame Quandt fordert einen zweiten Arzt, aber es ist der vierzehnte Juli, und die Menschen feiern mit Feuerwerk auf den Champs-Élysées den Nationalfeiertag.

Erschöpft kauert sie schließlich an Hellmuts Bett, seit dreißig Stunden ohne Schlaf. Hin und wieder streicht ihr Daumen über seinen Handrücken. Und ist es Erbarmen oder Zerstreutheit, dass sie aus ihrer Handtasche das Röhrchen holt, das Hellmut vor Jahren in seinem Nachttisch versteckte, und eine Tablette in ihren Handteller klopft? Sie kann nicht mehr wach sein, und er kann es nicht. Sie können sich nicht länger so ansehen.

Es wird still, und um die Stille ist alles in Hektik. Gib einem frisch am Darm Operierten niemals Barbiturat! Vielleicht hat sie es nicht besser gewusst. Woher auch. Die Schwester macht mit einem verpfuschten Einlauf alles noch schlimmer, und sie spüren beide, wie ihnen der Kranke entgleitet. Magda hält noch seine vom Fieber feuchte Hand, seine Augen suchen bereits im Leeren.

Manchmal versuche ich mir Hellmut vorzustellen in diesem letzten Moment, in dem sein Herz aufhört zu schlagen, er nicht mehr ausatmet, sondern die Luft einfach aus ihm weicht. Dann denke ich wieder an den Jungen auf dem Schulhof, dem ich vor vielen Jahren zum Tod seiner Mutter kondolierte. Er nickte ernst und abwesend, als habe die Grippe ihn schon damals ein Stück aus dem Leben gerückt und als wisse er insgeheim, dass die große Aufgabe, die ihm vorherbestimmt ist, nicht im tüchtigen Verwalten eines Imperiums besteht, sondern darin, alles loszulassen, selbst das noch, was er zu lieben versuchte.

XXIII

Als ich im August aus der Kaserne entlassen wurde und nach Hause kam, lag die Trauerkarte auf meinem Schreibtisch. Ich blieb reglos davor stehen und blickte auf den schwarzen Rand. Auf den Absender. Meine Wangen fühlten sich mit einem Mal entsetzlich kalt an. Das Zittern setzte in den Händen ein, dann zog es in meine Arme, meine Schultern, so stark schüttelte es mich, dass es mir in der Brust wehtat. Endlich schaffte ich es, den Stuhl zurückzuziehen. Ich setzte mich, ließ meinen Kopf auf den Schreibtisch sinken und begann zu weinen, ohne wirklich zu begreifen, was geschehen war.

Irgendwann, nach zehn Minuten oder zwei Stunden, hörte ich den leisen Schritt meiner Mutter hinter mir. Ihre Hand legte ein Stofftaschentuch auf meinen Schreibtisch, und kurz darauf spürte ich ihre Arme um meine Schultern. Sie wiegte mich an ihren Körper gedrückt, wie sie es seit meiner frühen Kindheit nicht mehr getan hatte.

Es tut mir so leid, Jeanlebon, flüsterte sie.

Erst am Abend öffnete ich den Umschlag. Die Beisetzung hatte bereits stattgefunden, und das traf mich, als entrisse man mir Hellmut dadurch in doppelter Weise. Noch vor dem Schlafengehen schrieb ich einen Kondolenzbrief an Magda. Keinen Moment dachte ich darüber nach, ihn an Hellmuts Vater zu richten, weil es für mich keinen Vater von Hellmut gab, nur einen Herrn Quandt.

Magda antwortete mir knapp und erst nach Wochen. Sie dankte mir für alles, was ich für Hellmut gewesen war, und teilte mir mit, dass sie für einige Zeit nach Amerika ginge. Ihrem Brief lag ein Buch bei, und als ich es aufschlug, erkannte ich überrascht, dass es der Band mit Wildes Gedichten war, den ich vor Jahren auf Hellmuts Pult liegen gelassen hatte. Er musste ihn heimlich eingesteckt haben. Vielleicht, schrieb sie, würde ich ihn gern als Andenken behalten.

1927-1931
Reichskanzlerplatz

I

Seit Hellmuts Tod schlief ich schlecht, manchmal weniger als drei Stunden die Nacht, und wenn ich wach lag, blickte ich auf die Gardine, die im Licht vorbeifahrender Wagen aufschien, ehe sie zurück ins Dunkel kippte. Es war, als liefe auf dieser Leinwand mein Leben ab, zersprungen in zwei Teile, in den einen, in dem ich das, was ich brauchte, nicht bekommen hatte, und den anderen, in dem es das, was ich begehrte, nicht mehr gab.

Vielleicht hätte ich nur einmal in Tiefschlaf fallen müssen, einen Traum haben, an dem ich mich am nächsten Tag hätte festhalten können, aber selbst im Schlaf blieb ich in der Wohnung des Generalmajors a. D., Beletage, 230 Quadratmeter eingefasst zwischen dem Entree zur Straße hin und einem Dienstbotenaufgang zur Hofseite, den ich einmal die Woche benutzte.

Wenn ich am Sonntag in der Früh um vier oder fünf zurückkam, saß meine Mutter in der Waschküche, den Stuhl so ausgerichtet, dass sie auf den kleinen Vorflur sah und auf die Tür zur Dienstbotentreppe, und sie sah seit Stunden dorthin, blass und müde. Ich ging leise auf sie zu, küsste sie auf die Wange.

Geh dich waschen, sagte sie, du riechst nach Frau.

Ich nickte und schlich ins Badezimmer, schlug mir Wasser ins Gesicht, trank ein paar Schlucke und rieb mir mit einem Waschlappen das Parfum meiner Mutter vom Hals. Sie hatte den alten Flakon nie gesucht, den ich aus dem Schränkchen entwendet hatte. Aus der Wanne stank es noch nach meinem Vater, talgig, vergoren, penetrant hing sein Geruch in der Luft. Ich öffnete das Fenster, das auf den Hof hinaus ging, unten hörte ich schon das Klirren von Milchkannen, und ich versuchte mir ein Gesicht in Erinnerung zu rufen, das keine Stunde zuvor dicht bei mir gewesen war, doch die Menschen in Berlin verschwanden zu leicht, sie zogen sich zurück wie Schatten bei Tagesanbruch, einige lockten mich mit sich ins Dunkel, andere, die meisten, lösten sich einfach auf, so selbstverständlich, als wären sie nie mehr als eine Täuschung gewesen. Ich war der einsamste Mensch dieser Stadt. Wie so viele. Unten hörte ich den Milchmann pfeifen.

Die Woche über lernte ich an der Universität meine ersten juristischen Lektionen wie ein Apparat, ohne jede Anteilnahme. Erst wenn sich das gusseiserne Tor des Tiergartens am Samstagabend wieder vor mir öffnete, lebte etwas in mir auf. Ein verarmter Schwuler bewachte es wie Petrus die Himmelspforte, nur dass er dafür nicht unsere Seelen, sondern lediglich zehn Pfennig nahm. Wer zahlte, ohne zu feilschen, dem gab er noch eine Warnung vor den Greifern mit, die in der geordneten Uniform der preußischen Polizei den Paragrafen 175 in diesem Moloch aufrechtzuerhalten suchten, und ihr Tun war so aussichtslos, als wollten sie in der Wüste einen See anlegen.

Auf der runden Bank unter dem Luisendenkmal saß die Kunstausstellung, ein Grüppchen Prostituierter und Obdachloser, und zwischen ihnen der Stadtinvalide, den nicht der Krieg, sondern die endlosen Wege Berlins das Bein gekostet hatten. Man kaufte und verkaufte sich hier für wenige Mark, und eine verhuschte Gestalt kroch aus dem Dunkel und bot gegen eine Spende Bildchen nackter Männer neben dorischen Säulen an. Sie roch eigentümlich aus dem Mund, und sobald sie auf mich zugehinkt kam, wechselte ich schnell hinüber zum Offiziersweg.

Dort blitzten die Säbel der Kavalleristen unter den Gaslaternen auf, und immer tiefer ließ ich mich in die von Büschen bewachsenen Pfade hineintreiben, von denen der Polizeipräsident gemeint hatte, man bräuchte nur bessere Beleuchtung. Vermutlich war er noch nie hier gewesen, allenfalls tags, wenn die Ausflügler mit ihrem properen Nachwuchs im gestärkten Matrosenanzug über den Kies zogen, um kurz zu vergessen, dass die Inflation ihr Zuhause wie Holzwürmer aufgenagt hatte.

Der Tiergarten begann erst nachts zu leben, wenn der Schließer seinen Posten bezog, die Buchenhecken in Rascheln und Stöhnen aufblühten und ein Kaninchen verschreckt daraus hervorpeste. Junge Männer, so schmächtig wie Peter Pan, lächelten im Zwielicht, und ein korpulenter Mann mit Herrenhandtasche wurde verscheucht, weil er heimlich versucht hatte Fotos zu schießen. Die Dunkelheit zog sich nie genug zurück, um nicht wenigstens uns noch in sich aufzunehmen, und in diesen Morgenstunden, mein Körper bis ins Innerste erschöpft, mein Unterleib satt und überreizt, verstand ich noch weniger als sonst, warum man für ein paar Sätze über die konsularischen Feinheiten einer längst vergangenen Konferenz einen akademischen Titel erhielt, während man das Eigentliche mit dem Dämmern des Tages verlor.

II

Während meines Militärdienstes war mir der Krieg so fern und unverständlich geblieben wie anderen Menschen der Mond. Ich glaubte nicht einmal, dass er wirklich Realität besaß, und der stramme Gang in den Fantasieuniformen war mir nur wie das Vorspiel für meine Ausflüge an den Wochenenden erschienen. Diese Streifzüge hinterließen Spuren bei mir, so dass Annie mich einmal beiseitenahm und bat, ich möge doch behutsamer mit mir umgehen. Sie meinte natürlich, mein Studium würde mich zu sehr beanspruchen, und ich versicherte ihr, das zweite Semester würde mir mehr Zeit zur Erholung lassen.

In der Kaserne war jede Minute in der Gewalt meines Vorgesetzten gewesen. Als ich während meines ersten Semesters in eine eigene Wohnung in der Winterfeldstraße zog, musste ich nicht einmal mehr Rücksicht auf den Schlaf meiner Mutter nehmen, und ich nahm auch keine Rücksicht auf meinen eigenen Schlaf. Ich ging ins Kleistkasino und ins Eldorado, trank Sekt zwischen gedunsenen Gesichtern, die aus Seidenkleidern und eleganten Anzügen ragten. Sie erinnerten kaum noch an die wechselnden und doch ewig gleichbleibenden Schatten des Tiergartens, mochten es auch zum Teil dieselben Personen sein.

Ich traf einen Diplomaten, der mir Ratschläge für meine Laufbahn gab und dann in eine Tirade auf die Nazis verfiel, die viel zu dumm seien, um den gemeinen Juden zu durchschauen. Von Otto ließ ich mir Cocktails mixen, und mit zwei Kindern eines Schriftstellers unterhielt ich mich über Goethes *Wilhelm Meister* und über die Sparte *Vermischtes* im *Berliner Tageblatt*. Einem der Transvestiten, Lukas, genannt Lulu, gefiel ich besonders, er zwinkerte mir nach seinen Auftritten an der Bar zu und setzte sich neben mich, Knie an Knie. Er hatte lange Wimpern und gerougte Wangen, die ihn ein wenig fiebrig aussehen ließen.

Einmal geriet ich in einen Streit zwischen einem Sozialdemokraten und einem SA-Mann, der die Verlotterung Deutschlands mit der Arbeitslosenversicherung und dem Wahlrecht für Frauen erklärte. Der Sozialdemokrat hielt dagegen, und es wäre beinah zu einer Schlägerei gekommen, aber Lulu zog den SA-Mann gerade noch rechtzeitig beiseite und führte ihn hinab zu den Dampfbädern, wo er sich an einem der Jünglinge austobte.

Meine Eltern besuchte ich jeden Sonntag einigermaßen geordnet zum Nachmittagstee. Ich lutschte Pfefferminzbonbons gegen den sauren Atem, was in Verbindung mit der Erdbeersahnetorte ein zweifelhaftes Vergnügen war, und verließ sie zwei Stunden später wieder, ehe die Müdigkeit meiner Leber mir zu deutlich anzusehen war.

Nach einem dieser Sonntagsbesuche traf ich Lulu bei der Hochbahn. Ich erkannte ihn zuerst nicht, weil er einen grauen Straßenanzug trug und sein Gesicht ungeschminkt war. Er stand dort allein wie ein ausgesetztes Kind. Zögerlich ging ich auf ihn zu, streckte meine Hand aus – schon wurde ich mitgerissen ins nächste Vergnügungslokal. Bier schäumte auf die zerfressene Tischplatte, jahrzehntealte Zigarettenstummel schwammen im Aschenbecher. Irgendjemand lachte, irgendwo spielte ein Tusch, eine Hand griff nach meinem Bein, das Läuten der Aufführungsglocke beendete die Szene. Und weiter! Ein kleines Separee hinter weinroten Gardinen. Es roch nach frischer Bockwurst, Magnolienparfum und Schweiß. Mir schwindelte. Etwas flüsterte neben mir.

Mit Lulu entkam ich der Tristesse, die sich seit Monaten in mir angesammelt hatte. Wir jagten im Geruch stockiger Badekleidung Schwäne in der Krummen Lanke, wir tanzten um vier Uhr morgens über den Ku'damm, mogelten uns in die Schlange vor der Suppenküche, versenkten Zuckerwürfel im Monopole-Champagner, und wir verachteten die Welt, die nicht aus uns bestand. In Lulus Erzählungen wechselte Todessehnsucht mit zweitklassigen Witzen und hochfliegenden Plänen für eine Zukunft in Paris.

Alle, die ich um Lulu herum traf, malten sich ihre Zukunft voller Ruhm und Reichtum aus, vermutlich, weil ihre Gegenwart zu abgenutzt war, um sich noch in ihr einzurichten. Bürgerliche Wohnungen waren während der Inflationsjahre zu drittklassigen Zimmervermietungen verkommen, und in den blankgescheuerten Dielen spiegelte sich nur noch verblichener Wohlstand. Der arbeitslose Doktor der Mathematik, mit dem Lulu sich einen Flur im Souterrain teilte, nutzte seine Kenntnisse, um zu errechnen, wie man am besten Kohlen sparte. Seinen Erfolg maßen wir an der Feuchtigkeit der Wände und seinem blökenden Husten.

Alle möglichen Leute gingen in Lulus schmalem Zimmer ein und aus. Einmal wachte ich neben einem Mädchen mit raspelkurzem Haar auf, das auf der Bettkante saß. Ich fragte, wo Lulu sei. Oh, wohl nur Brot kaufen, und dann ließ ich mir erzählen, wie großartig Berlin sei, Babelsberg werde das neue Hollywood, und sie schreibe an einem Drehbuch, das kurz vor der Vollendung stehe. Sie hieß Helen, was sie Hélène aussprach, und träumte von einer Nacht mit einer Schauspielerin, deren Namen sie nicht erinnerte, die aber gewiss ein Weltstar würde und sie an ihrer Seite der Skandal des Jahrzehnts. Lulu kam mit Brot, Eiern und Zigaretten zurück, wir frühstückten und rauchten, und als wir auf die Straße traten, dämmerte es schon wieder, an der Ecke stand der Laternenanzünder auf seiner Leiter. Die Tage und Nächte an Lulus Seite flogen vorbei. Die Zeit drehte sich so schnell, dass ich nicht mehr sagen konnte, wie alt ich war und ob überhaupt schon geboren.

Es war endlos.

Es war das Jahr achtundzwanzig.

Einige Monate im Frühjahr und frühen Sommer.

Dann verschwand Lulu. Kurz zuvor hatten wir uns in einem Biergarten gesehen, wo er mir unter anhaltendem Lachen erklärt hatte, dass unsere gemeinsame Fahrt nun zu Ende sei. Seine Augen hatten dabei so freundlich geleuchtet wie Christbaumkugeln. Abends ging ich ins Eldorado, aber niemand konnte mir etwas über seinen Verbleib sagen. Auch der Mathematiker, den ich kurz darauf aufsuchte, wusste nichts, präsentierte mir aber eine präzise Rechnung über die geprellte Miete. Ich drückte ihm fünf Mark in die Hand und verzog mich.

Mit Lulu war auch der Gazeschleier fort, der alles weichgezeichnet hatte. Jetzt lag Berlin hart und leer vor mir. Kinder liefen hinter Kokswagen her und sammelten herunterfallende Brocken auf. Frauen in abgetragenen Baumwollkitteln senkten den Blick, um in ihrer Armut nicht erkannt zu werden. Ich lehnte im geöffneten Fenster, rechts zogen die Busse über die Potsdamer Straße und am Sportpalast vorbei, links konnte ich bis zum Winterfeldtplatz sehen, von dem aus ich mich nachts in den Rausch der Seitenstraßen hatte treiben lassen. Noch ein wenig weiter beugte ich mich hinaus, nur noch mit den Zehenspitzen stand ich auf dem Boden. Im Eldorado hatten wir Flügel gehabt, und vielleicht, dachte ich, waren wir zu hoch geflogen, und das Wachs war uns von der Sonne geschmolzen. Abgeschossen hätte man uns so oder so.

III

Im Juli ging ich mit einem Strauß Lilien zu den Quandts. Es war Hellmuts Todestag, und ich wusste nicht, wo ich sonst mit den Blumen hätte hingehen sollen, Pritzwalk war doch zu weit.

Magda war überrascht, mich zu sehen. Sie überlegte wohl kurz, ob sie mich wieder wegschicken sollte, bat mich dann aber herein. Herbert war mit dem Hausmädchen bei einem Arzt in der Stadt, die anderen Kinder waren im oberen Stock, und so standen wir allein in der weiten Küche, wo sie eine Vase aus der Anrichte holte. Vor dem Fenster schillerten flaschengrün die Baumkronen, und ein Luftballon leuchtete orangefarben auf, der an einen Ast gebunden war.

Magda bot mir Tee an, und wir gingen hinüber in den Salon. Er wirkte hell und modern und so, als habe man die Möbel auf das Parkett gestellt, um dem Licht auf Polstern und Mahagoni noch mehr Platz zu geben. Ich sagte etwas von unbeschwert, freundlich, zugewandt.

Ja, eine freundliche Langeweile, antwortete sie und blickte auf das große Fenster. Sie erzählte von den mexikanischen Pyramiden, die sie mit Quandt besichtigt hatte, und in Puebla hatten sie ein Erdbeben erlebt.

Angst habe ich schon gehabt, aber immerhin spürst du, dass du am Leben bist.

Dann erkundigte sie sich nach dem Militärdienst (charakterbildend), meinem Studium (horizonterweiternd) und ob ich eine Freundin hätte. Ich wich aus und sagte, ich sei zu wählerisch. Ihr Lächeln verriet ihre Eitelkeit. Sie nahm wohl an, über mich eine ähnliche Macht wie über Hellmut zu besitzen. Während ich ihr gegenübersaß, war mir, als könnte er jeden Moment den Raum betreten.

Was ich dann tat, war nichts, was überlegt war oder überhaupt nur mit dem Verstand zu tun hatte, und ich war auch sicher nicht in sie verliebt, aber dass sie glaubte, ich wäre es womöglich, rührte mich, und ich bestärkte sie noch darin, indem ich sie mit schlagenden Wimpern anschaute und dann scheu zur Seite sah. Ich ließ meinen Blick durch den Raum schweifen auf der Suche nach etwas, das meinen Aufbruch verzögern konnte.

Der Flügel stand in einem Erker, von der Schräge der Treppenstufen überdacht. Ich blätterte durch die Noten und fand ein vierhändiges Stück von Schubert. Magda spielte secondo, ich primo, aber eigentlich spielten wir nur mit uns. Sie bewunderte meine feingliedrigen Finger, sie tadelte mich für einen Fehler, und wann immer sie glaubte, mich in Verlegenheit gebracht zu haben, entzog ich ihr meine Aufmerksamkeit, versank scheinbar vollkommen in der Bewegung der Hände.

Sie war klug, womit ich meine, dass sie Menschen schnell durchschaute und wenn nicht durchschaute, dann hatte sie doch ein Gespür dafür, was jemand brauchte und, mehr noch, was er verlangte. Bei mir gelang es ihr nicht sofort, und ich merkte, dass sie mich, während ihre Finger über die Tasten glitten, von der Seite betrachtete wie ein Rätsel. Sie genoss nicht das Geheimnisvolle, sondern sie verlangte die Lösung.

Als ich in den Partituren nach einem weiteren Stück suchte, kam ihr eine Bahnreise aus der Kindheit in den Sinn. Sie war erst fünf gewesen, und damals muss ihr die

Strecke von Berlin nach Köln schier endlos erschienen sein. Allein und nur mit einem Schild um den Hals war sie von der Mutter zum Vater gereist, und keiner der Erwachsenen wollte sie ein Stück weiter als bis zum Bahnhof begleiten.

Vertraute sie mir in diesem Moment? Oder wollte sie mich nur näher an sich binden? Auch später, als ich sie besser verstand, bin ich mir nie ganz sicher gewesen. Manchmal schien mir, als hätte sie gar keinen eigenen Kern, so sehr gab sie sich für meine Sorgen und Süchte und Ziele hin. Sie machte es mir angenehm, sie setzte alles daran, dass sie mir unerlässlich wurde, ja, dass ich mich leer fühlte, wenn sie nicht in meiner Nähe war. Und doch verfing es bei mir nie ganz. Vielleicht hätte ich sie begehrt wie all die anderen, Hellmut, Herr Quandt und später der Minister, wenn ich überhaupt Frauen begehrt hätte. Wer weiß. Ich war nichts Besonderes, was bedeutet, dass ich mich wie all die anderen für etwas Besonderes hielt.

Ich schlug die Noten zu und blickte zu Magda auf. Dass es erfreulich gewesen sei, sie wiederzusehen, sagte ich und erhob mich. Nach einer kurzen Pause korrigierte ich mich: Es sei schön gewesen. Sie wurde rot, ganz leicht, aber doch. Schweigend begleitete sie mich zur Tür.

Als ich die Eingangsstufen hinabging, sah ich mich noch einmal zu ihr um. Die Arme vor der Brust verschränkt, stand sie im Türrahmen, und ich dachte an die junge Frau in einem Clubsessel, die ich vor Jahren gesehen hatte und die so wenig zu diesem Möbel gepasst hatte wie ein fünfjähriges Mädchen zu einem Schild, mit dem man es auf eine weite Reise schickt. Die ganze Fahrt über, acht Stunden lang, muss Magda gefürchtet haben, dass niemand am Bahnsteig steht und auf sie wartet.

IV

Im September hatten wir unser erstes Rendezvous, auch wenn ich mir sagte, dass es nur ein Kaffeetrinken sei. An der Ecke Motzstraße kaufte ich ein Horoskop für Magda. Ich wollte nicht wieder wie ein Schuljunge mit Blumen vor ihr stehen, und der selbsternannte Astrologe fragte mich über die glückliche Empfängerin aus. Er liebte es zu schwatzen, um nicht mit seinen Gedanken allein zu sein, und wann immer ich bei ihm vorbeikam, unterhielten wir uns über dies und das, über die Nachbarn und die Politik, über das Wetter und Josef Stalin. In seinem früheren Leben war er Spekulant gewesen, aber der Crash an der Berliner Börse im vergangenen Jahr hatte ihn fast seine gesamte Existenz gekostet, mit Ausnahme seiner mausgrauen Anzüge, und nun trug er sie in der aus rohen Brettern gezimmerten Bude.

Anfangs, vielleicht noch aus alter Gewohnheit, hegte er eine Abneigung gegen die Kommunisten, aber bei jedem meiner Besuch fand er mehr Gründe, warum an ihren Ideen etwas dran sei, und an diesem Tag gab er zu, sich am Vorabend eine Versammlung von ihnen angesehen zu haben.

Noch einmal so ein Tag an der Börse, und das Land zerrieselt uns zwischen den Fingern, meinte er. Daran kann doch was nicht stimmen.

Ich fragte ihn, welche Erfolge er der Partei bei der nächsten Wahl prophezeie, und er lachte nur.

Mein Lieber, Ernst Thälmann ist Widder, aber ich kenne seinen Aszendenten nicht, da kann ich keine verlässliche Aussage treffen.

Dann schielte er zum Himmel. Wichtiger noch als Politik war ihm das Wetter, denn wenn es regnete, lief ihm das Wasser vom undichten Büdchendach in den Nacken, und wenn es zu kalt war, wollte niemand ein Horoskop.

Eine Partei, die für akzeptables Wetter sorgt, das wäre mal was, meinte er. Die Stadt wäre gleich eine andere.

Es war ein nasskalter Tag, ich schlug den Kragen meines Sommermantels hoch, als ich die Kleiststraße hinaufging. Die Straßenzüge sahen noch trister aus als gewöhnlich, hie und da huschten geduckte Gestalten aus den Hauseingängen, und hinter den Fenstern zogen Schatten vorbei. Auf der Terrasse des Café Reimann hatten sie nach Pariser Mode Koksöfchen aufgestellt. Es machte mich beklommen, aber Magda hatte das Café bestimmt, und da ich fröstelte, setzte ich mich neben eine der rauchenden Säulen.

Sie kam fast eine halbe Stunde zu spät, schüttelte ihren Seidenschal von den Schultern und begrüßte mich mit Wangenkuss. Ich bewunderte den Schal, den ich allein deshalb für teuer hielt, weil sie ihn trug und weil sie nun eben war, wer sie war. Aber natürlich war auch Quandt, wer er war, und er verabscheute unnötige Kosten oder vielmehr, wie Magda mir noch mit zurückhaltendem Vorwurf klagte, Aufwendungen, deren Sinn er nicht verstand. Er sei verbohrt und verschlossen. Er verstehe nichts von der sinnlichen Welt, und alles, was über das Haarwasser für seine Sardellen hinausgehe, halte er für Verschwendung. Das war auch der Grund für ihre Verspätung, denn Quandt hatte die Ausgabe für ein neues Abendkleid bemängelt.

Er erwartet, dass ich für ihn in den obersten Kreisen glänze, und zahlen will er nur für eine Dienstmädchenschürze.

Um sie auf andere Gedanken zu bringen, zog ich das Horoskop aus meiner Manteltasche. Sie nahm es mit spitzen Fingern entgegen und las es dann doch konzentriert und mit hochgezogenen Brauen. Schließlich nickte sie. Genau das habe ihr Frau Kowalsky schon einmal gesagt.

Sie blickte über die Terrasse hinweg ins Leere, und erst als der Kellner an den Tisch trat, wachte sie aus ihrer Absence wieder auf. Wir bestellten zwei Kaffee mit Cognac, und sie erzählte mir von der alten Ostpreußin mit dem abgegriffenen Kartenspiel, die sie kurz nach Kriegsbeginn, während ihres ersten Jahrs in Berlin, kennengelernt hatte. In unserem schönen Märchenschloss, sagte Magda. Wenn man bloß mehr als ein Zimmer gehabt hätte. Und immer kalt essen, weil wir nirgends kochen konnten.

In Brüssel hatte sie mit ihrer Mutter und ihrem Stiefvater in einem wohlhabenden Viertel gelebt, mit eleganten Möbeln, großzügigen Räumen, zwei Sorten Tafelsilber, das eine für die normalen Sonntage, das andere für Weihnachten und Ostern, und auch zum Pessachfest wurde es herausgeholt. Nach Kriegsbeginn waren ihre Mutter und sie wie alle Reichsdeutschen ausgewiesen worden. Kaum etwas hatten sie mitnehmen können auf den Transport, sechs Tage im Viehwagen, bis man sie endlich in Berlin auf den Bahnsteig schickte. Im Flüchtlingsheim kamen sie in einem mit Koffern vollgestellten Raum im ersten Stock unter, in dem die Wohnnischen dreier Familien nur durch Laken voneinander getrennt waren.

Frau Kowalsky und ihre Tochter lebten ein Stockwerk über ihnen, auf dem Fensterbrett trockneten Strümpfe und Lappen, und der Blick ging auf den Tiergarten. Ihre Tochter hielt nichts von dem Hokuspokus. Mit einem Kartenspiel könne man Patience legen, aber nicht die Zukunft vorhersagen. Sobald die Tochter spazieren war, versammelten sich die Bewohnerinnen um das Feldbett der Alten, Frauen aus Amsterdam und Brüssel, aus Posen und Kattowitz und Stargard, denen jede Gewissheit auf der Flucht abhandengekommen war.

Wir haben uns betrogen gefühlt, sagte Magda, aber wir wussten nicht, von wem.

Nur wenn Frau Kowalsky die Hand einer der Frauen auf ihr Knie bettete und ihren Finger darübergleiten ließ, kehrte die Zukunft in die Linien zurück. Als sie Magda die Karten legte, sah sie eine Weile stumm auf das Blatt, dann schüttelte sie den Kopf. Aus ihrer Schürzentasche kramte sie eine Marone und begann sie zu pellen, als säße sie ganz allein in ihrem Zimmer. Die Frauen drängten sich um das Bett, reckten ihre Köpfe, um die Karten zu sehen, doch statt der Zukunft erkannten sie nur die Kastanienschalen, die dazwischengefallen waren. Was es nun bedeute, fragte Magda, und die Alte sah sie mit ihren irren Augen an. So viel Glück kann jemand gar nicht haben, habe Frau Kowalsky gesagt und sich eine Marone zwischen die Lippen geschoben, und Magda wiederholte es noch einmal: So viel Glück. Sie blickte an sich herunter und sagte kühl, als spräche sie über jemand anderes: Das hier kann sie wohl nicht gemeint haben.

V

Drei Tage nach unserem Treffen schickte ich ihr eine Karte: Im Horcher ist ein Tisch reserviert auf acht Uhr am Freitagabend, Hans. Ich bat nicht um eine Antwort, und vielleicht dachte deshalb keiner von uns beiden daran, die Verabredung auf einen anderen Tag zu verschieben und von diesem Tag wieder auf einen anderen, bis sie schließlich vergessen wäre.

Um kurz vor acht betrat ich das Restaurant, ein Kellner eilte herbei, um mich an den Tisch zu geleiten, an dem Magda bereits wartete. Sie war schön, träg und zerbrechlich, und ich bemerkte, wie Blicke von den Nachbartischen mir verstohlen folgten, um zu sehen, welcher Mann es an den Tisch dieser Frau geschafft hatte. Als ich mich setzte, ließ sie die Hand über ihre Perlenkette gleiten, als wolle sie sich vergewissern, dass sie noch da sei, dabei lenkte es den Blick auf ihr Dekolleté. Sie hatte bereits eine Flasche Champagner neben sich in einem Silberbottich stehen, und im Aschenbecher lag ein Zigarettenstummel.

Ob sie schon lange warte, fragte ich.

Anstelle einer Antwort warf sie mir einen tiefen Blick zu. Sie ließ einen Moment verstreichen, in dem die Stille uns wie Verschworene zusammenrückte. Dann erzählte sie wieder von den Pyramiden in Mexiko, aber was für Völker dort vor den Europäern gelebt hätten! Sie hätten ihren Göttern Menschenopfer dargebracht und die Priester das Blut von Kindern getrunken. Das Barbarische spüre man auch heute noch, behauptete Magda, der harte Ausdruck dieser kleinen und dunklen Menschen sei abgründig, und gerade sie, als die Blondeste unter den Reisegefährten, sei begafft worden, aber man wisse ja nicht, was bei diesen Menschen aus Bewunderung folge.

Bewunderung sei sie sicher auch hier gewohnt, bemerkte ich nur, und sie lächelte.

In den Vereinigten Staaten habe sie Frauen getroffen, die sich geradezu bemühten, alles Schöne und Weibliche abzulegen. Sie führen sich wie Männer auf, streiten über Politik, tragen Hosen, und einige wollen nicht einmal Kinder bekommen. Das ist doch nichts, was eine Frau wirklich will, sagte Magda. Ist es da ein Wunder, wenn sich die Männer verlieben, sobald eine Frau den Raum betritt, die sich auch wie eine verhält?

Herbert Hoover, ein reicher Unternehmer, den sie bei einem Dîner kennengelernt hatte und dessen Onkel gerade für die Präsidentschaft kandidierte, hätte ihr am liebsten an Ort und Stelle einen Antrag gemacht. Aber warum sollte ich ihn heiraten?, fragte sie. Ich kenne das Leben an seiner Seite ja schon. Er ist wie mein Mann, nur mit besserem Englisch.

Und sein Onkel?

Ein Politiker eben, sagte Magda. Die Demokratie macht doch alle gleich. Natürlich muss er gewinnen, alles andere wäre eine Katastrophe, sein Herausforderer ist Sozialist, und Hoover wird auch gewinnen, aber langweilig ist er wie sie alle.

Als Magda noch ein Flasche Champagner wünschte, zog ich sie auf, dass es sich mit Hoovers Haltung zur Prohibition nicht gut vertrage. Sie antwortete, das seien Äußerlichkeiten. Überhaupt, Politik interessiere sie nicht. Man hat Gemeinschaft durch Abstimmungen ersetzt, und die Menschen zerbrechen sich den Kopf darüber, wann sie in Ruhestand gehen, anstatt sich zu fragen, was das Leben ist. Ich habe nie verstanden, wie man das Mittelmaß lieben kann, sagte sie, aber heute sind alle ganz verrückt danach. Es traut sich niemand mehr, eine große Idee zu haben.

Quandt baut ein Weltreich auf, wandte ich ein.

Ein Weltreich, sagte Magda spöttisch. Er ist Monopolist, das ist alles. Mit Unternehmen baut man kein Reich.

Ihre Zunge war bereits schwer, aber ich kann nicht leugnen, dass es mir schmeichelte, als sie sagte, ich sei anders, in mir glühe noch etwas. Man müsse für eine Idee brennen, sonst sei das Leben nichts wert, nur ein leeres Warten auf den Tod. Du, sagte sie, hast dich noch nicht damit abgefunden, dass alles einfach nur verblasst.

Sie zündete sich eine Zigarette an und entschied, dass sie nun tanzen wolle. Sie wollte Menschen um sich haben und nicht wieder hinter den Mauern der Villa verschwinden. Ich kannte die Vergnügungslokale und wusste, wohin ich sie bringen konnte und wohin besser nicht. Wir gingen in eine Bar in der Tauentzienstraße, in der das Orchester einen langsamen Foxtrott spielte. Meine linke Hand an ihrer Taille, die Rechte umfasste ihre Finger, führte ich sie über die Tanzfläche. Der Alkohol machte mich schwindelig. Ich näherte meine Wange ihrer Schläfe und fragte sie leise, ob sie das weniger langweile als ihr Mann.

Oh, das sei nicht schwer, antwortete sie.

Ihr Parfum war herber, als ich es mir vorgestellt hatte. An den Geruch, der darunter lag, an ihren eigenen, kann ich mich nicht erinnern. Ihren Blick kenne ich dafür noch genau. Er war sanft, aber unbedingt, und er ließ keinen Widerspruch zu. Sie wollte gebrochen werden, das sagte sie mir während einer Pause vom Tanzen, als wir an einem zurückgesetzten Tischchen ein weiteres Glas tranken. Was sie damit meinte, fragte ich, und sie tätschelte mir die Wange. Du bist eben doch noch ein Kind.

Nur noch ein einziges Paar drehte sich neben uns, auch an den Tischen war es leer geworden. Wir hatten viel getrunken, zwei Flaschen Champagner und mehr, und vielleicht verlor ich ein wenig die Haltung, als ich sie wieder zur Tanzfläche führen wollte, taumelte einen Schritt zu dicht an sie heran. Wir standen uns gegenüber, sehr nah, sie einen Kopf kleiner als ich, es war weit nach Mitternacht, und ich fragte sie, ob sie nicht in der Villa erwartet würde, doch sie lachte nur, schlang ihre Hände um meinen Hals. Hellmut würde sich freuen, dass wenigstens wir noch zusammen sind, sagte sie, und ich dachte, dass sie es erwarte, zumindest erinnere ich mich gedacht zu haben, sie erwarte es von mir, und darum küsste ich sie auf den Mund.

VI

Am Savignyplatz gab es Pensionen, in denen niemand nach den Papieren verlangte. Es gingen dort Offiziere mit Straßenmädchen ein und aus, Beamtengattinnen mit den Untergebenen ihrer Ehemänner und Familienväter mit den Frauen ihrer Cousins oder den Cousins ihrer Frauen. Von der Tauentzienstraße waren es keine zehn Minuten mit dem Wagen, und niemand stellte uns Fragen, als wir um ein Zimmer baten, es war für den gedrungenen Mann am Tresen das Alltäglichste, dass eine Frau mit einem Mann, und war er auch fast noch ein Junge, hier hereinkam, und für ihren Pelz gab es Erklärungen, vielleicht war er gar nicht so teuer, wie er aussah.

Im Zimmer brannte eine einzige Glühbirne unter einem roten Schirm, und ich war froh, dass es nicht heller war. In einer Ecke stand ein kleiner Waschtisch, von dem es nach modriger Vanille roch, und das Bett war gewiss frisch bezogen, man fragte nur besser nicht, wann das gewesen war. Natürlich, ich hätte sie mit zu mir nehmen können, meine Nachbarn hätten zu dieser späten Stunde nichts bemerkt, aber es kam mir unstatthaft vor. Mein Leben hatte nichts mit ihrem zu tun, wir taten nur das, wofür in Paris keine Zeit geblieben war, und ich war nicht mehr als ein Stellvertreter.

Magda bat mich, das Licht zu löschen. Im Halbdunkel öffnete ich den Rückenverschluss ihres Kleides, und sie ließ es von ihren Schultern hinuntergleiten. Sie stand in schlichter Unterwäsche vor mir, setzte sich aufs Bett, um die Seidenstrümpfe abzurollen, hielt inne und wartete, bis ich mich entkleidet hatte. Als ich mich neben sie legte, zog sie mich an sich, nicht drängend, eher wie ein sanfter Hinweis auf ihre Bereitschaft. Im Dämmerlicht, das von der Straße hereinfiel, sah ich, dass sie ihre Augen geschlossen hielt, und ihre Lippen waren aufeinandergepresst. Sie solle mich anschauen, flüsterte ich. Kurz öffnete sie die Lider und erschrak, als sie merkte, dass ich ihr ins Gesicht blickte. Ich habe sie nie wieder derart nackt gesehen, und später, als sie für die Zeitungen posierte, ihre Kinder vorzeigte als Beweis ihrer gewonnenen Kämpfe, dachte ich wieder daran. Sie wollte so unbedingt gesehen werden, und sie hatte so unbedingte Angst davor, erkannt zu sein. Ich flüsterte ihr zu, ich würde sie lieben. Es ging leicht, denn ich meinte es nicht allzu ernst. Ich dachte an Lulu und den Mann am Eingang, an Hellmut und seinen Arm an meinem. Ich dachte, vielleicht geht morgen die Welt unter. Man würde uns schon verzeihen, was wir taten.

VII

In der Woche darauf stand Magda morgens vor meiner Tür. Ich wollte gerade zur ersten Vorlesung aufbrechen, und es war mir nicht recht, sie in meiner Wohnung zu haben, nicht am Tag, nicht zu dieser Stunde, grundsätzlich nicht, sie aber drang darauf, hereingelassen zu werden.

An meinem Küchentisch teilte sie mir mit, dass sie Günther Quandt um die Scheidung gebeten habe. Ich spürte das Blut durch meine Schläfenadern pochen und wollte etwas entgegnen, aber meine Zunge klebte am Gaumen. Der tropfende Wasserhahn, Magda am Tisch, die tickende Wanduhr, die seit meinem Einzug zwei Stunden vorging, alles war wie im Nebel von mir weggeschoben.

Sie habe ihm gesagt, dass sie ihn nicht liebe, erklärte sie in ihrer kühlen Art, in der andere allenfalls berichten, die Milch sei wieder teurer geworden, und es kam ihr offensichtlich nicht in den Sinn, dass für ihn damit ein Leben zerbrach. Er hat es abgelehnt, sagte sie, das ist seine Entscheidung, aber ich habe ihn gefragt, und das ist meine Entscheidung.

Kurz trafen sich unsere Blicke, und im Hellen bestürzte mich das schneidende Blau. Sie hatte ja nur deshalb kein Mitleid, dachte ich damals, weil sie gar nicht verstand, dass jemand darunter leiden konnte. Wie ein Unbeteiligter nahm ich wahr, dass ich Magda an meinem Küchentisch küsste oder sie mich, dass ich sie ins Schlafzimmer führte oder sie mich. Dieses Mal konnte ich das Licht nicht löschen, denn es fiel durch die dünnen Gardinen in den Raum.

Ausgerechnet mir, dem sich ihre Reize nie ganz erschlossen haben, gab sie sich hin. Die starre Frau aus dem Stundenhotel war zersprungen, sie sog sich an mir voll, ohne jede Schüchternheit, und ich gab ihr, wonach sie verlangte und was ich in der Zeit mit Lulu an den Tresen der Etablissements von den jungen Strichern und Huren gelernt hatte, ihre Fertigkeiten, durch die sie den Himmel zwischen sich und ihre Kunden einzogen, um unter dem Stöhnen selbst möglichst wenig berührt zu werden. Vielleicht erfüllte ich meine Aufgabe gerade deshalb gut, weil ich sie als Pflicht verstand. Ich bemühte mich um Magdas Körper, um ihre Schultern und um ihre Brüste, um ihren Schenkel und um ihren Fuß, und ich bemühte mich umso mehr, da ich Angst hatte, sie könne merken, dass mir all das fremd blieb.

Danach lag sie in meinem Arm, und ich las ihr aus einem Aufsatz von Walter Benjamin vor. Mit geschlossenen Augen ließ sie ihre Finger über meinen Rücken gleiten. Als ich kurz innehielt, sagte sie, ich läse sehr schön, beugte sich zur Bettkante und sah die Bücher auf meinem Nachttisch durch. Kurz kehrte das Bild von Hellmut zurück, der in seiner Nachttischschublade nach ihrem Tablettenröhrchen suchte, ich schob es beiseite und entschuldigte mich.

Im Bad schlug ich mir kaltes Wasser ins Gesicht und rieb es mit einem Frotteehandtuch ab, bis die Haut rot war. Hellmut gab ich an diesem Vormittag auf, so wie ich am Ende meiner Kindheit den vergilbten Dackel auf dem alten Familienfoto aufgegeben hatte. Irgendwann steht man vor dem Spiegel und begreift, dass das, was man bis gestern noch geliebt hat, nichts ist als ein Schatten aus dem letzten Jahrhundert.

Der restliche Tag lag leer vor mir, und nach diesem ein weiterer und dann eine Woche und ein Monat, und ich spürte einen kurzen Schwindel, während ich das Wasser den Abfluss hinabstrudeln sah. Ich betrachtete meine Züge im Spiegel und fand, sie hätten endgültig nichts Jungenhaftes mehr.

Am Nachmittag fuhren wir in ihrem Cabrio die Havel entlang, der Regen prasselte auf das dünne Verdeck, und Magda klang unbekümmert, als sie mich fragte, woran ich eigentlich glauben würde. Ich sagte etwas von Recht und Gesetz, aber das schien sie nicht zu befriedigen. Sie erzählte von ihrem Vater, der ihr den Buddhismus nähergebracht habe, und mit einem Schulfreund habe sie Jom Kippur begangen.

Ob ihr Stiefvater auch jüdisch gelebt habe, fragte ich sie und kam mir rücksichtslos dabei vor, als kratzte ich an einer alten Wunde, die nicht meine war.

Die Loge war ihm wichtiger als der Talmud. Im Übrigen sind wir ja gar nicht blutsverwandt, sagte sie entschieden, und ich verstand, dass sie diesen Teil von sich fernhalten wollte. In Brüssel war er ein angesehener Kaufmann, fügte sie noch hinzu. Dann kam der Krieg.

Gegen fünf Uhr erreichten wir Severin. Mir war es unangenehm, auf dem Gut ihres Mannes zu übernachten, aber Magda fand nichts dabei. Der Verwalter führte uns in die für Gäste hergerichteten Zimmer, er war ein ordnungsliebender Mensch, so höflich wie misstrauisch, und er verehrte den Österreicher.

Mit dem hat sich dein Mann ja einen wahren Frontkämpfer ins Nest gesetzt, bemerkte ich. Der wird noch Hakenkreuze flaggen.

Und wenn, antwortete sie nur.

Eine Krähe landete auf dem Fensterbrett, wir hörten ihre

Krallen auf dem Holz schaben, und Magda blieb wie angewurzelt stehen. Ich klopfte gegen die Scheibe, und der schwere schwarze Körper stürzte sich in die Luft.

Die Schwestern in der Klosterschule, wir haben sie immer die Krähen genannt, sagte sie. Sie waren ja fürs Leben verloren. Ich wollte nie so werden wie sie, so verbittert und unansehnlich. Mein Vater hat es sicher gut gemeint mit der Schule, fügte sie entschuldigend hinzu, als habe sie Angst, eine der Nonnen könne zurückkehren.

Als sie fünf war, hatte ihre Mutter sie zu ihrem leiblichen Vater nach Belgien geschickt, der sie in einem Klosterinternat unterbrachte. Die Krähen von Thild hatten Magda den zaghaften Glauben an Jesus Christus ausgerissen, falls er überhaupt je in ihr gewesen war. Sie lag allein im dämmrigen Schlafsaal, neunzehn einsame Mädchen in den Betten um sich. Neben ihr ein Paket, das Papier durchweicht und fleckig, einige Mädchen hatten gelacht, als sie es in Empfang genommen hatte, es ist immer leichter, über das Unglück einer anderen zu lachen, als zu merken, dass wieder niemand an dich denkt. Magda hatte nicht gewagt, die Schachtel zu öffnen, und erst im dünnen Licht der Flurtür nahm sie den Brief vom Glas eingelegter Kirschen, dessen Deckel sich gelöst hatte. Sie legte ihn zum Telegramm ihres Vaters, das am Nachmittag gekommen war, Glückwünsche zu ihrem sechsten Geburtstag. Dann schlich sie barfuß ins Bad und spülte beides die Toilette hinunter.

Damals habe ich gelernt, dass du nicht bestehst, wenn du jemanden vermisst, sagte Magda. Du bestehst nur, wenn du allein zurechtkommst. Wir haben schnell gelernt. Als Kinder sind wir reingegangen, und als alte Menschen kamen wir ein paar Jahre später wieder raus.

VIII

Anfang November, kurz vor Magdas siebenundzwanzigstem Geburtstag, gewann Hoover die Präsidentschaftswahl in den USA, und ich wechselte an ihrer Seite zwischen dem Treiben der Vergnügungslokale und den Villenterrassen am Griebnitzsee, auf denen man die Weltpolitik enthoben wie Engel besprach, die für die irdischen Sorgen unerreichbar sind. Ich war charmant und zärtlich, denn das war nun alles, was ich an Pflichten hatte. Magda ließ sich von mir durchs Theaterfoyer führen, und sie genoß die Blicke, die uns folgten. Wir waren ein schönes Paar, blond, jung, strahlend, einander sogar ein wenig ähnlich, und gerade der scheinbar freundschaftliche Abstand, den wir zwischen uns hielten, reizte die Beobachter mehr als die zur Gewöhnung gewordene Umarmung zweier entliebter Eheleute. Ich trank viel in dieser Zeit, ich studierte wenig, ich war traurig, ich war berauscht, immer im Wechsel, und die Gefühle dazwischen hatten keinen Platz.

Vor ihrer Schwägerin Ello gab sie sich keine Mühe, irgendetwas an unserer Verbindung zu verbergen, und schon bei unserem ersten Treffen merkte ich an Ellos Erröten, dass Magda ihr bereits mehr über mich erzählt hatte, als sogar ich es für schicklich hielt. Ihrem Sohn stellte sie mich als guten Freund vor. Harald gab mir artig die Hand, betrachtete mich eine Weile nachdenklich, und mir schien, so wenig, wie er die Geheimnisse zwischen zwei Erwachsenen verstand, so sehr begriff er doch, dass er seine Mutter gerade an mich verlor.

Magda achtete lediglich darauf, dass Quandt und ich uns

nicht begegneten, aber es war nicht schwer, er sah seine Familie ohnehin nur am Wochenende und auch da selten. Die meiste Zeit blieb er in Berlin bei seinen Geschäften, seine Gedanken kreisten um das expandierende Akkumulatorengeschäft und um das Augenleiden seines mittleren Sohns, der durch Hellmuts Tod nicht länger eine Zukunft als Landwirt auf dem Gut Severin vor sich hatte, sondern die Zukunft des Imperiums war.

Ich hörte allerhand Geschichten über Quandt, nicht von Magda, sondern von Menschen aus ihrem Umfeld oder entfernten Bekannten, sogar der selbsternannte Astrologe wusste etwas über ihn zu sagen, und sicherlich klang auch Missgunst mit in einer Zeit, in der die Gewinner und Verlierer so weit auseinandertrieben. Selbst unter den Terrassenbewohnern gab es jene, die verkaufen mussten. Quandt hingegen war noch reicher, als er es zu Beginn der Zwanziger gewesen war, und er galt als rücksichtslos, wenn es um seinen wirtschaftlichen Vorteil ging. An der Börse saß er seine Rivalen aus, streute Gerüchte, um Anleger in die Irre zu führen, nahm jede Gelegenheit wahr, die sich zu seinen Gunsten wenden ließ, und gerade die hässlichen bieten oft den größten Gewinn. Hin und wieder schrieben die Zeitungen über ihn, manchmal ehrfurchtsvoll, selten nett, und ich blätterte weiter zur Sparte *Vermischtes.*

Immer häufiger las ich dort von Hoffnungslosen, die alles verloren oder nie etwas besessen hatten und in ihrer Bedrängnis keinen anderen Ausweg fanden, als sich aus einem Fenster oder vor einen Zug zu stürzen. Geld mag, wenn man genug davon hat, etwas Äußerliches, durch und durch Materialistisches sein. Seinen Sinn entfaltet es erst, wenn es mangelt. Dann schließt es die Unglücklichen hinter seine unsichtbaren Gitter, und nur wenige gehen noch frei und vereinzelt an den Käfigen vorbei wie durch einen Zoo. So jedenfalls habe ich es mir zu erklären versucht, die Niedergeschlagenheit, die auch bei strahlender Sonne nicht aus den Straßen verschwand.

Anfang November berichtete *Vermischtes* von einem jungen Mann, den man in der Dusche seines Geliebten gefunden hatte, den Duschschlauch um den Hals geschnürt. Die Polizei ging von Selbsttötung aus. Ein Namen stand dort nicht, aber ich war mir sicher, dass es Lulu war. Ich legte die Zeitung beiseite und wartete auf das Gefühl von Trauer, aber ich war wie betäubt.

IX

Victor Arlosoroff trafen wir bei einem Spaziergang am Barbarossaplatz, einen nachdenklichen Mann mit wildem Haar, der allein einige Runden um den Platz drehte. Magda wechselte nur ein paar Sätze mit ihrem Jugendfreund, aber sie war wie verwandelt, sogar ihre kühle Art brach ein wenig auf.

Hübsch war er nicht, aber sein Blick hinter den kreisrunden Brillengläsern war auf zärtliche Art aufmerksam, und unter anderen Umständen wäre ich wohl von ihm eingenommen gewesen. Er war es, mit dem sie einst zu Jom Kippur gefastet hatte, für ihn hatte sie einen Davidstern getragen und überlegt, zum Judentum zu konvertieren, und vermutlich hatte sie als junges Mädchen ernsthaft darüber nachgedacht, ihn einmal zu heiraten. Mit einer jüdischen Gefährtin war er nach Tel Aviv gegangen, sie hatten ein Kind zusammen, und ich konnte aus dem kurzen Gespräch nicht heraushören, warum er damals nicht Magda ins Gelobte Land mitgenommen hatte. Mittlerweile war er zum Vertreter der Jischuw beim Völkerbund gewählt worden und arbeitete an der großen Idee des Zionismus, und als er scheinbar beiläufig von seiner Scheidung erzählte, wurde Magda aufmerksam. Vielleicht kam ihr ein letztes Mal in den Sinn, zu ihm zu gehören, aber es konnte ja nur ein nostalgischer Wunsch sein.

Hier hätte sie ja ihre große Idee, bemerkte ich, nachdem wir uns von ihm verabschiedet hatten, und sie antwortete gereizt, ich solle nicht über Dinge reden, von denen ich nichts verstünde.

Etwas Herablassendes lag in ihrem Ton, so als nähme sie all das zurück, was sie im Horcher über mich gesagt hatte, als wäre auch ich nur ein dünnes Flämmchen, das erlosch, ehe es wirklich gebrannt hatte, und es kränkte mich mehr als der offensichtliche Umstand, dass sie mich gerade in Gedanken gegen einen anderen ausgetauscht hatte.

Den Nachmittag über war ich still, das verstimmte Magda nur weiter, und abends hatte sie wenig Appetit, nahm winzige Bissen auf ihre Gabel, die sie noch einmal teilte, und ließ die Hälfte ihres Cordon bleu zurückgehen. Ich machte ihr Vorhaltungen, weniger wegen des Kellners, der wie ein geprügelter Hund mit dem halbvollen Teller in die Küche zog, als vielmehr, weil mich ihre kleinliche Pickerei nervös machte. Ich sagte ihr, sie müsse bei Kräften sein.

Dass nun auch ich damit anfinge, sie zu bevormunden. Quandt habe sie schon wie ein Kind behandelt, aber er sei immerhin doppelt so alt wie ich. Warum glaubt ihr alle zu wissen, wann ich satt bin. Werde erst mal volljährig.

In den ersten Monaten hatte sie mir alles recht gemacht, und nun, fast auf den Tag genau nach einem Vierteljahr, begann der Streit. Was ich an diesem Abend auch sagte, es passte ihr nicht, und jede Kleinigkeit war ihr Grund zum Vorwurf: dass ich zum Nachbartisch blickte, mit links schnitt, den französischen Wein falsch betonte, dass ich mein Studium schwänzte ebenso wie das Studium selbst. Als ich nach einer Stunde erschöpfender Zankerei nach Hause gehen wollte, warf sie mir vor, ich ließe sie im Stich. Ich müsse nur einmal ausschlafen, entgegnete ich, aber sie wünschte nicht, dass ich ging, und so blieb ich.

X

Wenn ich heute an unser erstes Zerwürfnis zurückdenke, kommt es mir wie der leichteste Abend mit ihr vor. Sie hatte mich von sich gestoßen, und ich hätte gehen können. Das muss sie gespürt haben, denn nach unserem Streit wegen Arlosoroff oder, wie Magda gemeint hätte, wegen des Cordon bleu, war sie auf neue Art bemüht um mich. Sie brauchte Licht, das auf sie abstrahlte, vielleicht ist das so, wenn man eigentlich überall nur Dunkelheit sieht, und darum wünschte sie, dass ich herausstach. Je länger ich an ihrer Seite war, desto mehr hielt auch ich mich für auserwählt, ich wusste nur nicht, für was eigentlich. An Macht hatte mir nie viel gelegen, und bis heute vermeide ich es, zu viel davon in Händen zu halten. Man geht nicht mehr frei und aufrecht durch die Stadt, sondern zieht wie der König im Schach nur noch einen bleiernen Schritt vor oder zurück.

Mein Leben drehte sich in diesen Monaten so sehr um Magda, dass mir nicht einmal auffiel, wie ich zunehmend allem anderen abhandenkam. Kurz vor Ostern sprach mich auf der Straße ein junger Mann mit kanariengelbem Schal an. Ich erkannte ihn nicht, und da es nieselte, wechselten wir einige höfliche Sätze über das Wetter. Wie schnell man das Militärische wieder verlernt, bemerkte er, auf dem Appellplatz war Regen ja ein körperlicher Zustand. Da erst sah ich meinen Kameraden Rubinroth vor mir, den meine Erinnerung in der grauen Reichswehrjacke verwahrte. Durch seinen ausgefransten Bart und die Schatten unter den Augen wirkte er deutlich älter als noch vor zwei Jahren. Im Studium habe er es mit Kants Vernunftbegriff aufgenommen, berichtete er, und Karl kämpfe weiterhin für die Sozialdemokratie. Sie sähen sich häufig, jeden Samstag im Wirtshaus Zur schwarzen Katze, ich solle doch einmal dazukommen.

Ich versprach es, sobald ich Zeit dafür fände, ohne es ernst damit zu meinen. Dann erkundigte ich mich nach seinem Vater und der Arbeit im Bankhaus. Alles war gut, die Mutter gesund, die Schwägerin … ich hörte nicht länger zu, betrachtete nur seine feinen Lippen und spürte, wie sich etwas in mir zusammenzog. Übereilt verabschiedete ich mich von ihm, ließ noch Grüße ausrichten an Menschen, die ich nie in meinem Leben gesehen hatte.

Ich bog um eine Ecke, um noch eine, lief die Ansbacher Straße hinauf und starrte auf die Auslagen des Warenhauses, als könnten mich gewachste Äpfel und Damenhüte auf gesichtslosen Puppenköpfen zur Besinnung bringen. Da sah ich wieder die Kellertreppe aus meinem Traum vor mir, auf die Magda und Hellmut Arm in Arm zugehen. Ich sehe ihn fallen, ich warte auf den Aufprall. Aber es bleibt auch heute still.

XI

Hellmut stand dicht neben Magda, er steht noch immer da und blickt schräg aus der Aufnahme heraus. Das Foto muss unmittelbar vor seiner Abreise nach London aufgenommen worden sein, links und rechts der beiden hatte der Fotograf Herbert, Harald und Günther Quandt platziert. Ich nahm es vom Kamin, ließ es in meine Ledertasche gleiten und gruppierte die übrigen Fotos so um, dass keine Lücke entstand.

Magda rief mich auf die Terrasse hinaus. Sie saß mit ihrer Mutter beim Skatspiel, Cognacgläser neben den Karten. Ihrer Mutter gegenüber gab ich mich als Fritz Gerber aus, Rheinländer aus gutem Hause, Sohn eines angesehenen Juristen. Ich weiß nicht, warum ich es tat, vielleicht, um Augustes Vertrauen zu gewinnen, oder bloß, um nicht ich selbst zu sein. Magda ließ es mir durchgehen, redete mich sogar mit Fritz an, und Auguste trank einen Cognac mit mir, als sei es selbstverständlich, auf der Terrasse des Schwiegersohns mit dem Mann zusammenzusitzen, mit dem die Tochter Ehebruch beging. Magda lächelte angestrengt, und ich merkte, dass etwas zwischen den beiden vorgefallen war. Schnell nahm ich den Kartenstapel, mischte und verteilte für eine neue Runde

Sagen Sie, Fritz, fragte Auguste betont beiläufig, während sie die Karten in ihrer Hand sortierte, was halten Sie eigentlich von diesem Alfred Rosenberg?

Ich wusste, dass Magda seine Artikel las, und hatte es vermieden, mit ihr darüber zu streiten. Alles, was ich von ihm kannte, waren absonderliche historische Herleitungen seiner These, die Juden seien am Untergang der nordischen Rasse schuld. Man konnte es nicht ernst nehmen, aber solches Geschwätz war in Mode.

Er schreibt nun wohl auch an einem Buch, fügte Auguste hinzu.

Hoffen wir, dass darin wenigstens die Seitenzahlen stimmen, sagte ich, und Magda warf mir einen kühlen Blick zu.

Er ist mutig, befand sie.

Er ist Faschist ohne Grandezza, sagte ich und strich über ihr Handgelenk. Und der Faschismus selbst ist ja schon nichts als Gewalt ohne Gott.

Du weißt, Politik interessiert mich nicht. Aber es gibt in Berlin einige ernst zu nehmende Leute, die sich mit dem Faschismus beschäftigen.

Natürlich, und du bist mit einem verheiratet, gab ich zurück.

Ihr Lächeln wurde noch abweisender. Es gefiel ihr nicht, wenn ich Quandt erwähnte, schon gar nicht vor ihrer Mutter, schon gar nicht so selbstverständlich. Zu diesem Zeitpunkt ließ Quandt uns bereits beschatten, aber das wusste ich noch nicht. Ich hätte gelacht, hätte mir jemand davon erzählt. Es konnte nur einem Mann einfallen, der zwar jeden einzelnen Rivalen auf dem Textilmarkt und im Akkumulatorengeschäft kannte, aber nicht einmal das Offensichtlichste über seine Frau wusste, und letztlich gab er uns dadurch sogar recht. Wer so wenig Zeit aufbrachte, um selbst nachzusehen, was seine Frau ganz unverhohlen trieb, verdiente der es nicht, betrogen zu werden?

Rosenberg, erklärte ich, gehört sicher nicht zu den ernst zu nehmenden Leuten, wie du sie nennst. Er begreift von Geschichte so viel wie ein Deutscher Schäferhund.

Oh, und was begreift ein Schäferhund von Geschichte, Herr Professor?

Seine Rasse.

Vielleicht ist das auch der Kern, sagte Magda und stellte die Cognacgläser klirrend auf das Tablett. Sie blieb dabei, nichts von Politik wissen zu wollen. Aber das Völkische, sagte sie, geht tiefer. Es berührt das, wozu wir berufen sind. Und damit erhob sie sich und trug das Tablett in die Villa.

XII

Eines Abends, als ich mich nach einem Spaziergang im Viktoriapark durch fremde Kreuzberger Straßen treiben ließ, kam ich an einem Kneipenschild mit einer schwarzen Katze vorbei, die über dem Gehweg buckelte. Länger blickte ich zu ihr hinauf, bis mir einfiel, warum mir der Name bekannt vorkam. Rubinroth hatte ihn mir bei unserer flüchtigen Begegnung genannt, und ich sah mich vorsichtig um, ehe ich eintrat, denn es kam mir wie ein Verrat an Magda vor, oder wie eine Flucht.

Der Gastraum war überfüllt, verraucht und laut. Niemand sah sich zu mir um. Die Leute redeten hitzig durcheinander, und sie lachten, ohne dass ich sagen konnte, worüber. Tatsächlich entdeckte ich Rubinroth und Karl unter einer schiefen Garderobe bei Linsensuppe und Bier. Über Rubinroth schwebten zwei dunkle Arbeiterjacken wie Flügel, und seine Arme hingen verlegen neben seinem Körper herab. Als er mich bemerkte, kam Bewegung in ihn, und er winkte mich zu sich. Karl wandte nur seinen Kopf, wir blickten uns eine Weile an, zu lang für die Unruhe einer Wirtsstube. Jemand rempelte gegen meinen Rücken, und ich beeilte mich, einen freien Stuhl heranzuziehen und in Deckung zu gehen.

Karl, erfuhr ich, wollte bei den nächsten Wahlen fürs preußische Parlament kandidieren, und Rubinroth schien so etwas wie sein akademischer Berater, Redenschreiber und Widersacher in einer Person zu sein. Wenn Karl seine Pläne für die Arbeitslosen ausbreitete, rechnete Rubinroth ihm vor, warum seine Zahlungen nicht gedeckt waren, und wenn Rubinroth die sozialdemokratische Agrarpolitik als sozialistisch anging, nahm Karl erst die Vorschläge der Nationalkonservativen auseinander, dann die des Zentrums, der Liberalen und drohte schließlich mit den Kommunisten.

Wie im Zirkus folgte ich ihren Gefechten und Gedankensprüngen, die immer wagemutiger wurden, je mehr Biergläser über den Tisch gingen. Zwischen den sowjetisch-chinesischen Grenzstreitigkeiten, Kants ewigem Frieden und der Politik unseres preußischen Ministerpräsidenten Otto Braun, den die einen den roten Zaren nannten und die anderen den letzten König, wechselten sie rasant hin und her, und als die beiden sich am Ende anschrien, weil sie unterschiedlich über ein mögliches Konkordat mit dem Heiligen Stuhl urteilten, war ich froh, leidenschaftslos in solchen Fragen zu sein.

Braun besitzt keine natürliche Autorität, darum muss er autoritär regieren, war das Einzige, was ich an diesem Abend einwarf.

Karl sah mich nachdenklich an, und sofort tat es mir leid, überhaupt etwas gesagt zu haben, nicht wegen Braun, sondern wegen Karl. Natürlich, hätte ich damals schon gewusst, was nach Braun kam … aber wer ahnte das damals schon.

XIII

Im Mai wurden Günther Quandt Fotos vorgelegt, die der Privatdetektiv für ein üppiges Honorar geschossen hatte, und Quandt legte sie am Abend Magda vor. Sie sah die Bilder aufmerksam und ungerührt durch, wie man etwas betrachtet, das einem vollkommen alltäglich ist. Dann fragte sie Quandt, ob er ihr ein Taxi rufen könne.

Sie machte mir keine Vorwürfe, als ich sie in der Wohnung ihrer Mutter besuchen kam, jedenfalls nicht offen, dabei war ich es, den die Fotos an ihrer Seite zeigten, und sie sollen eindeutig gewesen sein. Vom Flur bis in den Salon standen Kartons und Schrankkoffer herum, in denen Quandt ihr die Garderobe und persönlichen Dinge nachgeschickt hatte. Magda wirkte erschöpft, nicht alt, eher von einer fahlen Alterslosigkeit, wie sie sonst nur die Toten in unseren Träumen zeigen. Sie war eine der feinsten Damen der Berliner Gesellschaft gewesen, und nun lebte sie wieder wie als Dreizehnjährige im Transit zwischen Kartons und ungewisser Zukunft, und auch wenn Augustes Wohnung so viel weitläufiger und annehmlicher war als das Zimmer in der Flüchtlingsunterkunft, so sei es doch schlimmer als damals, meinte sie, denn jetzt müsse sie sich noch das Recht erbetteln, ihren eigenen Sohn zu sehen.

Sie war beim Anwalt gewesen, ihre Schwägerin Ello hatte ihr dazu geraten. Der beste Scheidungsanwalt von Berlin, sagte Magda, und nicht einmal er macht mir Hoffnung.

Was kann ich tun?, fragte ich, und sie gab zurück, sie könne eh niemand vor dem beschützen, was komme. Sie räumte Tassen auf ein Tablett und vom Tablett wieder auf den Tisch, und dann fiel ihr eine zu Boden und zerbrach. Unfähig, sie aufzuheben oder wenigstens mich darum zu bitten, blickte Magda hinunter und klammerte sich an der Stuhllehne fest.

Ich war es schließlich, der sie auf die Idee mit den Briefen brachte. Wenn man einige Zeit in den Pensionen an der Bülowstraße ein und aus geht, hört man einiges über die Unsittlichkeiten der Stadt, und bekannte Namen treiben als erste an die Oberfläche. Quandt hatte mit einer Dame Umgang gehabt, mit der kein Vorsitzender eines börsennotierten Unternehmens in einem Satz genannt werden möchte. Das sagt mehr über die Börse als über die Dame aus, aber dennoch, ich erzählte Magda davon. Mehr nicht. Sie wusste selbst, was sie tat.

Ihr eigener Wagen schien ihr zu auffällig, so fuhren wir mit dem Mercedes eines Bekannten die leuchtenden Kiefernspaliere des Grunewalds entlang bis zum Griebnitzsee. Ich parkte gut hundert Meter entfernt und wartete mit Blick auf die Baumkronen. In der Villa hatte Quandt ein Hausverbot gegen sie verhängt, aber Magda hatte es immer verstanden, ihren Charme einzusetzen. Keine halbe Stunde dauerte es, da stieg sie mit einem Stapel Kuverts wieder ein.

In seiner Schreibtischschublade, sagte sie. Man möchte nicht glauben, dass der Verführer der deutschen Wirtschaft so naiv ist.

Sie überflog die Briefe, und während ich sie zurück über die Avus Richtung Charlottenburg chauffierte, las sie mir kurze Stellen daraus vor. Ich glaube nicht, dass sie Rachsucht hegte und ganz sicher keine nostalgischen Gefühle. Sie errechnete nur, was es brauchte, um sich den Unterhalt für ihren Lebensstil zu sichern und ihren Sohn zu sich zu holen. Es war ein Geschäft, nichts anderes, und auch wenn Quandt gekränkt sein mochte, verletzt sogar, so hatte doch gerade er in Menschen selten mehr als den Posten eines Geschäfts gesehen.

Insgeheim mochte er bis zuletzt geglaubt haben, die Ehekrise zöge noch einmal vorüber, doch nach dem nächsten Anwaltstermin nahm er den Betrug hin und willigte in die Scheidung zu Magdas Bedingungen ein: eine einmalige Zahlung von 50 000 Mark, danach 4000 Mark monatlicher Unterhalt, eine Köchin, ein Hausmädchen, und Harald würde die ersten Jahre zu seiner Mutter ziehen, in eine von Quandts Wohnungen, sieben Zimmer am Reichskanzlerplatz. Die Wohnung lag im ersten Stock, die beiden Balkone von verschämten Karyatiden flankiert. Tags fiel durch die hohen Fenster das Licht in die Räume, und abends gaben sie warmes Lampenlicht wieder heraus. Bald wussten alle am Platz von der schönen Frau Quandt, und wenig später sprachen sie von dem Gebäude nur noch als Haus der Quandt, die anderen Bewohner verschwanden in der Namenlosigkeit.

Es war ein herrschaftliches Domizil und das erste, das Magda selbst eingerichtet hat. In meiner Erinnerung gehe ich noch einmal durch die Räume, die Schiebetüren gleiten beiseite, ich schalte die kleine, mit Fransen betresste Lampe an und setzte mich an den Flügel. Kaum dass ich zu spielen beginne, belebt sich der Salon. Frauen in festlichen Kleidern haben sich auf dem Fauteuil niedergelassen, und Herren flanieren mit angeheitert staatstragender Miene umher. Jemand öffnet ein Fenster, um die von Zigarettenrauch stickige Luft zu erfrischen, und wir hören den um den Platz kreisenden Verkehr. In einer Ecke steht der Österreicher.

Seine Miene ist nicht so düster wie auf den Plakaten, er lauscht aufmerksam der Musik, tritt einen Schritt näher und blickt mir über die Schulter auf die Finger.

Schubert, sage ich.

Es geht zu Herzen, antwortet Hitler.

XIV

Im Oktober folgte auf Magdas Ehekrise die Krise der Wirtschaft, und Quandt tat noch einmal, was er im Frühsommer getan hatte, er setzte Menschen vor die Tür. Anders als bei Magda trauerte er ihnen nicht nach, und er zahlte ihnen auch keine Abfindung. Er handelte wie fast jeder Unternehmer in diesem Herbst, und die Stadt war plötzlich überfüllt mit Zeit. Niemand brauchte noch die Minuten und Stunden und Jahre der Arbeiter, sie waren keine Sekunde eines Günther Quandt mehr wert, und die Entlassenen drängten sich vor den Volksküchen oder saßen mit einer Flasche Bier in der Hand auf dem Bordstein und blickten ins Nichts.

Sogar der Astrologe in der Motzstraße machte einen niedergeschlagenen Eindruck, obwohl er der Börse bereits vor Jahren den Rücken gekehrt hatte. Er habe das alles vorhergesehen, erklärte er mir. Aber niemand habe so düstere Horoskope kaufen wollen. Darum habe er zu lügen begonnen. Er habe seinen Kunden eine schöne Zukunft aufgeschrieben, dabei habe er ja gewusst, dass es nicht so kommen würde. Und nun, er hob kraftlos seinen Arm und wies dic Straße hinunter, nun standen die Menschen vor dem Ruin, und er sei doch in gewisser Weise mit schuld daran.

Ich versuchte ihn aufzuheitern, aber nicht einmal mir kam überzeugend vor, was ich über Zufälle sagte, und so kaufte ich lieber ein Horoskop. Ich nannte ihm Hellmuts Geburtstag und sagte, er könne ruhig die Wahrheit aufschreiben. Er blätterte in seinen astrologischen Büchern und murmelte, es ist nicht einmal in allem schlecht, nicht in allem.

Ich nahm die Untergrundbahn zum Reichskanzlerplatz. Mit dem Zettel des Astrologen in der Tasche und einer Flasche Monopole im Arm klingelte ich bei Magda. Das Hausmädchen führte mich in den Salon. Magda lag mit einem Beutel Eis auf dem Sofa und kühlte sich die Stirn. Sie war erst vor vier Wochen aus dem Krankenhaus entlassen worden, wo sie mit Schädelbruch und Knochenfraktur die Parkfläche vor ihrem Fenster angestarrt hatte und immer düstererer Stimmung geworden war. Hoovers Neffe hatte sie mit hundert Stundenkilometern in einen Straßengraben gefahren, nachdem sie seinen Heiratsantrag schweigend zur Kenntnis genommen und er noch versucht hatte, mit reichlich Grauburgunder und einigen Gläsern Whisky gegen das Ende seiner Wünsche anzukämpfen.

Als ich ihre glasigen Augen sah, schien mir allerdings, dass dieser Kopfschmerz eher von einer zu langen Nacht mit Alkohol und Zigaretten herrührte. Sie war seit ihrem Unfall auf eine aufgekratzte Weise müde vom Leben. Nichts lenkte sie genügend ab, sie suchte mehr und wurde nur noch leerer, sie rauchte viel, sie trank noch weiter, und hätte ich sie gefragt, wovon sie eigentlich abgelenkt werden wollte, wäre ihr nichts eingefallen.

Warst du wieder bei deinem Nordischen Ring, erkundigte ich mich und öffnete den Champagner.

Mir gefällt dein Ton nicht, gab sie zurück. Es sind anständige Leute. Vielleicht die einzigen Anständigen, die es in dieser Stadt noch gibt.

Sicherlich fahren sie auch anständig Auto.

Sie hob ihre Augenbrauen und ließ sich zurück ins Sofa sinken. Seit unsere Verbindung das Verbotene eingebüßt hatte, stritten wir oft, aber ohne Elan, und manchmal vergaß ich sogar, dass sie Hellmuts Stiefmutter gewesen war. Zwar hatte ich noch vor Hoover und in Anwesenheit von Ello beteuert, wenn nicht Magda, dann niemanden zu heiraten, aber ich war damit kein Risiko eingegangen. Als Ehemann war ich für sie nie in Frage gekommen, und da Quandt ihren gemeinsamen Sohn zu sich genommen und ihr den Unterhalt gestrichen hätte, schloss sich dieser Schritt ganz sicher aus.

Mehr als eine Ablenkung bin ich ohnehin nie für sie gewesen. Sie suchte etwas Unbedingtes, etwas, woran sie endlich glauben konnte. Meine politischen Ansichten waren zu leise, mein Anteil an der Macht nur das Beamtentum und meine Utopie der Wunsch nach einer anderen Vergangenheit, doch ging es mir nicht um den Vertrag von Versailles, sondern um einige Augenblicke auf einer Schultreppe.

Noch spielten wir zusammen an ihrem Flügel, vierhändig, und zwischen zwei Sätzen legte ich behutsam meinen Arm um ihre Hüfte. Noch hielt ich Magda die Tür auf, und wir traten zusammen hinaus auf den Reichskanzlerplatz. Noch saßen wir nebeneinander in ihrem Wagen und passierten Ortschaften, ohne auch nur zu fragen, wie sie hießen, fuhren an den hinter Mauern kläffenden Hunden und von Witterung schiefen Dächern vorbei und an dem Weiher in der Mitte jeder Siedlung. Erst als wir hinter Bernau an einen See kamen, drängte Magda darauf, auszusteigen und ein Stück zu spazieren. Noch einmal nahm ich ihre Hand und ging neben ihr am Schilf entlang. Hier, meinte sie, wünsche sie sich ein Sommerhaus. Wenn du noch einsamer sein willst, sagte ich, sie aber hörte mich nicht, sondern blickte aufs Wasser.

XV

Ich weiß nicht, ob ich etwas sagen kann zu der Frage, wie zwangsläufig kam, was dann gekommen ist, nicht nur in Magdas Leben. Die Kundgebungen, die Fackeln und Aufmärsche. Und alles danach. Natürlich habe ich versucht, Magda von diesen Leuten abzubringen, ebenso wie Auguste und Ello es versuchten und andere auch. Die Wahrheit ist, wir haben sie nicht genügend überzeugt. Vielleicht, weil wir selbst nicht überzeugt genug waren.

Es waren gewöhnliche Leute, gerade jene, deren Namen nicht danach klangen. Prinz Auwi, der Sohn unseres verjagten Kaisers, und seine Stiefmutter, die Prinzessin Reuß, waren ordinär auf eine Art, auf die es nur Menschen sein können, die wissen, wie Macht riecht, mit einer Mischung aus plumpem Herrschaftsanspruch und weinerlicher Nostalgie. Eine Vorfahrin der Fürstin hatte traurige Kirchenlieder geschrieben, und Auwis Vater, dessen Porträt einmal über dem Bett meiner Eltern gehangen hatte, befasste sich nun in Holland mit Botanik.

Später sah man den Prinzen häufiger auf Wahlkampftribünen. Seine ehemalige Majestät hatte dem Sohn den Eintritt in die NSDAP gestattet; besondere Zeiten bedurften besonderer Maßnahmen, und die nationale Sache gewann sich nicht allein mit Tulpenzucht. Im Braunhemd konnte man Auwi für den Sohn eines Kleinbürgers halten, und hob er in seiner Rede den Arm, wirkte er wie ein falsch zusammengebauter Nussknacker. Seine Gesichtszüge traten während seiner Auftritte in ihrer ganzen Einfalt hervor, und seine Sprache klang wie die von Leuten, die die Armut über

Jahre misstrauisch gemacht hat, dabei war er nicht arm, er hatte nur Gott eingebüßt oder vielmehr Gott die Hohenzollern. Wie ein geprellter Liebhaber redete Auwi schlecht, was ihn verlassen hatte. Die Sklavenmoral des Christentums galt es aufzusprengen, die Herrschaft der Schwächlinge und die Ressentiments der Willenlosen zu überwinden, und ein neuer, ein wirklicher Heilsbringer, ganz sicher kein Jude, müsse ein neues Reich errichten. Während er sich in Rage redete, drang in seinen Gesten aus einer tief abgelagerten Schicht das herrschaftlich Exakte der Kadettenerziehung herauf, und er teilte die schwüle, angetrunkene Atmosphäre wie ein Florettfechter.

Obwohl Magda nach den Treffen vor allem einen schweren Kopf hatte, behauptete sie, die Zusammenkünfte beflügelten sie. Ich denke, sie schmeichelten ihr vor allem, denn alles drehte sich um die Vorzüglichkeit eines Menschentypus, der aussah wie sie. Sie war die Eva dieser Schöpfung, und man glaubte mit einem Ernst an die Überlegenheit der arischen Rasse, durch den niemandem mehr auffiel, wie albern das Ganze war.

Ist das Gerede von Zwangsläufigkeit nicht bloß der Wunsch, nicht verantwortlich zu sein für die Wendungen, die unsere Geschichte nimmt? Auch ich hätte nicht ins Horcher gehen müssen und Magda nicht in meine Wohnung lassen, ich hätte ein stiller Student bleiben können, fern von dem, was in dieser Zeit geschah. Aber ich ging mit ihr mit, und eines Abends, in einer Konzertpause am Gendarmenmarkt, es wurde das deutsche Requiem von Brahms gegeben, sind wir Auwi begegnet. Magda stellte mich knapp als einen Studenten der Rechtswissenschaft vor, und mir schien, dass es ihr nicht recht war, mich an ihrer

Seite zu haben. Auwi hingegen musterte mich aufmerksam, was ich damals nicht zuordnen konnte, obwohl es ja bereits Gerüchte um seine Scheidung gab. Der Prinz erkundigte sich eher bei Magda als bei mir, ob ich meinen Blick über die Gesetze hinaus weiten würde. Das neue Philistertum sei Teil unseres heutigen Niedergangs. Es gäbe tiefere Gesetze als jene, die er als Weimarer Büttenpapier bezeichnete. Er lachte grau, und ich war erleichtert, als die Saalglocke uns zurück zu unseren Plätzen rief.

XVI

Am letzten Abend im August besuchte Magda eine Wahlkundgebung im Sportpalast, und obwohl meine Wohnung um die Ecke lag, kam sie danach nicht mehr bei mir vorbei. Sie sei müde gewesen, sagte sie, als ich sie zwei Tage später zum Abendessen traf, aber ich spürte, dass es etwas Grundsätzlicheres war. Ich hatte kein Indiz und keinen Namen, sie berichtete nicht einmal viel von der Veranstaltung, doch sie wirkte, als hätte ihr jemand neuen Atem eingehaucht.

Ich lachte, als sie mir erzählte, sie sei in die Partei eingetreten, und schlug ihr vor, die Kapitalisten umgehend zu enteignen und gleich bei sich selbst anzufangen. Sie verstand nicht, was daran lustig sein sollte, und ich verstand nicht, was sie von diesen Leuten wollte. Sie sind doch gegen die Kommunisten, sagte sie. Sie sind gegen alle, sagte ich. Alle, die nicht genauso sind wie sie.

Nach ihrem ersten Treffen bei der NS-Frauenschaft wirkte sie kleinlauter, und ich triumphierte bereits. Es waren keine Damen, auch keine Gattinnen, erzählte sie, sondern einfach nur Ehefrauen. Verheiratet mit Hausmeistern und kleinen Büroangestellten, wuschen sie in den Hinterhöfen von der Sonne weggesperrt Wäsche, erzogen Kinder und schimpften auf Menschen wie Magda. Von ihnen wurde sie nicht hofiert wie im Kreis um Prinz Auwi, sondern mit Missgunst beäugt, und ich dachte, sie würde bald die Lust verlieren und zur Besinnung kommen.

Aber Magda ließ sich nicht von der Idee abbringen, eine Nationalsozialistin zu sein. Als sie einige Monate später auch noch anfing, für den Gauleiter das Privatarchiv zu ordnen, stellte ich sie zur Rede. Sie stritt so vehement ab, diesem Kerl nachzulaufen, dass ich ihr auf den Kopf zusagte, sie habe sich in ihn verliebt. In so jemanden könne sie sich nicht verlieben, sagte sie. Sie war empört, wie man es nur sein kann, wenn man selbst von der Anziehung überrumpelt ist.

Die Abstände zwischen unseren Abendessen wurden länger, und die gemeinsamen Ausflüge sagte sie immer wieder wegen Regen ab, obwohl es nicht häufiger regnete als in den vergangenen zwei Jahren. Über Weihnachten fuhr sie mit Harald zu ihrem Ex-Mann, der krank in Florenz lag, und danach blieben sie zu dritt für einen Urlaub in Sankt Moritz. Als sie im Januar zurück nach Berlin kam, hatten wir uns über einen Monat nicht gesehen, trotzdem hatten weder sie noch ich Eile, ein Treffen vorzuschlagen, und im Februar meinte ich sogar, sie miede es, mir zu begegnen. Es hätte ein stiller Bruch sein können, wie er vorkommt zwischen zwei Menschen, die sich nie zu sehr geliebt haben. Zuerst vermisst man noch die Gewohnheiten, und das, was alltäglich geworden ist, scheint ein letztes Mal besonders. Dann wird man von etwas Neuem abgelenkt und lässt das Alte endgültig los.

Hin und wieder spazierte ich vom Lietzensee die Neue Kantstraße hinauf oder fuhr über den Reichskanzlerplatz, obwohl es eigentlich nicht auf meinem Weg lag. Ich hatte nicht vor, sie zurückzugewinnen, aber ich hatte auch nicht genug vor, mich von ihr fernzuhalten. Es war an einem dieser Tage, als ich ihn an Magdas Seite aus dem Haus treten sah. Er wirkte kleiner als sie, und etwas Starres lag in seinem Gang, es mag sein, dass er so das Hinken kaschierte, über das die Zeitungen gern schrieben. Mit ein wenig Abstand ging ich ihnen nach, und als sie ein Restaurant betraten, las ich erst die außen angeschlagene Karte, um Zeit zu schinden, ehe ich ihnen folgte und mich abseits in eine Ecke setzte. Über den Wandspiegel konnte ich sie beobachten.

Der Gauleiter schnitt mit seinen dünnen Fingern durch die Luft, und Magda hörte ihm zu. Ein seltsamer Glanz lag in ihrem Gesicht. Sie war nicht einfach nur verliebt in diesen Mann, und ich habe erst später Worte dafür gefunden: Mit ihm glaubte sie in den Himmel aufzusteigen, und alles darunter überließ sie der Hölle.

Eine elegante Dame ging an ihrem Tisch vorbei, ohne den Gauleiter zu beachten, und er bemerkte so laut, dass ich es hören konnte, das Kalbsbries sei heute wohl zu sauer angebraten. In diesem Moment fragte ich mich – und ich frage es mich eigentlich noch heute –, warum Magda sich über Jahre in die obersten Kreise hochgekämpft hatte, nur um all das für einen Habenichts ohne Manieren hinzuwerfen, für einen mittelmäßig promovierten Rüpel, einen schlecht gekleideten Junggesellen. Sie musste sich über all die Jahre an Quandts Seite von der hohen Gesellschaft gedemütigt gefühlt haben, wenn auch anders als ihr Begleiter, an dessen Seite sie nun die Reichen verachten lernte. Als sie mich überrascht im Spiegelglas ansah, erhob ich mich und trat zu ihnen.

Der Gauleiter musterte mich herablassend, aber ich hielt mich so aufrecht vor ihm, wie ich es in der Kaserne gelernt hatte, und allmählich dämmerte ihm, in welchem Verhältnis ich zu Magda stand. Es fielen einige unschöne Sätze, die ich nicht wiederholen möchte. Er musste ja laut sein, weil man ihn sonst übersah. Er war polemisch, er roch nach zu viel Rasierwasser, und er suchte sein Gegenüber nach Schwächen ab, um sie selbst dort zu finden, wo keine waren. Lulu hatte Rouge getragen und sich auf exaltierte Bewegungen verstanden, aber künstlich war er nie gewesen. Dieser Mann war es, und ich glaube, es war für ihn wie ein Überlebenstrieb, weil darunter nichts mehr lag. Seine Intelligenz schien mir die spärlichen Gefühle für andere Menschen aufgefressen zu haben. Von anderen habe ich gehört, schönen Frauen gegenüber könne er charmant, ja liebenswürdig sein, aber ich kann mir seinen Charme nur als Kalkül, seinen Witz nur als Zynismus vorstellen. Er musste sich über alle erheben, weil er sich selbst so unerträglich nichtig fühlte.

Eigentlich kann ich nicht viel über ihn sagen. Natürlich würde ich gern behaupten, dass ich voraussah, was noch kommen würde. Aber ich bin nicht klüger als die anderen. So, wie Magda später in ihm den Teufel nur deshalb erkannte, weil er das Interesse an ihr verlor, so durchschaute ich in diesem Moment seine Niedertracht bloß, weil ich für ihn sitzengelassen worden war. Ich musterte ihn mit dem böswilligen Blick des Gekränkten und hörte Magda durch den Lärm des Restaurants mir für meine Freundschaft und Treue danken, hörte, wie sie mir versprach, mich in guter Erinnerung zu behalten. Gute Erinnerungen sind der Groschen, den wir jenen schenken, für die uns unsere Gegenwart zu schade ist.

Magda brach mit mir, das war abzusehen gewesen. Sie hatte sich an etwas Größeres gebunden, etwas, das ihre Langeweile endlich durchschlug. Liebe, das habe ich an diesem Nachmittag begriffen, ist nicht so unschuldig, wie wir gern meinen. Oder, um genau zu sein, wir werden nicht unschuldig, nur weil wir lieben, hingebungsvoll, aufopfernd, besitzergreifend, vielleicht im Rausch.

Von einem Kellner ließ sie mich aus dem Lokal führen, das war folgerichtig. Magda blickte zu Boden, ihr Lachen klar und strahlend. Sie wirkte glücklich in diesem Moment, und je länger ich an ihren Ausdruck denke, desto deutlicher erkenne ich ihn wieder: verliebt, zu oft verlassen, sicher nicht blind, auch wenn man das von Verliebten sagt, nur müde, zurückzustecken. Sie war wie diese Stadt, wie die Frauen in den lichtlosen Hinterhöfen und wie die reichen Jungen auf den Terrassen am Griebnitzsee, wie Quandt und wie Hellmut, wie Karl und auch wie ich. Wir wollten geliebt werden, das war alles, und wir hatten entsetzliche Angst, allein zu sein.

1933-1938
Die erste Frau

I

Es war ein stickiger Maitag, und drei dicke Fliegen kreisten über meinem Schreibtisch. Morgens war ich am Opernplatz vorbeigekommen, das Pflaster war von matschigem Ruß überzogen, und einige SA-Männer hatten einen Haufen schwarzverkohlter Bücher bewacht, ihre Gesichter von so blanker Blödheit, dass ich mir nicht vorstellen konnte, sie könnten auch nur eines davon gelesen haben.

Als das Telefon läutete, war ich überrascht, denn es war Mittagszeit. Kurz überlegte ich, es zu ignorieren, woher sollte der Anrufer wissen, dass ich in meinem Büro und nicht beim Essen war, aber am Ende käme mein Fehlen in der Kantine doch heraus, und irgendjemand würde daraus irgendwelche Schlüsse ziehen. In diesen Wochen zogen alle ständig irgendwelche Schlüsse.

Als ich Magdas Stimme erkannte, schloss ich das Fenster. Sie klang mädchenhaft, ja kindlich, und sie bat mich um einen Gefallen. Fast hätte ich gelacht. Dass sie ausgerechnet mich darum bat, zeigte weniger ihr Vertrauen als ihre Verlorenheit. Da saß sie nun, die Frau Ministerin, an ihrem Telefon im Westend, und merkte endlich, wie wenig echte Freunde sie hatte.

Sie wollte mich treffen, aber nicht bei sich zu Hause, und auch in ein Café wollte sie nicht. Wir verabredeten uns nahe dem Bahnhof Friedrichstraße.

Jetzt gleich?, sagte sie, und mir war es recht, wenn wir es schnell hinter uns brachten. Im Hinausgehen griff ich meinen Hut von der Garderobe, als ginge ich nur kurz in den Hof.

An der Friedrichstraße wimmelte die Stadt um mich. Menschen drängten zum Bahnsteig hinauf, Menschen drängten hinab. Ein Drehorgelmann spielte. Ein Kind schrie. Die Seitenstraße war vom Lärm abgeschnitten, nur ein Mann mit einem Schweißhund kam mir entgegen, und ich dachte schon, ich wartete an der falschen Stelle, da öffnete sich die Tür eines Mercedes, der neben dem Bordstein parkte, und Magda stieg aus. Ihr Kostüm betonte das dezente Wiegen ihrer Hüften. Sie war schön, und sie wusste es, umso schöner neben dem Mann, an dessen Seite sie nun in den Zeitungen abgebildet wurde. Sie reichte mir die Hand, und ich spürte das feine Glacéleder.

Ich beglückwünschte sie zu ihrer Hochzeit, aber sie hatte wohl mehr von mir erwartet, Bewunderung oder etwas in der Art. Sie war am Ziel, und wenn sie überhaupt eine Begabung zum Glücklichsein gehabt hat, dann war sie es jetzt, was ihr nach außen eine gewisse Ruhe gab.

Doch etwas überschattete ihr Hochgefühl. Es gefährde ihre Existenz, wie sie sagte, ohne durchscheinen zu lassen, worum genau es ging. Über den Pariser Platz und am Hotel Adlon vorbei wollte sie nicht, und so kreuzten wir durch die Nebenstraßen. Am Reichstag sah man noch die Reste des Brandes, und ich verbiss mir die Bemerkung, dass ich die SA für ordentlicher gehalten hätte, und erkundigte mich stattdessen nach Harald. Wir fielen in ein höfliches Geplänkel, und ich erfuhr, wie ausgezeichnet Harald in Mathematik war, oder vielleicht war es auch Sport gewesen.

Erst als wir in einen der kleinen Tiergartenwege einbogen, erzählte sie mir von Arlosoroff. Er ist in Berlin, sagte Magda. Er hat versucht mich anzurufen, Hans, verstehst du.

Es war nicht schwer zu verstehen. In ihrer Stellung, in

seiner Position, in diesem Mai. Sie hatte Joseph Goebbels geheiratet, den frisch gekürten Propagandaminister der Nazis, während Arlosoroff mittlerweile Abgeordneter in Jerusalem war und mit der deutschen Regierung über die Ausreise von Juden nach Palästina verhandelte. Ich sah Magda von der Seite an, ihren schlanken Hals, ihre schmale Nase, die hohe, präzis gezogene Augenbraue. Sie war mir fremd geworden, und zugleich war sie mir noch immer alltäglich vertraut.

Magda behauptete, es ginge nicht um sie. Es ginge um das Ganze, und ich müsse ihr helfen. Sie sah mir in die Augen, bis ich mich abwandte und hinüberblickte zur runden Bank, auf der sich früher die Kunstausstellung versammelt hatte. Nun saßen dort zwei dralle Mädchen in Uniform unter dem Luisendenkmal und pinselten sich mit der Spitze ihrer Zöpfe über die Wangen.

Es gefährdet meine Existenz, sagte Magda noch einmal. Mir schien, als wiese sie mit dem Kinn auf die Wege, auf denen ich in einer anderen Zeit, in einem anderen Land die Morgendämmerung erlebt hatte. Ich nickte und erwähnte einen Termin, den ich im Ministerium wahrnehmen müsse. Wir gingen noch eine Weile nebeneinander Richtung Reichstag an der Spree entlang. In Hirschfelds Institut waren die Fenster eingeschlagen. In den Zelten schrubbte man noch den Kater der letzten Nacht von den Dielen, eine einzelne Laterne leuchtete über dem Biergarten. Hier verabschiedeten wir uns. Ich wollte Magda in alter Gewohnheit umarmen, sie aber reichte mir nur wieder die Hand.

Als ich von dem Spaziergang zurück in mein Büro kam, lag eine tote Fliege auf dem Fensterbrett. Die anderen beiden waren verschwunden, obwohl das Fenster geschlossen war. Mein Vorgesetzter klopfte an die Tür und forderte Unterlagen, die ich ihm vor Stunden gebracht hatte. Auch an diesem Tag kam er wieder mit seiner Frage. Er hatte schon im Januar das Parteiabzeichen am Revers getragen und erkundigte sich regelmäßig, ob auch ich Mitglied geworden sei. Er legte mir den Parteieintritt nahe, im Rückblick würde ich sagen, er drängte mich. Ich lächelte ausweichend und wischte die Fliege mit der Handkante in den Papierkorb.

II

Natürlich habe ich Magda geholfen. Das streite ich nicht ab. Aber das war früher. Vor ihren Salons am Reichskanzlerplatz, bei denen sie Hitler mit der gehobenen Gesellschaft zusammenbrachte, vor dem ersten großen Wahlerfolg seiner Partei, auch vor dem Preußenschlag, mit dem Otto Braun gestürzt wurde. Damals, als alles noch auf eine harmlose Weise trist erschien, habe ich sie vor einer Ehe gerettet, in der sie nicht mehr lebte, sondern nur noch hauste, vor der geistigen Müdigkeit, die ihr die alleinige Beschäftigung mit einem kleinen Kind und einem abwesenden Ehemann einbrachte.

Meine Fußnote in der Geschichte wird die eines Mannes sein, der Magda Quandt so wenig zu unterhalten verstand, dass sie zu Magda Goebbels wurde. So dachte ich. Ihr erster Mann war ja ein anderer Fall, er sah sie nur in den Wechselzeiten zwischen seiner Arbeit und den wenigen Stunden Schlaf, die er sich zugestand; ihn trifft, was das angeht, keine Schuld. Ich war es, der sie nicht zurückzuhalten vermochte mit meinen billigen Späßen und den teuren Cocktails und was ich sonst noch in die Abende geworfen habe. Ich war es, der versagte.

Der Vollständigkeit halber möchte ich aber erwähnen, dass ich bei den letzten halbwegs freien Wahlen im Frühjahr dreiunddreißig meine Stimme den Liberalen gegeben habe. Sie hatten nur noch wenige Anhänger, überhaupt schien kaum noch jemand an der Demokratie zu hängen, die meisten waren bereit, sie zu opfern für eine vermeintlich bessere Zukunft in völkischer oder bolschewistischer

Couleur oder einfach nur dafür, nicht weiter aufzufallen. Den ermüdeten Sozialdemokraten gelang auch nicht mehr, als ein paar Prügel zu kassieren, nachdem sie mit schiefgetretenen Absätzen die Verfassung mit ständigen Notverordnungen zu Grabe getragen hatten.

Die Weimarer Republik mit ihren kleinteiligen Parteien und Anliegen hatte sich nicht bewährt in dieser Zeit, in der eine Wirtschaftskrise auf die nächste folgte und die Menschen sich am Abend ins Bett legten, das schon verpfändet war, ehe sie wieder aufwachten. Weimar war etwas Gutes, solange die Suppenküche nur die drei, vier Verlorenen des Viertels bediente, die die Köchin beim Vornamen kannte, und nicht die Massen, die straßauf, straßab anstanden, Großfamilien, Kleinfamilien, einsame Alte, zuversichtliche Junge, die jeden Morgen mit dem Glauben auf die Straße traten, dass es auch wieder besser werden würde.

Meine Hilfe für Magda, wenn man es so nennen will, beschränkte sich in diesem Frühsommer auf ein feldgraues Kuvert, das ich an ihre Wohnung am Reichskanzlerplatz schickte, der schon Adolf-Hitler-Platz hieß, als wäre der neue Kanzler seit Jahrzehnten im Amt und nicht erst seit vier Monaten. Unauffällig hatte ich mich bei einem Kollegen aus der Palästina-Abteilung erkundigt und den einen und anderen Namen nachgeschlagen, harmlose Auskünfte und gerade genug, um Magda, wie ich hoffte, mir gegenüber milde zu stimmen.

Ein paar Wochen nach unserem Wiedersehen ging ich noch einmal spätabends in den Tiergarten, ich folgte den Pfaden, über die sie mich in ihrem stockenden Reden geführt hatte. Es war still, und die Büsche waren tot. In der Ferne sah ich den Reichstag und das Glitzern der Spree unter den Gaslaternen. Auf der Bank beim Luisendenkmal saß diesmal der Stadtinvalide, es wunderte mich, dass er noch da war, aber er winkte mir, und so setzte ich mich neben ihn in den süßlichen Gestank aus Fäulnis, Urin und Schweiß.

Er warte auf seine Abholung, sagte er mir ohne Umschweife, jede Nacht rechne er damit. Am wenigsten halte er aus, dass er sich noch einpräge, was er erlebe, denn das sei ganz sinnlos. Erinnerungen wären nichts für ein Leben, das vorbei sei. Er betrachte die Stadt von den Rändern dieses Parks. Von den Passanten werde er übersehen, darum zeigten sie sich ihm so ungeniert, zufrieden, reinlich, und einige hatten auch Angst. Er sah, wie sie zu gesellschaftlichen Ereignissen zusammenkamen, Konzerten, Reden, Ehrungen. Die heutige Feier hänge ihm noch nach, er sei näher gekommen, als er es für gewöhnlich wage, vielleicht, weil es eine Trauerfeier und ihm danach zumute war.

Es muss eine bedeutende Person gewesen sein, sagte er, sie haben die Philharmonie dafür gemietet. Gehen Sie hin, es sind bestimmt noch Menschen da. Vor dem Gebäude werden Gebete gemurmelt, ich weiß nicht, in welcher Sprache, aber der Klang ist tröstlich.

Er fragte mich, ob ich schon einmal getrauert hätte. Kurz dachte ich an Hellmut, dann sagte ich ihm, dass ich noch keinen nahen Verwandten verloren hätte, meine Großeltern seien vor meiner Geburt gestorben, Geschwister hätte ich keine, und mein Vater sei zwar im Krieg verwundet worden, aber erfreue sich heute einer halbwegs stabilen Gesundheit.

Das tut mir leid, sagte der Stadtinvalide. Bald werden wir keine Zeit mehr für Trauer haben. Ja, ich glaube, sie wird sogar verboten. Machen Sie es dennoch gut, wir werden uns nicht wiedersehen.

Als ich den dunklen Weg Richtung Lehrter Bahnhof entlangging, immer weiter weg von der Philharmonie, versuchte ich mir das Murmeln der Gebete vorzustellen, aber ich hörte nur den Kies unter meinen Füßen und bald das hektische Rauschen der Großstadt, die sich wieder um mich schloss.

Vielleicht sagte es mir ein Kollege aus der Palästina-Abteilung, oder die Presse hatte darüber berichtet. Ich weiß es nicht mehr, ich war in diesen Wochen mit den Gedanken woanders. Mitte Juni hatte ich meinen Mitgliedsantrag für den Bund Nationalsozialistischer Deutscher Juristen eingereicht, denn es war nun eben, wie es war, und einer gefallenen Staatsform durfte man nicht zu lange nachtrauern.

Die Feier in der Philharmonie war für Victor Chaim Arlosoroff gewesen. Im Juni hatten sie ihn am Strand von Tel Aviv niedergeschossen. Zwei Männer. Es hieß, sie seien von der konkurrierenden revisionistischen Partei gewesen, was man bei zwei getürmten Tätern kaum gewusst haben kann. Aber die deutsche Presse konnte nicht die Briten verdächtigen und die britische nicht die Deutschen. Es war ja erst der Sommer dreiunddreißig, ein schöner Sommer übrigens, ich fuhr am Wochenende häufig an den Wannsee zum Baden und im Anschluss aß ich etwas im Segelclub. Am meisten liebte ich die späten Augusttage, denn auch wenn die Wespen schon zum Sterben hervorkamen und die Limonadegläser lästig umflogen, so musste man nur bis halb neun auf der Terrasse sitzen, um die Wolken von der untergehenden Sonne in tupfiges Pastell und gleißendes Gold verwandelt zu sehen.

Zwei Verdächtige wurden bald wieder freigelassen, was ein mulmiges Gefühl bei mir hinterließ, und ich fragte mich, wen Magda alles ins Vertrauen gezogen haben mochte und wie weit die Macht des Ministers reichte. Weder bin ich in der Philharmonie gewesen, noch habe ich weiter nach Arlosoroff gefragt, und als der August zu Ende war, entfernten wir uns so schnell und entschieden vom Sommer, dass ich bald nicht mehr glaubte, es könnte je anders als kalt und nass gewesen sein. Im Oktober erklärte Hitler den Austritt Deutschlands aus dem Völkerbund, und im November kam es zu Neuwahlen. Auf dem Wahlzettel stand nur noch eine Partei, und überhaupt ist der November in Berlin düster und drückend, eine Wolkendecke bleibt bis zum Februar über der Stadt hängen und man sieht bloß noch schales Licht. Zum Jahresende wurde ich überraschend befördert, und mein Vorgesetzter bemerkte vor meinem Weggang noch, ich hätte wohl Gönner weit oben, worauf ich nicht weiter einging. Ich arbeitete nun in der Wirtschaftsabteilung. Mein Fenster ging auf die Wilhelmstraße.

III

An einem besonders trübseligen Abend im Januar vierunddreißig kam ich wieder an der Kneipe mit der buckelnden Katze vorbei. Rubinroth und Karl hatte ich seit Hitlers Wahlsieg aus den Augen verloren. Ich würde nicht sagen, dass ich sie vorsätzlich mied. Wir waren eben keine Studenten mehr, und werktags saß ich oft bis spät im Ministerium, oder mir war nicht nach verrauchter Luft zumute, obwohl ich ein paar Mal an sie gedacht und mich gefragt hatte, ob sie noch so laut ihre politischen Ansichten in der Öffentlichkeit austauschten.

Den ganzen Tag schon machte mir ein Brief aus Amsterdam zu schaffen, von einem Mann, den ich nach der Trennung von Magda regelmäßig gesehen hatte. Vor einigen Monaten war er in die Niederlande emigriert und schrieb mir von der Weite der Landschaft, von Grachten und Kanälen und dass ich ihm doch bald folgen solle. In seiner letzten Nachricht hatte er wie beiläufig einen gewissen Willem erwähnt, und ich meinte zu spüren, dass seine Aufforderung nur noch halbherzig war.

Ich lauschte auf den Lärm aus dem Inneren der Kneipe und spürte mit einem Mal die Trockenheit in mir, als wäre ich seit Wochen einer Dürre ausgesetzt gewesen. Zögernd drückte ich die Tür auf. Es roch nach Zigarettenqualm und Zwiebelsuppe, und ich sah mich im Schankraum um, unsicher, ob es mir lieber wäre, niemanden zu kennen.

Rubinroth saß mit einigen angetrunkenen Männern neben der Küche, und als er mich erkannte, schien er sich gegen einen schweren Widerstand zu erheben. Mehrmals klopfte er mir auf die Schulter und bat mich, ihnen Gesellschaft zu leisten. Jemand schob mir ein Bier zu, einer sagte etwas über Dollfuß, ein anderer erwähnte das letzte Spiel von Hertha BSC, und schließlich redeten alle über die wunderbare Mimi, von der ich glaubte, sie sei eine der Kellnerinnen, die mit bäurischer Eleganz durch den überfüllten Raum tänzelten.

Mir kam ein Traum in den Sinn, den ich am Ende meines Studiums, ein Jahr nach der Trennung von Magda, gehabt hatte, als ich Gesetzestexte und Kommentare in so manischer Hast in mich hineingelesen hatte, dass mich nur noch unsere Kneipenabende aus dem Sog herausgefischt hatten. Im Traum ging ich über ein Feld übersät mit Kreuzen, wie auf einem endlosen Soldatenfriedhof. An eines trat ich heran, um den Namen zu lesen, doch ich fand einen Paragrafen darauf verzeichnet, und am Kreuz daneben einen anderen und daneben noch einen und immer so weiter. Als ich aufwachte, fürchtete ich, verrückt zu werden, und es war wohl nicht ganz unbegründet. Mit meiner letzten bestandenen Prüfung war der Spuk vorerst verflogen, und wir hatten so oft darauf angestoßen, dass Rubinroth schließlich auf dem Tisch gestanden und einen Toast auf das Recht im Allgemeinen und mich als seinen Verfechter im Besonderen ausgebracht hatte. Das war vor zwei Jahren gewesen, kurz nachdem Otto Braun entmachtet worden war, und doch schien es mir ein halbes Leben her zu sein.

Ich hörte, wie Rubinroth etwas Scherzhaftes einwarf, aber hinter seiner hohen Stirn schienen ganz andere Gedanken vorbeizuziehen, und ich dachte an die Witze aus der Kaserne, die auf seine Kosten gegangen waren. Die Sätze am Tisch waren ziellos, und niemand wagte sich aus der Deckung. Weder zur Niederlage der Fußballer noch zum Attentat auf Dollfuß hatte jemand eine Meinung, zumindest äußerte sie keiner, nur Mimi nannten alle eine treue Seele, und schließlich begriff ich, dass es sich um keine Kellnerin, sondern um den betagten Schäferhund meines Sitznachbarn handelte, der vergangene Woche verstorben war.

Als Karl nach der nächsten Runde Bier noch immer nicht aufgetaucht war, lehnte ich mich zu Rubinroth und fragte leise, was mit Karl los sei. Er sah mich erstaunt an, als fragte ich nach etwas Offensichtlichem, und dann erst schien ihm klar zu werden, wie lange wir uns nicht gesehen hatten.

Schon im Mai, erzählte Rubinroth, habe man Karl zum Verhör in die Prinz-Albrecht-Straße gebracht. Für einige Wochen blieb er verschwunden. Ende Juni kam er dann ohne Vorankündigung in der Gaststätte vorbei, bat Rubinroth, sich um seine Wohnung zu kümmern, und floh noch in der Nacht in den Westen.

Jetzt ist er im Saargebiet, er hat eine Stelle beim Völkerbund gefunden und korrespondiert mit Otto Braun. Eigentlich ein friedliches Leben, aber es geht ihm nicht gut, sagte Rubinroth und starrte vor sich hin. Niemand hat ihm je erklärt, was er sich eigentlich hat zuschulden kommen lassen, und das macht ihn krank. Nein, leider geht es ihm nicht gut, wiederholte er, seine Zunge schwer vom Alkohol. Er hob sein Glas und leerte es in einem Zug.

IV

Im Mai untersagte Magdas Ehemann den Juden, über den Kurfürstendamm zu flanieren, und im Sommer wurde Ernst Röhm ermordet. Auch einige von Vaters ehemaligen Kameraden richteten sie hin, zuerst Hitlers Amtsvorgänger General von Schleicher und einen Tag später Generalmajor von Bredow. Hitler erklärte, verantwortlich zu sein für das Schicksal der deutschen Nation. Er sprach von Geschwüren und Brunnenvergiftung und vom sicheren Tod für alle, die die Hand gegen den Staat erhoben. Sie säuberten das Militär, wie sie vorher die Straßen, die Gewerkschaften, die Radiostationen gesäubert hatten, und über Röhm wurde ausgekippt, was man im letzten Jahr noch in der linken Presse über ihn gelesen hatte, über den, wie sie ihn nannten, perversen Lüstling, die Schwuchtel.

Vaters Gesundheit verschlechterte sich in diesem Sommer. Jeden Sonntag wenn ich zu Besuch kam, humpelte er stärker, und er konnte nicht mehr in die Knie gehen, aber zum Arzt wollte er nicht, erst dort werde man überhaupt krank. Mitte Juli schickte ich Magda Blumen wie jedes Jahr. Es hatte nichts mit uns zu tun, nur Pritzwalk war eben zu weit.

Als im August Hindenburg starb, wurde aus Adolf Hitler der Führer, und Reichswehrminister Blomberg schickte noch am selben Tag eine Weisung an alle Soldaten, einen Eid auf Hitler abzulegen. Nicht mehr treu und redlich dienten die Soldaten nun, sondern mit unbedingtem Gehorsam dem Führer, der größer als Gott und das Gewissen über ihnen stand.

Jetzt gehen sie zu weit, sagte Vater. Damit werden sie nicht durchkommen.

Ich wagte nicht, ihm zu sagen, dass es niemanden mehr gab, der sich ihnen in den Weg stellen konnte.

Was ist das noch für eine Armee?, fragte er und erklärte, das Haus nicht mehr zu verlassen, er wollte keinem Soldaten auf der Straße begegnen.

Und wie lange willst du das so halten?, fragte Mutter. Du glaubst doch nicht, dass in einer Woche alles wieder beim Alten ist.

Die Sonne fiel auf den Esstisch, und die in der Wohnung angestaute Hitze schien meine Eltern schrumpfen zu lassen. Nie zuvor waren sie mir so klein und gebeugt vorgekommen wie an diesem Nachmittag, so hilflos, und ich fühlte, dass sie mich nicht mehr vor dem bewahren konnten, was da draußen vor sich ging, sondern dass vielmehr ich sie davor beschützen musste. Ich wusste nur nicht, ob ich die Kraft dazu besaß.

Ob ich allmählich ans Heiraten dächte, fragte er mich, in seiner Stimme eine väterliche Sorge, vielleicht lag auch schon Resignation darin. Gern hätte ich ihm etwas erwidert, einen Namen, einen Monat, wenigstens die Geschichte einer unglücklich Verheirateten, aber die einzige Frau, der ich je nahe gekommen war, hatte sich in ein Bild der Wochenschau verwandelt.

Liebe kann man nicht erzwingen, sagte Mutter, als mein Schweigen peinlich wurde.

Vater nickte vor sich hin, seine Hände kraftlos auf dem Tisch, schwer und behaart und mit dem Ehering, der leicht in die Haut schnitt, und ich stand auf, um eines der Fenster zu öffnen.

Ich hätte gern noch ein Stück Torte, erklärte er.

An diesem Nachmittag streifte ich ziellos durch die Straßen. Ich dachte an Kranz, Taube und Stein, die nun unter dem Führereid dienten, und machte mir Vorwürfe, ohne so recht zu wissen, wofür. Aber wäre ich nicht gewesen, hätten meine Eltern sich einfach in ihrer Wohnung wie in einem Kokon einpuppen und all diese Jahre überschlafen können.

Später fuhr ich zum ersten Mal seit Langem wieder zum Reichskanzlerplatz. Ich ging neben dem fließenden Verkehr her, meine Gedanken vom Autolärm übertönt, dann blickte ich zu Magdas Wohnung hinauf. Das Gebäude wirkte kalt, nur auf den obersten Fenstern blitzte der blaue Himmel. Da sah ich von Mackensen aus der Tür treten, den Sohn des berühmten Feldmarschalls, der später Staatssekretär bei uns im Auswärtigen Amt werden sollte. Direkt hinter ihm folgte Prinz Auwi.

Es war eigentlich nicht überraschend, den Prinzen ausgerechnet vor dem Haus von Magda wiederzusehen, und ich wusste, dass von Mackensen sein ehemaliger Adjutant und Jugendfreund war. Doch etwas verwunderte mich an den beiden, so dass ich hinter einem Zeitungskiosk in Deckung ging und sie von dort aus beobachtete.

Als sich der Prinz seinem Begleiter zuneigte, vertraut seit Kindertagen und doch zu intim gegenüber einem Untergebenen, begriff ich endlich, dass hinter Auwis fahler Fassade noch eine andere Enttäuschung lag als die über den Verlust eines Kaiserreichs. In allen Gerüchten um seine Scheidung war seine homosexuelle Neigung immer schon angeklungen, nur ich hatte sie überhört. In diesem Moment spürte ich eine schwache Sympathie für ihn, und eine unerträgliche Enge zog sich um mich zusammen.

V

In dieser Zeit nahm ich zum ersten Mal eine von Taubes Einladungen zum Abendessen an. Im Entree legte seine Ehefrau schlaff ihre Hand in meine, ich beugte mich zum Kuss darüber, war enchanté, obwohl ich ihr Gesicht nicht länger als einige Minuten in Erinnerung behalten habe. Ich glaube, sie war aschblond, mit runden Wangen und in all den Jahren, in denen ich dann zu Besuch kam, meistens schwanger. Taube nannte sie brav und sich selbst glücklich, sie zu haben, und in gewisser Weise ergänzten sie sich wohl, jedenfalls drückte Taube mir die Hand so fest, dass ich hätte schreien mögen. Ihren Vornamen habe ich nie erfahren.

Als ich das Esszimmer betrat, saß der kleine zum Stein bereits am gedeckten Tisch. Wir tranken reichlich Cointreau, und nach einer Flasche fühlten wir uns fast wie Freunde. Stein war Oberleutnant geworden und Taube zum Hauptmann befördert.

Der Generalstab, schwärmte Taube, wird wieder eine der tragenden Säulen Europas, und unter uns – nicht mehr lange, und wir sind militärisch den Franzosen überlegen. Deutschland wird wieder an die Spitze der Völker rücken, da, wo wir hingehören, und Versailles haben wir bald vergessen.

Stein nickte, und Taube drängte uns nachzunehmen. Trotz des Tafelsilbers, der Familienfotos und der feinen Polstermöbel konnte er das soldatische Schlingen nie ganz unterlassen.

Seine Frau wolle wieder aufs Land ziehen, erzählte er, und das missfalle ihm doch. Versteht mich nicht falsch, ich habe nichts dagegen, wenn sie mit den Kindern zu ihren Eltern fährt, solange ich nicht in Berlin bin. Aber bin ich hier, möchte ich sie auch sehen. Es ist ja ohnehin zu wenig, was man im Leben von Frau und Kindern hat.

Taube warf mir einen forschenden Blick zu.

Wirklich ausgezeichnet, wie deine Frau kocht, lobte ich.

Siehst du, und so ein Essen bekommst du nicht im Gasthaus. Ich bin übrigens sicher, dass es auch tüchtige Russinnen gibt. Aber die kommunistische Barbarei zerstört alles, was man am Zarenreich doch hat schätzen können. Wenn es dereinst einen Schlag gegen die Sowjetunion gibt, will sagen, wenn wir Europa vor dem Untergang bewahren wollen, dann ist Hitler der richtige Mann in der Reichskanzlei. Und dass dieser Schlag unausweichlich ist, müsst ihr in der Wilhelmstraße ja auch einmal einsehen. Prost darauf.

Stein nickte, sein Kopf glühte rot, und klirrend stießen unsere Gläser aneinander.

Ich nahm Taubes Reden als Fantasie eines Offiziers. Selbst die samtenen Hosenstreifen des Generalstabs leuchten in Friedenszeiten eben doch nur matt. Unseren Kameraden Kranz erwähnte er ein einziges Mal, ich glaube, im Frühjahr fünfunddreißig, als die Wehrpflicht wiedereingeführt wurde. Kurz zuvor, im Januar, war das Saargebiet zurück ans Deutsche Reich gegangen, und Karl hatte schon wieder Pech. So viel Pech wie Karl konnte man gar nicht haben, dachte ich.

Taube sprach herablassend von Kranz, aber mit jenem Respekt, den ein Offizier seinem Vorgesetzten zu zollen hat. Kranz, der Schlosser aus Pankow, war Hauptmann geworden, und zwar ein Jahr vor Taube. Hier zeige sich nun die Schwäche des Nationalsozialismus: dass die naturgegebene

Ordnung zu leicht verspielt und uralte Hierarchien in wenigen Jahren über den Haufen geworfen würden.

Auf lange Sicht braucht Deutschland andere Führer, befand Taube. Aber erst einmal Russland!

VI

In Basel hörte ich wieder von Karl. Der Vizekonsul, mit dem ich zu Abend aß, ließ seinen Namen beiläufig fallen. Karl hatte sich nach der Saarabstimmung offensichtlich in die Schweiz abgesetzt, doch als ich nachfragte, wusste mein Gesprächspartner nicht viel mehr.

Die Schweiz ist klein, erklärte er, wir kennen unsere Pappenheimer, aber Herr Pretzel ist keine Person des öffentlichen Lebens. Ich weiß nicht einmal, ob er in Zürich oder Bern lebt. Oder vielleicht in Luzern. Joseph Wirth hat dort eine Villa, und aus irgendeinem Grund bringe ich Pretzel mit dem ehemaligen Reichskanzler in Verbindung, ich mag mich täuschen, sagte der Vizekonsul, ehe er sich tief über die Crème Brûlée beugte. Wie auch immer. Er rieb sich den Mund mit der Serviette. Wirth ist jetzt in Paris. Otto Braun baut in Ascona Kartoffeln an. Das ist alles, was von Weimar übrig geblieben ist. Er lächelte mich an, und ich konnte nicht sagen, ob Bedauern darin lag oder doch ein stilles Einverständnis. Dann musste ich aufbrechen, da ich noch den Nachtzug Richtung Berlin erreichen wollte.

Am Gleis wurde die Abfahrt bereits über Lautsprecher angekündigt. Ein Mädchen mit einem Blechteller saß an eine Säule gelehnt und schlug ohne Fröhlichkeit oder auch nur Rhythmus auf eine kleine Trommel, und beinah wäre ich mit einem Mann zusammengestoßen. Kurz trafen sich unsere Blicke, und ich dachte an Karl, aber es war wohl nur das Gespräch, das mir nachhing.

Ich raffte meinen Mantel und stieg in den Zug. Der Schlafwagenschaffner nickte mir zu und führte mich zum

Abteil. Mein Kabinengenosse hatte sich bereits mit einer Flasche Rotwein auf die obere Liege des Doppelstockbetts verzogen, den Hut tief in die Stirn gezogen, und grüßte mit fliehenden Augen unter der Krempe hervor. Von draußen hörte ich wieder das Klappern des Blechtellers und schaute aus dem Fenster, aber es war nur der Zug, der langsam anfuhr.

Auf dem schmalen Tischchen breitete ich meine Unterlagen aus und arbeitete, bis ich im Zugrestaurant noch ein Nachtmahl aß. Mein Gegenüber blätterte in einer deutschen Illustrierten, und von einer Seite blickte mich plötzlich Magda an. Es war nur ein kleines Bild. Die Überschrift beglückwünschte den Minister und seine Frau zur Geburt ihres Sohnes, und Magda lächelte in die Kamera, hart wie eine Kriegerin. Sie hatte ihren Kampf gewonnen. Dass sie ihren zweiten Sohn Helmut nannte, kam mir vor wie Verrat.

Zurück im Abteil, schien mein Bettnachbar bereits zu schlafen. Im Gepäcknetz über ihm hingen zwei leere Flaschen. Ich setzte mich auf die untere Matratze und klappte meine Brieftasche auf. Im Halbdunkel blickte ich auf das Foto, seine Linien kannte ich so genau, dass die Gesichter vor mir lebendig wurden, obwohl das Grau kaum greifbarer war als das Sepia meiner Großeltern im Salon der Beletage. Hinter dem Foto steckte eine Postkarte mit Kaffeeterrasse, Sonntagsgästen (es ist immer Sonntag auf Postkartenterrassen), Booten, Wolken, und an den Rand gedrängt, so als sollte es gerade eben noch aufs Bild, ein Stück Badestrand vom Wannsee. Auf der Rückseite war in weiblicher Handschrift ein Gedicht von Oscar Wilde notiert.

This winter air is keen and cold
And keen and cold this winter sun,
But round my chair the children run
Like little things of dancing gold.

Weiter kam ich nicht, denn ich spürte einen Kloß im Hals. Im Nebenabteil sang eine Frau ein Schlaflied, und das Rattern der Reichsbahn auf den Gleisen lag darunter wie ein monotones Orchester. Der Zug stampfte, die Dampflok schnaufte nervös, doch ich kam nicht weg. Reisen war ein nutzloses Fieber, es kurierte nichts aus. Wo ich auch hinfuhr, immer war das Reich schon da, immer war Magda mir voraus. Sie stand in Rom neben Graf Ciano und einem Geistlichen. In Venedig bei den Filmfestspielen hob sie den Arm so elegant zum Hitlergruß, wie sie ihn früher angewinkelt hatte, um ihre Unterarmtasche zu halten. Sie war glatt und perfekt wie die Perlen in ihrem Dekolleté.

Als ich von einem dumpfen Schlag aufschreckte, war es stockfinster. Einen Moment wusste ich nicht, warum der Raum um mich her schwankte. Der Zug kam an einer Weiche zum Halten, und ich hörte Geräusche im Gang. Ich tappte zur Tür, der Luftzug wehte meine Unterlagen vom Tisch. Mein Bettnachbar lehnte am offenen Gangfenster und rauchte. Sein Anzug war von gutem Schnitt, aber zerdrückt von der Reise, er drehte nervös an seinem Ehering und wirkte entsetzlich angetrunken.

Eine Weile standen wir schweigend nebeneinander, sahen auf die Signallichter, die umsprangen, der Zug fuhr wieder an, der Rangierer war in der Dunkelheit als Schatten auszumachen, ohne Gesicht, ohne Ort.

Ärger zu Hause?, fragte ich.

Zu Hause. Der Passagier lachte leise auf. Sie wissen nicht, wo ich herkomme. Sie würden anders nach meinem Zuhause fragen.

Er zog eine Uhr aus der Westentasche, es war Viertel nach drei.

Sie haben keine Ahnung, wo ich hinfahre, fuhr der Passagier fort. Haben Sie die Verordnungen gelesen?

Welche genau, wenn ich fragen darf?

Alle. Sie müssen alle lesen, um zu begreifen, auf welchem Weg wir sind.

Er sah mich aus geröteten Augen an. Spucke klebte in seinem Mundwinkel. Er stank nach Wein und Schnaps. Nach sehr viel Wein und noch mehr Schnaps.

Sie begreifen nichts, sagte er.

Ich arbeite in einem Ministerium, ich habe einen soliden Überblick über die offiziellen Verordnungen und Gesetze, ich weiß nur nicht, auf welche Sie sich beziehen.

Sie begreifen nichts, sagte der Passagier so laut, dass sich am Ende des Waggons die Tür des Nachtschaffners öffnete. Er hatte sich nicht die Mühe gemacht, seine Dienstmütze aufzusetzen. Lautlos schritt er durch den schmalen Gang auf uns zu.

Der da, der begreift vielleicht mehr als Sie. Er wird mich gleich hinauswerfen, und dann sehen Sie mich da unten im Graben liegen. Aber Ihr Zug fährt ja weiter.

Wenn ich Sie bitten darf, flüsterte der Schaffner. Die anderen Gäste schlafen.

Ich nickte meinem nächtlichen Bekannten zu und zog mich in unsere Kabine zurück. Meine Unterlagen wollte ich vom Boden aufsammeln, aber als ich in die Knie ging, drückte etwas gegen mein Zwerchfell. Die Faust vor den

Mund gepresst, konnte ich es doch nicht zurückhalten. Tatsächlich weinte ich. Ich wusste nicht, warum. Vielleicht, weil etwas oder jemand fehlte oder weil es etwas oder jemanden nie gegeben hatte. Still lehnte ich meine Stirn in die Hände und verharrte so, das Ruckeln des Zuges unter mir, bis es langsam hell wurde.

VII

Dem Astrologen aus der Motzstraße begegnete ich auf dem Ku'damm wieder, kurz nachdem die Wehrmacht ins Rheinland gezogen war, und ich war sicher, dass dies das Ende der Regierung sein würde. Nicht nur mein Vater hielt Reichskriegsminister Blomberg für einen Banausen, auch meine Kollegen in der Wilhelmstraße waren wenig überzeugt von diesem allzu offensichtlichen Bruch des Versailler Vertrags.

Das Merkwürdige in diesen Märztagen sechsunddreißig war, dass Frankreich nichts tat. Ich konnte mir keinen Reim darauf machen, und gedankenverloren ging ich den breiten Boulevard hinunter, kaum etwas nahm ich wahr. Vor einem Eckhaus an der Fasanenstraße schimpfte ein Mann so laut, dass ich meinen Kopf zu ihm umwandte, und ich weiß nicht, ob ich sonst die schwarze Schrift überhaupt gelesen hätte, die über Hausfront und Fenster geschmiert war. *Jude verrecke. Jude verrecke.*

Erst vor zwei Wochen habe er die Wand geweißelt, klagte er und tauchte einen Schwamm in einen Farbeimer, klatschte ihn auf den Putz. Da erkannte ich neben dem Hausmeister meinen alten Bekannten aus der Motzstraße. Er trug die Uniform der Schutzstaffel, und der melancholische Ausdruck in seinen Augen war verflogen. Er grüßte mich, als wären erst wenige Wochen vergangen, seitdem wir uns zuletzt in seinem kleinen Büdchen über die Sterne gebeugt hatten.

Bald geht es nach Landsberg, in die Stadt der Jugend, erzählte er. Da herrscht das beste Wetter im gesamten Reich!

Gegen die Kommunisten stieß er eine Schimpftirade aus. Sie hätten ihn einer wahren Gehirnwäsche unterzogen, aber ganz sei es ihnen zum Glück nicht gelungen. Die internationalen Finanzkapitalisten habe er schon richtig durchschaut, nur eben die falschen Schlüsse gezogen. Manchmal sind wir zu bequem, der Wahrheit ins Gesicht zu blicken, sagte er, oh ja, auch ich bin so gewesen. Kommen Sie mich einmal in Landsberg besuchen. Eine Partei, die so ein Wetter schafft, wird noch Großes vollbringen!, rief er.

Was konnte ich schon gegen gutes Wetter sagen? Ein blauer Himmel in Lech war nun eben greifbarer als ein Himmel im Jenseits und Vollbeschäftigung verständlicher als ein Absatz im Versailler Vertrag.

Die Rheinlandbesetzung lockte auch in den folgenden Wochen weder Frankreich noch Großbritannien aus der Reserve, und auch dass mein Vater über Blomberg schimpfte, änderte nichts daran, dass Deutschland Verträge brach und niemand sich groß dafür interessierte. Und was tat ich? Ich zahlte meinen Mitgliedsbeitrag an den Bund Nationalsozialistischer Deutscher Juristen, und weil ich möglichst wenig mit ihnen zu tun haben wollte, achtete ich auf Pünktlichkeit und nahm noch ein Abonnement des *Völkischen Beobachters* dazu. Das Kleist-Kasino und das Eldorado waren geschlossen worden, und die verbliebenen Schöneberger Lokale mied ich aus Vorsicht; ich wollte nicht noch einmal etwas begehren, was unmöglich war. Hin und wieder traf ich mich an gesichtslosen Orten mit gesichtslosen Männern, wir gingen nebeneinander her durch Straßen, deren einziger Zweck es war, dass keiner von uns sich an sie erinnern würde, bis wir in klammer Dunkelheit am Rand des Grunewalds oder in einem Industriegebiet, umgeben von Gleisanlagen, eine vermeintlich sichere Stelle fanden, um uns nahezukommen. Sie mussten schnell gehen, diese trostlosen Intimitäten. Meinen Kollegen gegenüber verhielt ich mich korrekt und freundlich, ohne verbindlich zu sein, wie jemand, von dem später niemand genau sagen kann, an welchem Tag er nicht mehr im Büro erschienen war.

Es ging ja. Irgendwie ging es. Einigen ging es sogar gut.

VIII

Wenige Wochen später brach das Bankhaus Jacquier & Securius zusammen. Die Insel war unter dem baufälligen Gebäude abgesackt, seine Mitte eingestürzt wie ein Kartenhaus, und die Trümmer türmten sich neben der Rennbahn. Kinder spielten darin, bis sie von Erwachsenen verscheucht wurden. Die Arbeit in den übrigen Gebäudeteilen ging weiter, als wäre nichts geschehen, und das Geröll wurde erst nach Wochen abgetragen.

In dieser Zeit kam Rubinroth durch meine Straße, zufällig, wie ich meinte. Ich war spät dran, und es nieselte, bis hinunter zur Goltzstraße war alles trüb. Ich zog meinen Mantelkragen hoch und sah jemanden scheu winken. Als Rubinroth vor mir stand, wirkte er außer Atem, dabei war er gemessenen Schrittes näher gekommen. Wir wechselten einige höfliche Worte. Das Bankhaus ließ ich unerwähnt, obwohl ich daran dachte, und auch nach den Kneipenabenden fragte ich nicht. Er blickte auf mein Wohnhaus, und mir schien, er hoffte, hereingebeten zu werden, aber ich war in Eile.

Er verlasse Berlin, sagte er dann.

Natürlich, sein Großvater war ja noch in die Synagoge gegangen, wenn auch vor dem Krieg, aber man ließ doch nicht einfach seine ganze Existenz zurück, und was sollte Rubinroth in Paris oder Amsterdam? Er verstand zwar Hegel und Marx, aber als Fremdsprache nur Latein, und ich konnte mir nicht vorstellen, dass deutsche Philosophen im Ausland dringend gebraucht wurden.

Ob ich vielleicht …, fragte er und fiel ins Schweigen.

Ich wurde ungeduldig, denn ich war auf dem Weg, und obwohl ich mich nicht mehr erinnere, wohin, war es mir unangenehm, dass er so lange vor meinem Haus stand.

Er müsse etwas in die Schweiz bringen, brachte er schließlich heraus, ob ich ihm behilflich sein könne. Ich wüsste ja, fügte er stockend hinzu, dass es für ihn jetzt schwierig sei.

Sein Vater könne ihm doch gewiss helfen, meinte ich, und nun kam ich doch auf Jacquier & Securius.

Er arbeitet nicht mehr bei ihnen, entgegnete Rubinroth.

Da habe er ja Glück gehabt, bemerkte ich, und als ich Rubinroths irritierten Gesichtsausdruck sah, fügte ich hinzu: In gewisser Weise. Ich dachte ja wirklich nur an den Einsturz des Gebäudes.

Vor zwei Jahren haben sie eine neue Geschäftsleitung eingesetzt, und danach sind sie die anderen Ebenen durchgegangen, sagte er. Es ist im Moment nicht leicht für Leute wie uns.

Als er zu mir aufschaute, entschuldigend, beinahe ängstlich, in jedem Fall unterwürfig, wurde ich wütend. Er tat ja gerade so, als könnte ich etwas an seiner Lage ändern, als wäre ich gar schuld an seiner Misere.

Es tut mir leid, sagte ich, aber du machst dir falsche Vorstellungen vom Reisen mit Diplomatenpass. Ich bin nur Legationssekretär.

Natürlich, murmelte er, natürlich.

Ich verabschiedete mich, denn ich war wirklich spät dran. Als ich bei der Potsdamer Straße ein Taxi anhielt, sah ich, dass Rubinroth noch immer reglos vor meiner Tür stand und zu Boden blickte. Kurz überlegte ich, ihn nach Karl zu fragen, doch der Fahrer drängte zum Einstieg.

IX

Wahrscheinlich habe ich erst durch die Baarová verstanden, dass eine neue Phase angebrochen war. Lída Baarová aus Prag tauchte kurz nach den Olympischen Spielen im Gerede der Reichshauptstadt auf. Anfang zwanzig, dunkles Haar, dunkle Augen, eine arglose Schönheit, bewies sie in gewisser Weise, dass selbst das Regime nicht wie Götter enthoben war.

Ein Streit auf Schwanenwerder machte die Runde. Der Schauspieler Gustav Fröhlich, der mit der Baarová liiert war, erwischte sie vor seiner Villa auf dem Trittbrett von Goebbels' Wagen, in ein Gespräch mit dem Minister vertieft. Daraufhin, so hieß es, habe er Goebbels geohrfeigt. Es war, wenn ich mich nicht irre, die einzige halbwegs öffentliche Ohrfeige, die das Regime einsteckte. Sie wurde zum geflügelten Wort: Wollen Sie nicht einmal fröhlich sein, auch wenn natürlich keiner von denen, die es so dahinsagten, nur einen einfachen SA-Mann zu ohrfeigen wagte. Goebbels habe bloß gelächelt, hieß es, er wusste ja, dass er gewonnen hatte.

Aber die Inszenierung war durchlässig geworden. Wer wollte, konnte sehen, dass den Machthabern nicht mehr genügte, was sie bis hierher erreicht hatten. Es war ja nicht so, dass wir nichts sahen oder hörten oder wussten. Wir wussten und sahen und hörten allerhand, aber man dachte doch vor allem über das nach, was einen interessierte, etwa eine tschechische Schauspielerin, die sich zu oft an der Seite des deutschen Propagandaministers zeigte. Über den Rest lebten wir so hinweg.

Kein Wunder, dass der Minister sich zu anderen flüchtet, erklärte mir ein Kollege beim Mittagessen. Seine Frau soll ja hysterisch sein.

Was Sie nicht sagen, murmelte ich.

Ganz dünnhäutig von den vielen Schwangerschaften. Lída Baarová wird ihr den Rest geben, erklärte er lächelnd.

Hat er vor, sie auf einen Auslandsbesuch mitzunehmen?, fragte ich.

So weit käme es noch!, rief er.

Dann ist es nicht unsere Sorge.

Aber so weit wird es noch kommen! So weit wird es kommen, und was machen wir dann?

Dann organisieren Sie einen Besuch bei den Filmfestspielen in Venedig. Und bis dahin, Herr Fellner, kümmern wir uns um die Wirtschaft. Ich nickte ihm zu und verließ den Tisch.

X

Einmal im Monat lud Taube zu sich ein, und die Zusammenkünfte verliefen in so beruhigender Gleichförmigkeit, dass ich verwirrt war, als ich eines Abends neben Stein eine junge Frau vorfand mit Stupsnase, flacher Brust und gemütlichen Armen. Ich nahm an, es sei seine Verlobte, doch da kam eine andere Frau vom Bad zurück, und Stein stellte sie uns stolz als seine Caroline vor.

Sogar Taubes Frau saß an diesem Abend bei uns, an eine Ecke des Tisches verräumt und schweigend. Die Stupsnasige hörte auf den Namen Nina, und Taube platzierte mich ihr gegenüber. Lächelnd beobachtete er, wie wir Höflichkeiten austauschten. Nina wirkte fröhlich ohne Begabung zum Witz, gebildet, ohne überraschend zu sein, und sie kam aus einer guten, wiewohl nicht adeligen Familie, kurz, ich mochte sie schon deshalb nicht, weil sie das war, was Taube sich an meiner Seite vorstellte.

Da wir uns mit Rücksicht auf die Frauen beim Alkohol zurückhielten, verliefen die ersten Gänge schleppend. Man sprach über die Gartenschau in Düsseldorf und ein Ausflugslokal in Berchtesgaden. Nina liebte Ballett und Caroline Beethoven. Erst beim Dessert holte Taube den Cognac, und nach dem ersten Glas schwärmte er lebhaft von der Luftwaffe, die sich in Spanien bewies. Richthofen ist ein Held, ein Künstler ist er! Nimm den Flug über Guernica, sie haben die Stellungen des Gegners binnen Stunden zerstört.

Stein nickte und atmete schnell.

Und du glaubst, dass die Basken den Rest ihrer Stadt selbst angezündet haben?, fragte ich.

Willst du behaupten, unsere Fliegerstaffel hätte Zivilisten bombardiert?

Mir wäre wohler, wenn wir uns aus fremden Kriegen heraushielten, sagte ich und blickte auf die Bayerische Creme.

Ein Offizier tut vor allem gut daran, sich aus dem Politischen herauszuhalten, sagte Taube. Für dich, freilich, wenn du meinst, gilt anderes. Ich rede nur von unseren militärischen Fähigkeiten.

Oh, natürlich müsst ihr mit eurem Militär prahlen, wehrte Nina ihn ab. Die männliche Stärke zeigt sich ja so gut darin. Was ist denn eigentlich Stärke? Ihr mögt im Schützengraben bestehen, aber eine Mutter hat Kinder geboren, sagte sie und blitzte uns triumphierend an.

Ihr schenkt Leben, und wir müssen uns mit dem Tod herumschlagen, das ist wahr. Nur braucht man eben beides, liebe Nina, so viel wirst du mir zugestehen.

Es gibt einige so wundervolle Frauen, aber die Zeitungen berichten doch fast nur von euren Richthofens.

Ihr macht euch selbst schwächer, wenn ihr in der Sphäre des Mannes hausieren geht, im Öffentlichen, Politischen, am Ende noch im Kriegerischen. Es ist auch im Übrigen gar keine schöne Aufgabe, will ich dir sagen. Und was wollten die Republikfrauen mit ihren langen Hosen und ihren Pamphleten? Sie haben sich für eigenständig gehalten, dabei haben sie nur die Männer schlecht imitiert.

Von denen rede ich doch nicht, sagte Nina. Magda Goebbels ist bewundernswert.

Was ist eigentlich an diesem Gerücht über die Schauspielerin dran?, fragte Stein, und wir alle sahen überrascht zu ihm, ich weiß nicht, ob es wegen der Frage war oder weil er überhaupt einmal etwas sagte.

Es muss schrecklich für seine Frau sein!, rief Steins Verlobte.

Und trotzdem hält sie ihre Familie zusammen, jemand wie sie lässt sich nicht unterkriegen, sagte Nina. Sie schafft ihren Kindern ein geborgenes Zuhause, mag drum herum die Welt auch untergehen.

Man weiß doch eigentlich wenig über Frau Goebbels, warf ich ein.

Was ist Glück?, fragte Nina in die Runde. Eine unbeschwerte Kindheit. Und die schaffen die Mütter, die eigentlichen Heldinnen. Da kannst du deine Piloten noch so oft hochleben lassen, Georg.

Touché, sagte Taube und goß uns Männern Cognac nach.

Wenig später, als Nina und die Steins bereits im Vorflur standen, nahm er mich beiseite und fragte leise: Und, was denkst du?

Sie ist reizend, aber weißt du … In einem Jahr könnte ich schon in La Plata oder Osaka sein. Da kann ich doch jetzt nicht über Frauen nachdenken.

Hans, du wirst bald dreißig.

Ich nickte und ging ins Entree, um Nina in den Mantel zu helfen. Als wir die Eingangsstufen hinabgingen, Caroline und der kleine Stein mit rotem Kopf voran, blickte Nina mit gesenktem Kinn zu mir auf. Sie erwartete wohl, dass ich sie nach Hause brachte.

Ich habe noch im Ministerium zu tun, entschuldigte ich mich.

Um diese Uhrzeit? Sie sind so pflichtbewusst, Hans!

Zum Abschied küsste ich ihr die Hand, ehe sie zu den Steins in den Wagen stieg. In der Straße war es schon vollkommen still, nur einzeln brannten noch Lichter in den

Fenstern, und meine Gedanken schwankten vom Schnaps. Vor einem hohen wilhelminischen Bau blieb ich stehen und sah in einen Raum im Erdgeschoss. Ein Junge saß dort in der Schulbank, er zog den Kopf ein, und mir schien, als beobachte er eine Szene, die vor mir durch eine Säule verborgen war. Erst, als ich weiterging, merkte ich, dass ich *Wenn das meine Mutter wüsste* leise vor mich hin pfiff.

XI

In Basel sprach ich bei der Bank für Internationalen Zahlungsausgleich vor. Es ging um neue Kredite für das Deutsche Reich. In der Wilhelmstraße war ich zuständig für Außenhandel oder das, was davon übrig war, seit das Reich seine Wirtschaft auf Eigenstaatlichkeit umstellte. Sicher, manches hätte mich stutzig machen können, die zunehmende Abschottung der Wirtschaft, die Höhe der Kredite, die wir von der Schweizer Bank bezogen, auch die finanzpolitischen Experimente und der Vierjahresplan, aber es saß ja allen noch der Schreck der Inflation in den Gliedern, und man nahm eben, was man bekommen konnte. So reimte ich es mir zusammen.

Mehrmals fragte mich Herr Vössli, ob ich ihm folgen könne. Es war nicht schwer, bedenkenlos gestand er mir das meiste zu und wiederholte zuvorkommend, dass alles nach unseren Wünschen erledigt werde, aber ich muss abwesend gewirkt haben, ohne dass ich hätte sagen können, weshalb. Als wir uns zum Ende der Besprechung gegenseitig unserer vorzüglichen Hochachtung versicherten, konnte ich kaum glauben, dass es erst Mittag war.

Mein Nachtzug ging am späten Abend, und so fuhr ich nach Luzern, um das neue Kunstmuseum zu besuchen, ein moderner Bau am Ufer des Vierwaldstätter Sees, und ich wanderte zwischen dem Lichtspiel auf einem Waldboden und einem nackten Männerrücken umher, dessen Schulterblätter im Rauschen blauer Linien ausliefen. Lange stand ich vor einem kleinen Gemälde von Vermeer, aus dem eine Frau geradezu herausleuchtete. Ich sog ihre Helligkeit in mich auf und wünschte mir, so tief in das Bild einzutauchen, dass der anhaltende, dunkle Ton endlich verstummte, der unter all meiner Geschäftigkeit lag. Nach einer Weile sprach mich der Aufseher an. Es sei nur ein schmaler weißer Rand, so hauchdünn, dass er vom bloßen Auge nicht zu erkennen sei. Aber er erwecke bei uns Betrachtern den Eindruck, als strahle die Frau von innen. Meisterschaft bedeutet ja nichts anderes, als zu wissen, wie man täuscht, sagte er. Und weniges wollen wir so sehr wie betrogen werden.

Ich blickte hinaus aufs Wasser, auf die friedlich schaukelnden Bötchen, es kam mir alles noch ferner und unwirklicher vor als die Szene auf der Leinwand. Als ich mich wieder dem Bild zuwandte, stand eine blonde Frau vor dem Gemälde. Ihr in sich gedrehter Haarknoten glänzte in der Sonne, und einen Moment dachte ich, es sei Magda. Natürlich war das Unsinn, sie war keine Frau mehr, die allein in einem Museum stand, so wie sie damals neben Hellmut und mir gestanden hatte, um uns Beckmanns Pinselführung zu erklären. Und doch schien mir, ich sähe die Bilder wieder durch ihren Blick, und vielleicht bin ich nie ohne sie in einer Ausstellung gewesen, vielleicht habe ich jedes Bild mit ihrem Blick gesehen, mit ihr zusammen etwas darin gesucht.

In bedrückender Langsamkeit drehte sich die Frau mir zu. Um ihre Augen strahlte ein Faltenkranz, und ihr Haar war nicht blond, wie ich nun merkte, sondern bereits vom Alter ausgeblichen. Sie lächelte wohl, und ich meinte noch, dass sie mir in schleppendem Schweizerdeutsch etwas nachrief, aber ich eilte schon aus dem Museum ins Freie.

An einem Kiosk kaufte ich eine Zeitung und vergaß sie kurz darauf auf einer Parkbank. Ich vergaß den Anruf nach

Bern, wo ich mit einem Mitarbeiter des Politischen Departements hätte sprechen sollen, und selbst als ich an einem Postamt vorbeiging, fiel es mir nicht wieder ein. Aber ich betrat die kühle Schalterhalle und ging so bestimmt, als wäre es der eigentliche Grund meiner Reise, zum Tischchen mit den Telefonbüchern links des Eingangs.

Tatsächlich war Karls Adresse verzeichnet. Es war nicht weit, und ich ging los, ohne darüber nachzudenken, was ich ihm eigentlich sagen wollte. Erst als ich vor dem Haus stand, dessen graue Fassade durchbrochen war von rissigen Fensterläden, fragte ich mich, ob er überhaupt da war, ob er mit mir sprechen wollte. Wäscheleinen schaukelten über meinem Kopf im Wind. Die Haustür war nicht verschlossen, und ich stieg die schief getretenen Stufen hinauf. An einem Klingelschild im dritten Stock stand sein Name. In der Wohnung hörte ich eine Schreibmaschine klappern. Ich klopfte, aber nichts geschah. Ich klopfte kräftiger, die Schreibmaschine verstummte. Noch einmal klopfte ich, bis meine Knöchel schmerzten, da hörte ich endlich Schritte sich nähern.

Wer da?, fragte Karl.

Mein Mund war so trocken, dass ich mich räuspern musste, ehe ich meinen Namen herausbrachte.

Hans, wiederholte Karl, und dann war Stille zwischen uns, und ich verstand, dass es aussichtslos war.

Es tut mir leid, sagte er. Aber wir kennen uns aus einer anderen Zeit. Die Schritte entfernten sich, und kurz darauf setzte das Klappern der Schreibmaschine wieder ein.

XII

Das Eldorado war seit Jahren geschlossen, aber im Silhouette stand noch ein Aufpasser neben der Tür und ließ mich ein. Man hatte ihm einen zweiten an die Seite gestellt, den Schatten des Schattens, und an der Bar saßen androgyne Frauen in raffinierten Hosenröcken, die an HJ-Uniformen erinnerten und sich von Otto Martinis mixen ließen. Dazwischen standen Walküren mit glattgewienerten Begleitern, eine Horde Besoffener, ein glamouröser Vamp neben einer fickrigen Bohnenstange mit kreisrundem Haarausfall und in der Ecke die mageren Huren, widerstandsfähig wie Farnkraut, die sich ausschließlich von Pastis ernährten.

Das Verlangen war noch gieriger geworden, nur die Menschen vorsichtiger. Wie sollte man wissen, ob man den begehrlichen Blick nicht gerade jenem Mann zuwarf, der hier bloß saß, um einen zu verpfeifen? Mit dem Alkohol wich die Angst, und am Tresen strandeten noch immer Verlorene mit ihren Gerüchten und Geschichten. Otto brauchte nur ein paar Klare vor die Gäste zu stellen, und schon verschwammen Mut und Elend zu heroischen Abenteuern im bitteren Ton verpassten Lebens. Ich weiß nicht, ob sich Lügen und Wahrheit je scharf voneinander haben unterscheiden lassen, aber in dieser Zeit konnte man es gar nicht mehr.

Prost, Hans! Freut mich, dich wiederzusehen. Otto schenkte mir einen Sekt ein, dann polierte er weiter die Champagnerschalen. Sein Bauch war noch dicker geworden, und sein Blick hatte etwas Schleppendes, als zöge er mit großer Last durch den Raum.

Manche kommen gar nicht mehr zurück, sagte er und erzählte mir von den Kindern des Schriftstellers, die in die Schweiz gegangen waren, und einer der Transvestiten hatte sich nach Frankreich abgesetzt. Andere waren einfach verschwunden. Vielleicht sind sie jetzt glückliche Familienväter, was weiß denn ich, sagte Otto. Ich mache mir nur meine Gedanken.

Ein Mann drängte sich schwankend zu uns und lallte, dass man unser Geld nun endlich zurückholen werde. Ob er die Reparationszahlungen meinte, fragte ich, und er lachte mich aus. Es weiß doch jeder, wer unser Geld hat. Sie haben es auf ihren Dachböden gehortet, da liegt es wie fette Strohballen, und uns haben sie fast verhungern lassen. Wir lassen uns nicht ewig an der Nase herumführen, donnerte er.

Es war zu dämmrig, um sein Gesicht zu erkennen. Ich wandte mich ab und verzog mich auf die Toilette. Aus einer der Kabinen hörte ich unterdrücktes Keuchen. Nachdem ich mein Wasser abgeschlagen hatte, blieb ich am Pissoir stehen und fuhr mit der Hand über mein leicht anschwellendes Geschlecht. In der Kabine schlugen Hände gegen die Pressholzwand, und einem der beiden entrang sich ein Stöhnen. Ich griff fester zu, rieb wie in Wut den Schaft hinab, hielt inne, spürte das Blut pochen. Als ich vom Flur her schwere Schritte vernahm, warf ich einen Blick auf die Kabinentür, aber es war zu spät, sie zu warnen. Ich knöpfte meine Hose zu und eilte mit schmerzhafter Erektion hinaus. Dem Mann, der mir im engen Gang entgegenkam, nickte ich zu und trieb wieder hinauf an die Oberfläche des Nachtlokals. Am Tresen kippte ich noch einen Sekt hinunter und hörte einer jungen Schauspielerin namens Elsa zu, die sich bei mir ausweinte, weil es mit ihrer Karriere nicht weiterging.

Ob sie einmal mit dem Minister zu tun gehabt hätte, fragte ich sie.

Ach, das ist ein aufdringlicher Kerl, und er hat mir Avancen gemacht, dabei weiß doch jede, dass er verheiratet ist.

Und du bist darauf eingegangen?

Natürlich nicht, sagte sie mit einer Bestürzung, die mich rührte. Es gab nicht mehr viele, die so naiv waren zu glauben, man fände unter dem ganzen Sumpf einen Boden des Anstands. Die meisten marschierten mit und putzten sich am Abend den Dreck von den Stiefeln, gleichgültig wie all die Jahre zuvor. Ich will mich nicht besser machen, ich unterschied mich lediglich durch meine feinen Lederschuhe.

Natürlich, einige gehen drauf ein. Weil sie so sehr an ihren Träumen hängen, sagte Elsa und betrachtete ihre Fingernägel. Man muss sehen, wo man bleibt, auch wenn man mal größere Pläne hatte.

Ich fragte sie nach der Baarová und ob sie eine gute Schauspielerin sei.

Elsa schüttelte den Kopf. Aber sie ist gerade passend für die Rollen, die man jetzt will. Eine brave Femme fatale. Eine dressierte Fledermaus.

Sie sah betrübt an ihren Armen hinunter, als warte sie darauf, dass ihr schwarze Flügel wüchsen, und erzählte mir von ihrer ersten Sprechrolle. Aber Nelly, so können wir doch nicht vor die Tür! Aufmerksam lauschte sie dem Klang ihrer Stimme nach.

Die Baarová hat ein Angebot bei Metro Goldwyn, erzählte Elsa noch, und dann verlor sie sich in kleinen Träumen von der großen Filmkarriere.

Kennst du eine Hélène?, fragte ich und beschrieb ihr die Frau, die vor Jahren in Lulus möbliertem Zimmer neben mir auf der Bettkante gesessen hatte. Es war, als stieße ich seine Tür ein letztes Mal auf. Sie hat Drehbücher geschrieben, fügte ich hinzu, für Hollywood.

Ach, Helen!, fiel es Elsa ein. Sie trug ihr Haar mittlerweile blond und schulterlang, erfuhr ich, und die Antwort aus Amerika war noch immer ausgeblieben. Sie hat andere Angebote bekommen, meinte Elsa leise.

Aber Nelly, so können wir doch nicht vor die Tür!, sagte sie zum Abschied. Erst jetzt merkte ich, dass die Zimmerflure bereits leer waren, kein Seufzen drang mehr zu uns. Nur noch zwei Straßenmädchen saßen vor ihren Pastis, und Otto wischte bereits die Spüle aus. Ich bedeutete ihm, mir das Glas noch einmal zu füllen. Als ich es hinunterstürzte, begann die Welt sich leicht zu wiegen.

Vielleicht begehren sie ihn ja wirklich, sagte ich zu Otto.

Du meinst?, fragte er.

Was, wenn nicht der Minister den Frauen nachläuft, sondern sie ihm.

Otto wrang den Lappen aus, und ich wusste nicht mehr, ob die Frauen Goebbels' Lügen glaubten oder ich, ob ich von ihm verführt wurde oder von zwei Unsichtbaren hinter einer Pressholzwand, und ich spürte jenen dunklen Sog, den Schwindel beim Blick in den Abgrund, der uns entsetzt und dem wir uns deshalb umso hemmungsloser hingeben, und im Fallen stoßen wir an die grausamsten Mächte in uns.

XIII

Wenn sich die Tür der Beletage vor mir öffnete und Annie mich mit einem Wangenkuss begrüßte, war es, als beträte ich eine andere Stadt. Die Zeit im Haus des Generalmajors a. D. stand still, während die Welt um uns herum brannte. Eines Nachmittags aber, es war Anfang Februar achtunddreißig, war etwas eingedrungen, ich spürte die gedrückte Stimmung schon im Flur. Im Salon tickte die Standuhr noch ein wenig lauter als sonst, und Vater zerteilte mit düsterer Miene sein Tortenstück. Am Vortag hatten Reichskriegsminister von Blomberg und General von Fritsch aus gesundheitlichen Gründen den Dienst quittiert. Hitler hatte beide Rücktritte zusammen mit der Ernennung Ribbentrops zum Außenminister verkündet, ehe er übergegangen war zu den Wohltaten für die Sudetendeutschen, der tschechoslowakische Präsident müsse endlich einsichtig werden.

Dienstuntauglich in Friedenszeiten, sagte Vater und stach in die Schwarzwälder Kirsch. Die haben sich wohl gegenseitig mit einem Schnupfen angesteckt.

Ich wollte etwas erwidern, aber er schüttelte entschieden den Kopf. Er wünschte keine Widerworte, er wünschte überhaupt nichts mehr von dieser Armee zu hören. Wir blickten uns einen Moment an, und mir schien, seine Augen wären wässrig geworden, verquollen wie die von Herbert Quandt, die Umwelt von Milchglas getrübt.

Hitler baut die Spitze der Wehrmacht um, stellte er knapp fest, und Gott allein weiß, wohin er uns damit führt.

Es war seltsam, Vater von Gott reden zu hören, der normalerweise nicht in seiner militärischen Rangordnung vorkam. Noch seltsamer war es natürlich, dass die beiden mächtigsten Männer der Armee in derselben Woche so schwer erkrankt waren, dass an Pflicht nicht mehr zu denken war. Die beiden Generäle seien in Wahrheit wegen Sittendelikten entlassen worden, hörte ich in den nächsten Tagen, auch wenn niemand die Quelle des Geredes sein wollte. Die neu angetraute Frau von Blomberg habe früher für pornografische Bildchen posiert. Im Grunde sei das kaum verwunderlich bei einer Dame, die bis zur glücklichen Partie mit dem Herrn Minister in einer proletarischen Mietskaserne in Neukölln ein Massagestudio betrieben habe. Massage! Ich nickte und dachte an die Bilder, die in den Büschen nahe Reichstag und Krolloper gehandelt worden waren vor vielen Jahren. Von General Blomberg blieb nur ein Foto im Leipziger Zoo, die Handtasche seiner Frau unterm Arm, und von General Fritsch eine Geschichte vom Bahnhof Wannsee. Dem Oberbefehlshaber der Wehrmacht hätten junge Männer etwas zu gut gefallen, hieß es, und er habe sich hinter den Bauzäunen bei den Gleisen mit ihnen vergnügt.

So viele Homosexuelle hat es früher gar nicht gegeben, wie heute verhaftet werden, bemerkte ein Kollege.

Mit dem Besuch des österreichischen Bundeskanzlers Schuschnigg auf dem Berghof nahm das allgemeine Interesse an den beiden Generälen ab, und bis zum Monatsende war es fast verflogen. Nur ich dachte hin und wieder an den Zeugen, den man aus einem der Lager im Emsland in die Hauptstadt geholt hatte. Angeblich hatte er Fritsch erst mit einem Stricher gesehen und sich dann auch noch seinen Offiziersausweis zeigen lassen. Alles an dieser Geschichte schien mir merkwürdig. Dass einer der ranghöchsten Offiziere des Reichs seine Neigung so offen preisgab, während die meisten von uns sie in strikter Namenlosigkeit auslebten, an Orten, an denen nichts blieb, kein Gesicht, kein Geruch, kein Geräusch, war sogar für die neue Zeit zu unglaubwürdig, und ich war überzeugt, dass Fritsch kein Schwuler sein konnte, denn dann hätte er besser gewusst, wie man unsichtbar blieb.

XIV

Um Taube einen Gefallen zu tun, ging ich mit Nina Kaffee trinken, oder vielleicht war es auch, weil mir die Affäre Fritsch mehr nachhing, als ich mir selbst eingestehen wollte. Sie schlug die Terrassen am Wannsee vor, ich meinte, es sei dafür noch zu kalt, und auch die Cafés am Ku'damm wollte ich meiden. So landeten wir in einer bis zur Düsternis vertäfelten Stube in Steglitz, wo Nina artig in winzigen Schlucken eine heiße Schokolade trank. Sie erzählte von Garmisch und der Mystik des deutschen Walds, und ich zählte die Rillen zwischen den Paneelen hinter ihr.

Wie sie vom Skispringen auf Herbert Quandt kam, kann ich nicht mehr sagen, aber sie wusste, dass er mit seiner Familie in einer Villa am Griebnitzsee lebte, eine Tochter war vor wenigen Monaten auf die Welt gekommen, und ebenso frisch wie seine Vaterschaft war seine Position als Prokurist einer Tochterfirma der AFA.

Und sein Augenleiden?, fragte ich.

Manchmal kann es ja von Vorteil sein, wenn man die Dinge nicht zu genau sieht, sagte Nina und kicherte, ihre Miene blieb dabei aber vollkommen ernst. Sein Vater soll ihm übrigens jemanden an die Seite gestellt haben.

Der neue Leiter seiner Rechtsabteilung war so alt wie Hellmut, und es versetzte mir einen Stich, als ich hörte, dass Quandt ihn zu seinem zweiten Thronfolger aufbaute. Wie leicht es allen fiel, Hellmut zu ersetzen. Wie leicht man überhaupt Menschen ersetzte, und einer war entlassen, und einer war tot, und am nächsten Tag saß schon der Nächste auf seinem Platz.

Als Nina seinen Namen nannte, Horst Pavel, erinnerte ich mich, ihm schon einmal begegnet zu sein. Auf dem Empfang im Herbst hatte ich ihm nicht viel Beachtung geschenkt, aber jetzt, da ich daran zurückdachte, kam es mir vor, als habe er mit der Gelassenheit des bevorzugten Ziehsohns gesprochen, während ein kleines Grüppchen ihn wie Schaulustige umringte. Die AFA profitierte von der Förderung des Kraftfahrzeugs, die Berlin-Karlsruher Industriewerke hatten die enteignete Maschinenfabrik Henry Pels und Co. übernommen und zudem nach Lübeck expandiert, wo sie Spezialmunition produzierten. Es ging wirtschaftlich besser denn je, und trotzdem sah Pavel das Quandt'sche Imperium noch nicht am Ziel.

Uniformstoff, sagte er, ist das eine. Aber die bessere Uniform hat noch keine Schlacht entschieden. Batterien hingegen … Sehen Sie, da sind wir von der AFA den Franzosen Jahre voraus.

Batterien für Automobile?, fragte jemand.

Und für U-Boote. Verstehen Sie mich nicht falsch. Wir sind keine Kriegstreiber, aber wir müssen auch realistisch sein. Es wird wieder Krieg geben. Und ein Krieg zum jetzigen Zeitpunkt … Er blickte zum Nebenraum, den gerade Staatssekretär Mackensen mit seiner Entourage betrat, und umgehend verlor er das Interesse an unserem Grüppchen.

Noch dachte ich nicht an Krieg, jedenfalls wollte ich nicht daran denken, und während ich allein durch den Raum wanderte und immer wieder zu Pavel und dem Staatssekretär hinübersah, die sich in einem vertraulichen Gespräch zueinander beugten, kam mir meine letzte Begegnung mit Mackensen am Reichskanzlerplatz vor drei Jahren in den Sinn. Prinz Auwis Blick glitt noch einmal über das Gesicht seines ehemaligen Adjutanten, und ich versuchte mich zu erinnern, ob der innige Ausdruck auch in Mackensens Miene gelegen hatte. Pavel verabschiedete sich, Mackensen schien ebenfalls aufbrechen zu wollen, da trat ich ihm eilig in den Weg.

Dem Prinzen geht es wohl?, erkundigte ich mich und fügte hinzu, wir seien früher zusammen ins Konzert gegangen.

Durchaus, sagte er und musterte mich überrascht, da er mich offensichtlich nicht zuordnen konnte, aber fürchtete, ich könnte dafür zu wichtig sein. Vielleicht, weil mein Vater den Familiennamen einmal so hochachtungsvoll ausgesprochen hatte oder weil Mackensen zwischen den übrigen Emporkömmlingen immerhin noch den Gestus der alten Elite trug, kam er mir an diesem Abend wie eine Brücke in die Weimarer Zeit vor, dabei wusste ich ja, dass er der SS beigetreten und seine Beförderung zum Staatssekretär nicht frei von Klüngel gewesen war, schließlich war sein Schwiegervater Außenminister Neurath.

Uns verbindet ja eine weitere Bekannte, bemerkte ich.

Gewiss, sagte er unbestimmt und hob eine Braue.

Frau Goebbels – ich ließ den Namen in der Luft hängen.

Mackensen lächelte zurückhaltend, er schien nach einer Antwort zu suchen, mit der er in jedem Fall richtiglag.

Wunderbar, sagte er schließlich und ließ offen, ob er sich auf Frau Goebbels bezog oder auf den Umstand, dass wir beide sie kannten. So kultiviert.

Fremdsprachen lernt sie, als wären es Kochrezepte.

Ohne Zweifel.

Ihr Äußeres spiegelt ihren Charakter aufs Schönste wider.

Sie wissen, wovon Sie sprechen. Sie verbindet ja mit Frau Goebbels …

Das Musizieren, sagte ich.

Ja, die Musik.

Ich erinnere noch das Brahmskonzert, das wir mit dem Prinzen genossen.

Was wären wir ohne Brahms!

Und wie sie in die Literatur einführt, das ist ganz einzigartig. Da muss man für alles Schöne Interesse gewinnen.

Die schöne Literatur, sinnierte Mackensen.

Deutschland kann sich glücklich schätzen, eine solche Volksgenossin im Ausland zu zeigen.

Sie sagen es, Herr …

Kesselbach, half ich aus.

Sie sagen es.

Wir nickten uns einvernehmlich zu, und ich meinte, aus der Ferne, ganz leise, ein vierhändiges Klavierstück von Schubert zu hören.

XV

Oberst Faulberger hatte sich für den Abend angekündigt. Zum ersten Mal hatte Vater Weihnachten berichtet, sein ehemaliger Adjutant werde zum Essen vorbeischauen. Das Wort, so unschuldig es von meinem Vater auch hingesagt schien, verriet ihn. Auf einen Tee mochte man flüchtig vorbeischauen, aber zu einem Abendessen kam man und blieb. Man nahm eine Einladung an. Man wurde in der Menge der Einkäufe bedacht. Mein Vater spielte den Besuch herunter, weil er übergroß war, ein letzter Splitter der Granate von Neuve-Chapelle, der uns verspätet noch erreichte.

Annies Schritte tappten von der Küche zum Salon und zurück.

Ein Festessen, Hans!, sagte sie und holte die Sellerie für den Tafelspitz aus der Speisekammer. Sie war klein geworden, und ihre Haut lag in Falten. Früher hatte ich angenommen, sie stünde irgendwo zwischen meinen Eltern und mir, längst nicht mehr Kind, wie ich es damals noch war, aber auch fern des Wortes alt, das für meine Eltern immer schon gegolten hatte. Nun verstand ich, dass sie meinen Eltern viel näher war, sie hatte nur einige Jahre gezögert, sich dem Altwerden zu fügen. Jetzt schien sie sogar meine Mutter noch überholen zu wollen. Ihr graues Haar war zu einem großmütterlichen Dutt aufgesteckt, und ihre Hände waren blau von den durchscheinenden, knotigen Adern.

Mutter benetzte die Zimmerpalmen mit einem feuchten Tuch. Sie strich schon seit einer halben Stunde über die Blätter der vier Pflanzen, die sich in der Wohnung fanden. Es war eine so gespannte Atmosphäre, dass ich nicht sagen konnte, ob irgendjemandem in diesem Haushalt aufgefallen war, dass Oberst Faulberger sich nicht übermäßig beeilt hatte, die Kriegsexpertise meines Vaters einzuholen. Er hatte erst den Januar, dann den Februar und noch fast den halben März abgewartet, um nun endlich, kurz vor Ende des Winterultimatums, vorbeizukommen.

Gegen sechs rief mich Vater in sein Arbeitszimmer. Er überlege, seine Uniform zu tragen. Ich blickte auf das leere, straff gewebte Kleidungsstück, das neben der Tür hing, und sah wieder den mondgesichtigen Herrn Quandt vor mir, der zu einem Vortrag über die Freuden der Pflicht ansetzte. Vater wusste ebenso wie ich, dass ihm das Tragen der Uniform außer Dienst nicht gestattet war.

Die Schnitte der Wehrmacht sehen doch anders aus, brachte ich hervor.

Im Salon schlug die Pendeluhr sechs Mal.

Es passt vielleicht nicht zueinander, sagte ich, obwohl es nicht die Antwort war, die Vater sich wünschte.

Er nickte und bat mich, ihn allein zu lassen.

Um halb sieben war alles bereit. Annie stand wartend in der Küche, Mutter hätte wohl gern noch ein paar Zimmerpflanzen abgestaubt, und auch wenn Oberst Faulberger nicht vor sieben Uhr erwartet wurde, blickte Vater alle paar Minuten zum Fenster. Ich roch den alten Flieder und das Naphtalin seiner Uniform. Er trug seine Orden an der Brust und seine acht Finger an den Händen.

Kurz nach sieben fuhr ein Wagen vor, wir hörten die Türen klappen. Als mehrere Minuten vergangen waren, ohne dass es an der Tür geklingelt hatte, erklärte Vater, Oberst Faulberger könne gar nicht vor halb acht eintreffen. Das wisse er noch aus seiner Zeit im Ministerium, dass man vor sieben Uhr niemals loskam. Er klang so überzeugt, als läge diese Zeit drei und nicht dreißig Jahre zurück.

Nun, Hans, erklärte Vater, als es bereits auf acht zuging. Faulberger weiß, warum er mich sprechen will. Du kannst aus einem Koch einen Kellner machen, aber aus einem Zivilisten wird nicht über Nacht ein Gefreiter und schon gar nicht ein Offizier. Der Wehrmacht fehlt es an Erfahrung. Es ist ja gottlob kein Krieg, aber auch in Friedenszeiten fallen Fehler ins Gewicht.

Um halb neun ließ ich mir von Annie ein paar Kartoffeln mit Sauce geben, die ich heimlich neben dem Herd aß. Im Radio, das leise in der Küche lief, wurde Schuschniggs Rücktritt bekanntgegeben. Als es neun schlug, blickte Mutter besorgt zu Vater hinüber. Er stand am Fenster des Salons, sein krummer Körper neigte sich gegen die Scheibe, oder es war die Uniform, die ihn nach vorne zog.

Herr Kesselbach, mir scheint ..., sagte Annie und brach ab, als Vater ihr sein Gesicht zuwandte. Sie stand mit der Saucenterrine in der Mitte des Raums und wagte nicht, sich zu rühren.

Seine Frau wird unpässlich sein, sagte Vater. Die privaten Dinge kommen ja immer ungelegen.

Schwerfällig ließ er sich auf seinen Stuhl am Esstisch sinken. Annie wischte einen Saucenfleck vom Rand der Terrine. Als sie sich anschickte, ihm aufzutun, wehrte er ab.

Wir warten noch, beschied er. Wollen nur hoffen, fügte er flüsternd hinzu, dass sie nichts Schlimmes hat.

XVI

Am nächsten Tag wachte Vater mit einem zuckenden Knie auf. Als ich gegen elf eintraf, lag er noch immer im Bett und griff mit beiden Händen sein Bein, aber es gelang ihm nicht, es zu beruhigen. Zusammen stützten Mutter und ich ihn, und er humpelte schwer zwischen uns hinüber in den Salon.

Quälend langsam bestrich er sein spätes Frühstücksbrot mit Butter. Im Radio hörten wir Goebbels' Stimme: Seit heute Morgen marschieren über alle Grenzen Deutsch-Österreichs die Soldaten der deutschen Wehrmacht.

Kurz blickte Vater zu mir, dann griff er nach seinem Bein und versuchte wieder, es zu besänftigen.

Wenn Deutschland so verrückt ist, einen Krieg anzuzetteln, dann werden wir ihn verlieren, verkündete er, und etwas in ihm schien zu triumphieren, etwas wirkte niedergeschlagen.

Mutter sah ihn eine Weile ausdruckslos an.

Damit werden sie nicht durchkommen, sagte Vater, legte das Messer beiseite und bat, in den Dom gebracht zu werden. Er war kein Kirchgänger, selbst Weihnachten hätte er wohl ohne Mutters Drängen die Predigt verpasst, aber jetzt ließ er sich nicht davon abbringen. Ich zögerte, er beharrte darauf.

Im Taxi fuhren wir durch Schöneberg, am Sportpalast vorbei und dann auf der Potsdamer Straße über den Kanal, links der Bendlerblock, auf die Krolloper und das leerstehende Reichstagsgebäude zu. Vater saß stumm neben mir und blickte auf die Stadt, als sähe er sie zum ersten Mal.

Seine Haut war fahl, und aus seinem weiß aufschäumenden Haar liefen Schweißtropfen die Schläfe hinab. Das Luftfahrtministerium und die Reichskanzlei lagen hinter uns. An der Universität flatterten die Hakenkreuze, und vor der Spree wölbte sich die Domkuppel.

Vater ließ sich von mir auf eine Bank nahe der Kanzel setzen und betrachtete die Menschen, die an ihm vorbei durch die Kirchenreihen zogen. Es waren wenige, in dieser Stadt sah man zum Himmel und meinte die Flugzeuge, man sah zu Boden und meinte den Schmutz, und die wenigen Blicke, die Vater trafen, sprangen schreckhaft von ihm weg, von seinem vom Krieg zerfressenen Körper.

Jetzt wirst du kein Offizier mehr, sagte er. Diese Leute verstehen nichts vom Krieg. Kriege haben Regeln.

Ich blätterte im Gesangbuch.

Was um alles in der Welt sollen wir als Preußen mit Österreich anfangen? Er versuchte, sein Bein stillzuhalten. Keine drei Tage, und die Briten werden einschreiten, prophezeite er. Soll die Wehrmacht mit einem Volkswagen gegen Panzer fahren?

Ich weiß nicht, ob es richtig war, es ihm zu sagen. In diesem Moment meinte ich, dass er Bescheid wissen müsse, er war schließlich mein Vater, General Kesselbach. So erzählte ich ihm von Quandts Akkumulatoren und den Krediten, die wir aus der Schweiz bekamen, ich berichtete von der Durchschlagskraft der neuen Panzerabwehrkanone auf tausend Meter Distanz.

Ich möchte knien, erklärte Vater.

Du kannst nicht knien, erwiderte ich.

Ich weiß, sagte er leise, ich möchte es trotzdem.

Ungeschickt schob er sich nach vorne, blickte hilfesuchend zu mir auf. Es war, als säße ich zum ersten Mal neben einem Zivilisten, der mein Vater war.

Hitler, flüsterte er, hat nicht nur die Regeln gebrochen. Es ist schlimmer. Er hat den Generalstab zerstört.

Wenige Minuten vor dem Gottesdienst kippte Vater einfach um. Mit der Brust schlug er auf die Bankreihe vor uns. Ich griff seine Schultern und zog ihn zurück. Ein Besucher kam herbeigeeilt und half mir, ihn hochzuheben und auf dem Boden auszustrecken. Jemand brachte Wasser aus der Sakristei, zwei Gesangbücher wurden unter Vaters Kopf gelegt. Die Orgel donnerte los und brach wenige Sekunden später wieder ab. Ein Notarztwagen brachte ihn schließlich ins Krankenhaus.

Es folgten Stunden, in denen Vater nicht starb, und weitere Stunden, in denen er noch immer nicht gestorben war. Ich glaube, er wünschte es sich selbst am meisten. Er war erschöpft von der Welt, die er hinter sich gelassen hatte, und müde von der jetzigen, die er nicht mehr verstand. Mutter saß neben mir, lautlos, als schliefe sie mit offenen Augen. Mehrmals sagte ich ihr, sie solle doch nach Hause gehen und sich ausruhen, aber sie antwortete, sie fürchte sich vor dem leeren Bett. Ich nahm ihre Hand, um ihr Mut zu machen und, mehr noch, um zu merken, falls sie neben mir vor Müdigkeit wegsackte.

In der Frühe trat der Arzt auf uns zu, ich glaubte, er würde uns den Tod meines Vaters mitteilen, aber er erklärte, sein Zustand habe sich stabilisiert.

Jetzt schläft er, in zwei Tagen können Sie ihn mit nach Hause nehmen.

Am fünfzehnten März bezog Vater wieder seinen Platz hinter dem gewaltigen Kirschholzschreibtisch. Er hörte sich im Rundfunk den Jubel vom Heldenplatz an, und in der Zeitung las er von der Protestnote Großbritanniens. Eine Kriegserklärung hatte keine Regierung geschickt. Beim Mittagessen war er schweigsam, aber seine Augen ruhten aufmerksam auf meiner Mutter. Wenn sie sich zu ihm drehte, lächelte er sie verschämt wie ein Dreizehnjähriger an. Als im Volksempfänger Hitlers Stimme erklang, wünschte er, nicht mehr gestört zu werden, und wir hörten nur noch das Knistern des Radios aus seinem Arbeitszimmer. Sogar das Abendessen schien er vergessen zu haben. Um kurz vor sieben klopfte ich an seine Tür.

Ich fand ihn schief in seinem Sessel hängen. Die Schulterklappen seiner Uniform waren ihm aus der Hand gefallen, aber an seinem Hemd, auf der linken Brust, prangte fest der Orden, den er einmal im Tausch für zwei Finger erhalten hatte. In seinen Augen meinte ich noch die Verwunderung darüber zu erkennen, dass der Lärm einfach weiterging, in einer Welt, die mit der seinen nur noch dem Namen nach verwandt war. Ich trat vorsichtig an ihn heran, beugte mich über ihn und schloss seine Lider.

XVII

Oberst Faulberger kondolierte mir per Telegramm, und zur Beerdigung ließ er einen Kranz vom Reichskriegsministerium schicken. Taube drückte mir fest die Hand. Es war nur ein Grüppchen, das sich auf dem Friedhof eingefunden hatte, und ich glaube, die meisten der Trauergäste waren Bekannte von Annie, die sie gebeten hatte zu kommen, damit wir nicht ganz allein waren. Sie stand mit meiner Mutter unter einem Regenschirm, und die beiden sahen so verloren aus, als wären sie sich selbst abhandengekommen.

Nach der Trauerfeier rückte Mutter Vaters Sessel ans Fenster, setzte sich hinein und begann hinauszublicken. Sie tat es auf eine so entschiedene Weise, dass man gar nicht auf die Idee kam, sie könnte in nächster Zeit noch andere Pläne haben. Annie hielt in ihrem regen Hin und Her manchmal neben ihr inne und strich ihr tröstend über die Schulter. Kleider machen Leute, Jeanlebon, murmelte sie dann, Kleider machen Leute, und ich dachte wieder an Hellmuts Mutter und an den Jungen, der vor fast zwanzig Jahren in unsere Klasse kam, blass und schmal, als sei er selbst erkrankt.

In den Tagen nach der Beerdigung war ich gereizt und auf eine sonderbare Weise wach, dass mir schien, ich hörte alles Geflüster der Stadt. Vielleicht war ich auch einfach unvorsichtiger und redete in konstantem Zorn. Die Sätze strömten aus mir heraus, und kaum war ein Gespräch vorüber, konnte ich mich nicht mehr erinnern, was ich gesagt und ob ich mich durch irgendetwas verdächtig gemacht hatte. Eines Abends klingelte es spät an meiner Tür. Ich erwartete niemanden und warf einen Blick auf die Straße. Kurz überlegte ich, mich lautlos zu verhalten. Ich wusste ja, dass jemand abends nach Hause gehen und morgens nicht mehr da sein konnte, und im Nachhinein frage ich mich, ob sie diese Stunde absichtlich für den Besuch gewählt hatte.

Ello Quandts rundliches Gesicht leuchtete unter der Deckenlampe im Hausflur. Mein Beileid, Hans, sagte sie und streckte mir ihre Hand entgegen.

Ich war so überrascht, dass ich einen Schritt zur Seite wich, als bäte ich sie herein. Ello zögerte kurz, dann überschritt sie die Schwelle meiner Wohnung, und mit ihr drang das Reich in meine privaten Räume vor. Ich wies auf das Sofa. Sie setzte sich, ihre Handtasche an den Bauch gedrückt, auf die Polsterkante und betrachtete mich eine Weile.

Ich habe immer mal an dich gedacht, Hans, begann sie. Du hattest einen guten Einfluss auf Magda. Weißt du, es geht ihr nicht besonders.

So, sagte ich bloß.

Der Herzmuskel. Wenn es zu schlimm wird, lässt sie sich ins Krankenhaus einweisen. Da bleibt sie ein paar Tage, dann geht sie zurück nach Schwanenwerder. Manchmal bringe ich sie nach Dresden zur Kur, aber es kommt immer wieder. Unter uns, fügte sie flüsternd hinzu, als hätten wir Mithörer, sie trinkt auch zu viel. Das Hausmädchen füllt die Karaffe im Salon nach, aber Magda geht heimlich an die Flaschen in der Küche, sie meint, wir würden es dann nicht merken. Ich mache ihr keinen Vorwurf. Dieser …, Ello suchte nach einem Wort, dieser Mensch zerstört sie. Ihr Mann.

Ich hätte gern aufgelacht und gesagt, dass sie ihn sich

ja ausgesucht, sich an seine Seite gestellt hatte. Aber auch wenn ich müde war, so leichtsinnig war ich nicht.

Ob ich von der Baarová gehört hätte?

Es ist nicht gerade das bestgehütete Geheimnis.

Magda hat es lange verdrängt. Wir alle wussten es, aber sie hat es einfach übersehen.

Ich bot Ello einen Cognac an. Sie lehnte ab, und ich schenkte mir selbst ein Glas ein, kippte es hinunter und füllte gleich nach. Ello erzählte, wie der Minister die Baarová nach Schwanenwerder holen ließ, wie er selbst noch zwischen zwei Terminen zu ihr eilte, wie er Magda vorzitierte, wenn sie schnippisch zur Baarová gewesen war, zu der neuen, zweitgrößten Instanz in seinem Leben nach dem Österreicher.

Ich füllte mein Glas ein drittes Mal, trank und schloss kurz die Augen. Die Wasserspeier von Paris. Eine Tasse Trinkschokolade auf dem Nachttisch. Magdas nach den Barbituraten suchender Blick. Ich sah sie in der Tür zu meinem Schlafzimmer stehen. Sie war die ganze Zeit hier gewesen, ich hatte es nur nicht wahrhaben wollen.

Ellos Kindermund zwitscherte weiter von Goebbels' Schwärmereien. Dieselben, sagte sie, die er damals Magda vorgesungen hat. Dieser Mann ist ein entsetzlicher Romantiker, und das macht es nicht besser.

Ich dachte an den kümmerlichen Gauleiter im Wandspiegel, den ich vor einem Jahrzehnt beobachtet hatte, während seine Finger durch die Luft gefahren waren. Seine Miene, die sich in einem Sekundenbruchteil von einem zu süßen Lächeln in kalte Herablassung verwandeln konnte. Ich roch das Rasierwasser, als wäre er in parfümierten Alkohol eingelegt. Die Vorstellung, dass dieser Mensch tatsächlich verliebt sein könnte, wollte mir nicht in den Kopf. Aber glaubte ich denn, dass man ein gutes Herz braucht für einen Liebesrausch? Der war ja das Erste, was sie den Leuten beigebracht hatten, er heiligte ihnen alle Mittel und machte den Hass umso leichter zu lenken. Die vollkommene Hingabe löste die Einzelnen aus ihrem empfindungslosen Alltag wie aus einem verhärteten Kokon. Die Menschen wurden in die Höhe gerissen. Es war ein Starren im Sehen und Denken und Tun, das alle übrigen Empfindungen übertönte und das ganze Land ergriffen hatte. Und das also war nun auch mit dem Minister geschehen. Er hatte sich auf haltlose Weise in die Baarová verliebt.

Nein, es ist schlimmer, sagte Ello. Er ist nicht nur verliebt. Er liebt sie wirklich.

XVIII

Der Geruch von Kiefern und brackigem Seewasser. Sie stand am Tor ihres Anwesens. Je näher ich kam, desto deutlicher sah ich ihre verhärmten Züge. Die helle Schönheit aus den Naziblättern war blass geworden, mit tiefen Schatten unter den Augen, einer grauen, gespannten Haut. Auf den Zeitungsbildern strahlte sie noch, als habe jemand jenen feinen, weißen Rand um sie gezogen, mit dem schon Vermeer den Betrachter getäuscht hatte. Der Kies knirschte unter meinen Schuhen, ich versuchte zu lächeln und roch, dass sie bereits getrunken hatte. Apfelbäume wuchsen am Hang.

Es war nicht meine Entscheidung, sie zu treffen. Die Sonderkommandos zogen durch die Nachtlokale, sie kamen in die Nachbarschaft, ins Büro, und die Verhafteten teilten sie auf in Verführer und Verführte. Die Verführten erzog man nach Paragraf 175, und die Verführer kamen direkt in Vorbeugehaft. Immer mehr Leute passten nicht hinein in dieses vorzügliche Reich, in dem Milch und Honig und Munition vom Fließband flossen.

Magda gab die Rosen der Haushälterin und führte mich in den Salon, wo der Tee bereits serviert war. Wie aus Gewohnheit erzählte sie von einem Streit mit Quandt. Ihm gefiel es nicht, wie Harald zu einem vorbildlichen Hitlerjungen herausgeputzt wurde. Aber ihr Sohn habe nun eben Gefallen daran.

Er leistet seinen Beitrag. Glaub nicht, dass wir bevorzugt werden. Wir bringen alle unsere Opfer.

Dass man ihren Stiefvater nach Buchenwald gebracht

hatte, erwähnte sie knapp und emotionslos, und ich wusste, sie konnte mich ebenso fallenlassen wie Richard Friedländer. Genau das, meinte ich, gab sie mir zu verstehen. Nur deshalb erwähnte sie ihn überhaupt. Draußen sangen Kinderstimmen.

Letzte Woche hat uns Lída Baarová besucht, erzählte Magda. Wir waren auf dem See mit der Yacht, und dann sind wir schwimmen gegangen.

Ich nickte und dachte an Friedländer, und obwohl ich ihn nie getroffen habe, meinte ich, sein Gesicht vor mir zu haben.

Sie hat ein Angebot aus Amerika, fuhr Magda fort. Und wenn sie geht, geht er mit ihr. Er würde sogar Botschafter in Tokio, wenn er nur bei ihr sein kann.

Das wäre das Beste, was dir passieren kann.

Einen Moment lang schien sie der Gedanke zu erleichtern, doch sofort war die Härte zurück.

Wenn er mich verlässt, ist alles vorbei.

Die Entschiedenheit in ihrer Stimme erschreckte mich.

Ich habe ja von Anfang an gewusst, dass es mir viel abverlangt, an seiner Seite zu sein. Ich dachte, ich wäre stark genug. Aber ich bin zu klein, Hans. Ich war immer zu klein für ihn.

Sie saß sehr aufrecht. Durch das Fenster sah ich den Wannsee hinter ihr. Der Geruch stockigen Badestoffs zog mir in die Nase.

Wenn ich ein Vöglein wär, klang es von draußen. Und auch zwei Flügel hätt …

Ich werde es ertragen mit ihr, es geht eben nicht anders. Solange sie keine Kinder von ihm bekommt. Das muss sie mir versprechen. Sie muss hierbleiben. Es geht nicht anders.

Ich sagte ihr auf den Kopf zu, dass es entwürdigend sei, für sie beide. Sie stritt es ab. Meine schlichte Moral könne nur für schlichte Geister gelten. Ob ich von den neuen Schauprozessen in Moskau gehört hätte. Unvorstellbar, was Stalin tut.

Sie blickte zur Kredenz, auf der eine Bildergalerie aufgereiht stand. Das eigentliche Familienfoto war noch nicht darunter, es wurde erst später aufgenommen, im Oktober, kurz nach dem Münchner Abkommen, und bevor Lída Baarová nach Prag verbannt wurde. Chamberlain, Mussolini und Daladier hatten Deutschland das gesamte Sudetenland zugestanden, und der tschechoslowakische Präsident Beneš war gebrochen. Was zuvor noch wie düstere Wolken ein Unwetter anzukündigen schien, war verflogen, und auf der Aufnahme stehen Magda und ihr Mann lächelnd auf dem Obersalzberg. Helga und Hilde schmiegen sich an die Eltern, sie tragen große weiße Schleifen im Haar, und Helmut, mit schiefen Beinen in Lederhose, hält die Hand seines Vaters. Hinter ihnen, unter seinem Schnurrbart fast ein Lächeln, thront das Familienoberhaupt, und der Torbogen rundet sich wie eine Aureole um Hitlers Kopf.

Als es an der Tür klopfte, fuhr Magda sich über die Stirn und rief Herein. Ein blondes Mädchen betrat den Raum. Ich meinte zuerst, es sei Helga, auch wenn die Haare kürzer waren als auf den Zeitungsfotos. Das Mädchen fragte artig nach einem Spielgerät und schielte zu mir herüber, es war wohl nur gekommen, um zu sehen, wer zu Besuch war. Magda wies sie an, mir die Hand zu geben, sie knickste und stellte sich als Hilde vor. Dann wurde sie hinausgeschickt.

Kaum waren wir wieder allein, kam Magda auf die Sudetendeutschen zu sprechen, ihre Stimme war so monoton, als gäbe es keinen Unterschied zwischen einem Knick im Familienfoto und den Drohungen gegen die Tschechoslowakei.

Deutschland wird sich keine Schwäche mehr leisten. Wenn nur Beneš nicht so starrköpfig wäre, sagte sie. Der Führer ist umsichtig, gottlob, aber er kann sich nicht alles gefallen lassen. Das muss Beneš nun auch einmal verstehen. Er riskiert noch einen Krieg mit seiner Haltung.

Wenn sie von Hitler sprach, bekam ihre Stimme etwas Lebendiges, und mir schien, dass sie alles, was sie noch an sich fand, aus der Verbindung mit ihm zog. Für Goebbels war sie langweilig und lästig geworden, für Hitler blieb sie die erste Frau des Reichs, die blonde Mutter, obwohl sie ihr nachdunkelndes Haar mittlerweile bleichen ließ und ihr Arzt von weiteren Schwangerschaften abriet. Sie war die weibliche Komparsin, Bestandteil der Inszenierung wie die Fackeln, die Fahnen, die Massen.

Du musst bei Hitler vorsprechen, sagte ich.

Was soll das bringen?, gab sie sich hilflos. Jupp redet alles klein, und er ist sogar bereit, auf seinen Ministerposten zu verzichten.

Hitler wird ihn nicht gehen lassen.

Sie sah mich eine Weile an und nickte vor sich hin.

Später habe ich mich gefragt, ob es etwas geändert hätte, wäre Goebbels tatsächlich aus Deutschland fortgegangen, als Botschafter in Tokio oder Souvenirhändler vor dem Sensō-ji-Tempel. Wenn die idyllische Fassade zerbrochen, das Bild auf dem Obersalzberg nie entstanden wäre. Aber er brauchte die Masse mehr als die Baarová, und Magda wäre auch ohne meinen Rat zu Hitler gegangen, es wäre alles genauso verlaufen: das Münchner Abkommen, das

Foto auf dem Obersalzberg, Hitler als Friedensstifter, und kurz darauf, zwei Tage vor Magdas Geburtstag, brannten die Synagogen. Es war schon zu spät. So wie Chamberlain und Daladier glauben wollten, mit Zugeständnissen könnte man die hungrige Bestie besänftigen, so glaubten wir an das Idyll, und ich habe auch Magda geglaubt. Ich hätte es mir nicht verziehen, wenn sie sich etwas angetan hätte.

Weißt du, Hans, fuhr sie leise fort, es heißt immer, das Leben wäre ein Geschenk. Wer sowas sagt, hat noch überhaupt nicht gelebt. Sie hob die Teetasse und hielt sie in der Luft.

Dein Stiefvater hat sicherlich begonnen zu leben, sagte ich und meinte, nun würde sie mich hinauswerfen. Meine Muskeln spannten sich an, so stark, dass ich zitterte. Ich weiß nicht, ob es Wut oder Angst war, und wenn Angst, um wen genau. Sie aber schien mich gar nicht gehört zu haben.

Warum ist sie nicht gleich nach Amerika?, fragte sie. Wir hätten jetzt andere Sorgen. Wenn er sie anruft, fährt sie mitten in der Nacht noch her, ich höre ihren Wagen auf der Straße, wer soll es denn sonst sein morgens um halb zwei? Eine Schauspielerin, ein junges, dummes Ding. Aber sie liebt ihn.

Tut sie das?

Mit Sicherheit kann ich es dir erst sagen, wenn er nur noch Krawattenverkäufer in Tokio ist. Aber vorher nehme ich mir das Leben.

Sie sagte es so dahin, wie andere Menschen erwähnen, dass sie am Abend schon Pläne haben. Ich griff ihre Hand, es war die erste Berührung zwischen uns seit Jahren.

Ist es nicht seltsam, fragte sie, dass wir jetzt wieder zusammensitzen? Wenn man bedenkt, dass ich dich einmal in Hellmuts Bett gefunden habe. Und es ist ja bekannt, welchen Umgang du seither mit gewissen Männern pflegst.

Vielleicht konnte sie in diesem Moment nicht anders, als mir zu drohen. Sie merkte ja, dass sie über alles Weitere die Kontrolle verlor. Ihre Augen waren größer und runder durch ihr schmal gewordenes Gesicht. Sie hatten nichts Geheimnisvolles mehr, es war, als habe jemand im Innern das Licht übertüncht, und ich dachte wieder an den Museumswärter in Luzern. Weniges wollen wir so sehr wie betrogen werden, und Meisterschaft bedeutet ja nichts anderes, als zu wissen, wie man täuscht.

1943
Geordnete Verhältnisse

I

Sie spielten Beethoven, den zweiten Satz der fünften Symphonie. Die stillen Töne duckten sich zwischen dem heiteren Tänzeln und den aufschäumenden Passagen, dann das Crescendo, das mich in einem heroischen Strudel in die Höhe riss. Es kam direkt nach der Bekanntgabe des Zusammenbruchs der 6. Armee um Stalingrad. Bis zum letzten Atemzug seien die Soldaten ihrem Fahneneid treu geblieben, verkündete der Sprecher in der Sondermeldung des OKW, und unter vorbildlicher Führung des Generalfeldmarschalls Paulus der Übermacht des Feindes und der Ungunst der Verhältnisse erlegen.

Ich sah den kleinen zum Stein vor mir, seinen roten Kopf im Schlamm des westrussischen Winters, sein Atem überschlägt sich, kommt ins Stocken, sechs Wochen zu früh für den Heldengedenktag. Seine Verlobte hatte Beethoven so gemocht.

Seit ich in Italien lebte, redete ich mir ein, Deutschland hinter mir gelassen zu haben, aber die Nachrichten holten mich immer wieder ein, und zwei Wochen später flogen die Alliierten auch auf Mailand schwere Luftangriffe. Durch das Fenster meines Arbeitszimmers sah ich den dumpfen Feuerschein aus Bahnhofsrichtung. Mechanisch begann ich, meine Schuhe zu putzen, das war es, was ich über den Krieg gelernt hatte. Es war immer noch besser als nördlich der Alpen, versuchte ich mir klarzumachen, aber meine Erinnerung betrog mich, und die vertrauten Straßen von Schöneberg lagen friedlich wie damals vor meinem inneren Auge.

In Mailand gingen die britischen Cookies auf die Fabriken nieder, auf Alfa Romeo, Breda, auf die Flugzeugwerke der Caproni S. A. Bei einem späteren Luftangriff bombardierten sie auch den Friedhof, und es wunderte mich nur kurz. Im Gefecht war es schließlich besser, einen unsinnigen Befehl auszuführen, als zu diskutieren. Fürs Diskutieren hatten wir als Zivilisten genug Zeit gehabt. Ich weiß nicht, ob wir sie genutzt haben – Rubinroth und Karl vielleicht – und ob mit Diskutieren überhaupt etwas zu gewinnen gewesen war.

Die Sirenen gingen wieder los, im Treppenhaus hörte ich hastige Schritte. Jemand trommelte gegen meine Tür und rief, ich solle runterkommen. Gehorsam folgte ich, und unten, im Licht einer nackten Glühbirne, war der Krieg plötzlich nah. Er roch nach Kohlestaub und feuchten Kellerwänden, nach dem Schweiß meiner Nachbarin, die ich bislang nur flüchtig gegrüßt hatte. Wir saßen eng nebeneinander auf einer schmalen Pritsche. Ihre breite, olivbraune Hand umklammerte den Arm ihrer Tochter. Wenn wir Pech hatten, war ihre Hand das letzte, was ich von dieser Welt sah.

Irgendwann schlief das Mädchen, nach einer halben Stunde oder nach zwei, ich vermied es, auf meine Armbanduhr zu sehen. Auch die anderen nickten kurz ein, nur um gleich wieder aufzuschrecken, und ich dachte daran, wie Kolljatschek die Latrinen geputzt hatte, matt und hektisch wie ein waidwundes Tier. Dann sah ich Karl vor der Kaserne auf mich warten, und Scham stieg in mir auf.

Als ich mich erhob, hielt mich ein Nachbar zurück. Er schien der Befehlshaber über diesen Keller zu sein und untersagte mir, mich zu entfernen, redete von Gefahr und derlei. Ich könne selbst die Bedrohungslage einschätzen, mein Vater sei Generalmajor gewesen, gab ich zurück. Sein Blick, der eben noch hart gewesen war, wie von Lack überzogen, wirkte betroffen.

Stalingrad?, fragte er.

Neuve-Chapelle!

Seit wann wird in Frankreich wieder gekämpft?

Weltkriegsveteran. Mein Vater war 1915 an der Front.

Weltkrieg?, fragte der Nachbar und griff meine Schulter, als wollte er mich schütteln. Wissen Sie, was das da draußen ist? Aber gehen Sie nur, gehen Sie mit Gott.

In meiner Wohnung schloss ich die Fensterläden. Ich kam mir schäbig vor, als hätte ich die anderen im Stich gelassen. Eine Weile saß ich reglos am Esstisch und betrachtete das Foto, das vor Jahren auf dem Kamin der Villa Quandt gestanden hatte, ich hatte es zurechtgeschnitten, damit es in meine Brieftasche passte, nur noch Hellmut und Magda waren übrig. Dann schrieb ich drei Briefe, einen davon an meine Mutter und einen an Karl, ich weiß nicht, der wievielte es war, und natürlich würde ich auch diesen nicht abschicken. Ich faltete die Bögen und steckte sie in Kuverts, die ich auf dem Tisch liegen ließ.

Auf der Straße war es still, nicht einmal Vögel sangen, dabei zeigte sich die Dämmerung bereits als matter Schein über den Dächern, oder es war das Glimmen eines entfernten Brandes. Auch einige Straßen von meiner Wohnung entfernt war eine Bombe niedergegangen. Über die Trümmer sah ich einzelne Menschen klettern, und am Rinnstein kauerte ein Kind. Als es mich sah, rappelte es sich auf und verschwand humpelnd in die Dunkelheit. Ich ging weiter an den aufgerissenen Bäuchen der Häuser vorbei, den verschütteten Kellerräumen. Der Pallazzo Reale und der Dom ragten fahl in die Höhe. Nie war mir der Platz davor so weit erschienen. Unter einer Laterne flatterte eine versehrte Taube auf. Ich ging bis in die Mitte, streckte meine Arme von mir und schrie in den anbrechenden Morgen.

II

Drei Tage später vergrub Magda ihre Hände im Muff. Neben sich Helga und Hilde frierend in kurzen Röcken. Dann schwenkte die Kamera zurück zur Bühne. Zwei große Hakenkreuzfahnen. Darüber der Schriftzug TOTALER KRIEG – KÜRZESTER KRIEG. Goebbels' Stimme, duckend, tänzelnd, aufschäumend: Es ist also jetzt die Stunde gekommen, die Glacéhandschuhe auszuziehen. Jetzt müssen wir die Faust bandagieren.

Sein Finger schnellte durch die Luft, wenige hundert Meter von meiner einstigen Wohnung entfernt, vor deren Tür Magda eines Morgens gestanden hatte. Der tropfende Wasserhahn. Die tickende Küchenuhr, die zwei Stunden vorging. Die Bücher auf meinem Nachttisch. Die Bettkante.

Über die Lautsprecher Goebbels' Sätze.

Ich frage euch: Glaubt ihr …

Ich frage euch: Seid ihr entschlossen …

Ich frage euch: Seid ihr bereit …

Die Luft war verbraucht, und mein Atem ging schnell, so schnell wie der des kleinen Stein. In der flackernden Helligkeit von der Leinwand konnte ich das Gesicht meines Sitznachbarn nur schemenhaft erkennen, aber mir schien, als sähe er mich an. Leise erhob ich mich, schlich an der Wand entlang durch das Halbdunkel. Goebbels schrie. Ich frage euch: Wollt ihr …, und ich hörte noch den brausenden Jubel, dann fiel die Tür des Kinosaals hinter mir zu.

Auf der Straße lehnte ich mich kurz gegen die Hauswand und versuchte mich zu beruhigen. Im Café nebenan trank ich einen Amaro am Tresen, aber der Lärm der Gäste trieb mich gleich wieder hinaus. Kreuz und quer streifte ich durch die Altstadt, wich vor der Scala gerade noch einer Straßenbahn aus, die aus dem Nichts heranschoss, und floh in die Galeriepassagen.

Zylinder, Etuis, seidige Einstecktücher trotzten in den Schaufenstern der Mangelwirtschaft. Ein einzelner Damenhandschuh war mit Packpapier ausgestopft und winkte mir zu. Beklommen wandte ich mich ab und sah hinauf zur Glasdecke. Sie gab den Blick frei auf den Nachthimmel und täuschte eine Leichtigkeit vor, als hebele sie die Schwerkraft aus. In ein paar Monaten würde von der Konstruktion nur noch ein Skelett übrig sein.

Je länger ich hinauf in den Himmel sah, desto stärker fühlte ich eine Leere in mir. Rasch ging ich weiter, über die Piazza Ciano und der Via Dante folgend bis hinauf zum Sforza-Kastell, dessen Vorplatz seltsam verlassen war an diesem Abend. Erschöpft setzte ich mich auf eins der Mäuerchen und blickte zu den Schießscharten. Die Schwalben, die in den wärmeren Monaten dort nisteten, waren noch nicht aus dem Süden zurückgekehrt, und die Schlitze blickten mich abweisend an. Ich zog meinen Mantel enger um mich, denn ich fröstelte, und mir war, als würden die Schwalben in diesem Jahr überhaupt nicht wiederkommen.

Als ich eine halbe Stunde später den Flur meines Wohnhauses betrat, winkte mich der Concierge an sein kleines Kabuff heran. Hinter ihm pinnten Zeitungsfotos des AC Mailand und seines Torkönigs Aldo Boffi an der Wand.

Ein Gespräch aus der Schweiz ist für Sie eingegangen. Sie sind leider nicht zu Hause gewesen.

Aus der Schweiz, wiederholte ich und spürte, wie mein Herz schneller schlug.

Er hat seinen Name nicht genannt.

War er ein Deutscher?

Italiener war er jedenfalls nicht. Ach, und im Hintergrund hat ein Kind geschrien.

Wenn er wieder anruft, richten Sie ihm aus, dass ich nur abends zu sprechen bin.

Natürlich, Herr Kesselbach. Falls er wieder anruft.

III

Von Mailand war es nicht weit in die Schweiz, und auch wenn ich wusste, dass ich nach wenigen Stunden oder einer Nacht zurück in eine Wirklichkeit musste, in der ein Krieg wütete, ging ich jedes Mal wie befreit auf die gewaltigen Steinportale von Milano Centrale zu. Über dem Eingang starrte ein Pegasus mit blinden Augen auf mich herab, und am Schalter löste ich eine Fahrkarte nach Lugano oder Montreux.

In den Hotels gab es Abmachungen, es gab das höfliche Personal, das nur sah, worum man es bat. Wir hatten wieder Namen, vielleicht waren sie erfunden, aber kam es darauf an, ob er Xaver oder Konrad hieß? Mit den Namen kamen die Geschichten, erst zögerlich, eine Frage über das Befinden, das Wetter, dann eine Bemerkung über etwas Zurückliegendes oder einen Wunsch, manchmal tauchte ein verlorener Geliebter wieder auf, Ehefrauen, Eltern, die man nicht enttäuschen wollte, während wir genau dies taten. Die Geschichten hoben die Gesichter aus der Anonymität eines hastigen Vollzugs, und wenn ich zurückreiste am Lago Maggiore entlang, wusste ich, das ich einen Menschen verlassen hatte, obwohl ich nie so weit ging, Liebe damit in Verbindung zu bringen.

Bis der Krieg begann, hatte ich noch leicht die Grenze passiert, und so war ich in meiner ersten Zeit am Generalkonsulat fast jedes Wochenende in die Schweiz gefahren. Es waren Monate, in denen eine alte Last von mir gefallen war und eine neue sich erst andeutete, auch wenn ich mich damals fragte, ob ich Deutschland zu früh verlassen hatte. Im Herbst achtunddreißig, nach dem letzten Treffen mit Magda, hatte ich für die Wilhelmstraße einige optimistische Prognosen über die Außenhandelsbilanz im Kriegsfall geschrieben und Kratzfüße bei Mackensen gemacht, der mittlerweile Botschafter in Rom war. Als meine Mutter zu ihrer Schwester gezogen war, hatte sich die letzte Verpflichtung gelöst, die mich in Berlin gehalten hatte, und ich war auf den freien Posten im Mailänder Generalkonsulat gerückt.

Meinen Schweizer Gefährten habe ich nie viel von mir erzählt, weder über meine Vergangenheit noch über meine Tätigkeit im Konsulat, und niemals hätte ich die Telefonnummer meines Wohnhauses verraten. Einige von ihnen sah ich wieder, manchmal dauerte eine Bekanntschaft über Monate an, aber ich hielt mich im Schatten, nicht ganz im Dunkeln, sondern in der Dämmerung, wie so viele von uns. Als der Mann, mit dem ich den Winter einundvierzig verbrachte, mich nach Luzern einlud, fühlte ich Widerwillen, als hätte er mich gebeten, unsere Verbindung öffentlich zu machen. Es sei doch zu weit, wich ich aus, und er lachte über mich. Wie oft hätten wir uns oberhalb von Montreux getroffen, das sei wohl von Mailand kaum näher. Er hatte ja von den Stunden her recht, aber es ist nicht nur Zeit, es sind nicht nur Kilometer, die eine Entfernung ausmachen.

Natürlich war mein Protest albern, und so versprach ich, am Samstag um drei im Schweizerhof zu sein. In Arth-Goldau musste ich umsteigen, doch versehentlich wartete ich am falschen Gleis und stieg in einen Zug, der mich zurück nach Lugano brachte. Als ich ankam, war es schon vier Uhr durch, und mir blieb nichts anderes übrig, als mich telefonisch im Schweizerhof zu entschuldigen. Im Luganer Hotel del Parco mietete ich ein Zimmer für die Nacht, und meinen Winterfreund sah ich nicht noch einmal wieder.

Ich schob den Zwischenfall auf meine Nervosität, die meine Reisen zunehmend begleitete. Mit jedem Kriegsmonat prüften die Beamten meinen Diplomatenpass genauer, und zwischen meinen Grenzübertritten ließ ich mehr und mehr Wochen verstreichen. Ich zog mich in die Kunst zurück, fuhr an den Wochenenden die Museen Norditaliens ab und notierte kleine Anekdoten, zu Botticellis Maria, Pisanellos Porträt des Markgrafen d'Este, dessen Bruder mit der Stiefmutter durchgebrannt war, und dem *Letzten Abendmahl* von da Vinci, zu der Lücke, die sich auftut zwischen Jesus und dem Jünger, den er liebte.

Schreib mir mehr von den Bildern, las ich in einem Brief aus Deutschland. Denk nicht, dass wir es leicht haben, aber so ist es nun mal, wer A sagt, muss auch B sagen. Wir können Ablenkung hier gebrauchen.

IV

Der Frühling setzte Fräulein Schnoop in diesem Jahr besonders zu. Er war dumpf und schwül, und erst hatten im März die Arbeiter in Turin und Mailand gestreikt, dann gingen Gerüchte um, der Duce sei nur noch ein Gespenst, liege in seinem Bett und lasse sich das Zusammenbrechen der italienischen Divisionen vortragen. Schließlich zog sich auch noch Torschütze Boffi eine Verletzung zu. Im letzten Jahr hatte er sich mit zweiundzwanzig Toren für den AC Mailand zum Capocannoniere geschossen, aber in diesem Jahr musste er nach nur zehn Spielen das Handtuch werfen. Es war ein aussichtsloses Jahr für den AC Mailand und für das faschistische Italien überhaupt.

Als Fräulein Schnoop bei einer Besprechung vom Aufstand im Warschauer Ghetto hörte, wollte sie wissen, ob derlei auch hier möglich wäre. Dass dieses Gesocks es wagt …! Ihre Mädchenstimme zitterte. Mehring beschwichtigte, in Italien sei die Lage eine andere und auch in Warschau der Aufstand binnen Kurzem niedergeschlagen worden, nur noch ein paar Vereinzelte hielten sich versteckt, was sollten sie schon ausrichten gegen die SS.

In den Unterlagen fand ich das Foto eines Mannes aus dem Ghetto, überschrieben mit dem Vermerk: *So sieht der Volksfeind aus.* Er hielt ein Kleinkind in die Höhe, dessen Leib aufgebläht war, der Blick alt und starr, die Beine dünn wie bei einem Vogel. Es sah weder tot noch lebendig aus, und es sah eigentlich auch nicht mehr aus wie ein Kind. Mir wurde übel, kurz verschwand ich auf die Toilette, und als ich später noch einmal einen flüchtigen Blick auf die Aufnahme warf, dachte ich, es sah aus wie etwas, das gar nicht auf die Welt gekommen war.

Ich meldete mich bei Fräulein Schnoop krank und fuhr noch am Nachmittag nach Florenz. Die Stadt glomm in der Abendsonne, und in einem hübschen Hotel nahe dem Dom bezog ich ein Zimmer, doch die Niedergeschlagenheit verging auch in der Trattoria nicht, in der ich alleine saß, und weder das Schmorgericht noch der Wein munterten mich auf. Mein Schlaf war dünn und erschöpfend.

Erst am nächsten Tag in den Uffizien hellte sich meine Stimmung etwas auf, als ich vor Caravaggios *Opferung des Isaak* stand, vor den rötlich braunen Tönen, die dem Bild trotz aller Gewalt eine gewisse Wärme gaben.

Es sind drei Hände, die es zusammenhalten: Abrahams Rechte, die das Messer umfasst, ein grobes Schlachtmesser, seine Linke, die den Nacken des Jungen hinabdrückt, düster wie der Kopf des Schafbocks, der sich über den Haarkranz des Jungen reckt, und die hellere Hand des Engels, der Abrahams Rechte packt.

Den Engel, sagte der Mann neben mir, den gibt es gar nicht.

Überrascht drehte ich mich zu ihm um. Es war ein junger Wehrmachtsleutnant, und seine langen Wimpern gaben ihm einen verträumten Ausdruck.

Und wohin sieht Abraham, wenn es den Engel nicht gibt?, fragte ich. Er schaut doch weder seinen Sohn an noch den Schafbock.

Sie stellen die Frage falsch, sagte der Mann höflich. Er sieht nicht jemanden an. Er sieht von etwas weg.

Aber von was?

Ist das nicht offensichtlich?

Wieder betrachtete ich das Gemälde, Abrahams gerunzelte Stirn, die Brauen, die einen Schatten über seine Augen warfen und die Iris fast vollständig verbargen.

Von seinem Sohn, sagte der Leutnant sanft. Er kann das schreiende Kind nicht ansehen, das gerade seinen eigenen Scheiterhaufen heraufgetragen hat. Wie soll er es sonst über sich bringen. Aber so sieht er auch den Schafbock nicht, das Opfer, das Isaak ersetzt. Ist es nicht seltsam, dass wir uns noch immer dieses Bild ansehen, mitten im Krieg? Als mache uns Kunst zu besseren Menschen. Einen schönen Tag noch. Er tippte an seine Mütze und verließ mit dem geraden Gang eines Kadetten den Saal.

Ich versuchte, mich wieder in das Gemälde zu vertiefen, aber ich sah nur die Lichtflecken, die auf den offenen Jungenmund fielen, bis sich eine Dame in karmesinrotem Kleid zwischen das Kind und mich schob.

Ist Ihnen aufgefallen, dass Abraham ins Nichts blickt?, fragte ich sie.

Sie beugte sich näher an das Gemälde, dann schüttelte sie entschieden den Kopf.

Unsinn. Er sieht zum Engel. Aber fällt Ihnen auf, dass der wie Isaaks Zwilling aussieht? Sonderbar, wirklich sonderbar.

Den Leutnant habe ich im ganzen Gebäude nicht mehr gefunden, schrieb ich am Abend an meinem Küchentisch, und auch wenn ich nicht an Gespenster glaube, werde ich den Gedanken nicht los, dass es Hellmut gewesen ist, mit dem ich über das Bild gesprochen habe.

V

der Sommer stand und lehnte
und sah den Schwalben zu

Sie tippte die Gedichtzeilen auf einer Schreibmaschine ab oder ließ sie tippen. Ihre Briefe aber schrieb sie von Hand, und ich erkannte sie in ihrer Schrift. Die gedrungenen Kleinbuchstaben, die Schleifen unter dem L, dem I, ihre Zeilen drifteten leicht nach unten ab. Ich sah Magda wieder über den Rasen von Schwanenwerder schreiten, auch hinter den Mauern der Ministervilla trug sie ihre elegante Kleidung mit einem grazilen, kaum merklichen Schwingen der Hüfte. Wusste sie, dass ich ihr nachsah? Sie drehte sich nicht noch einmal zu mir um, sondern bückte sich, um einen im Gras liegenden Federball aufzuheben, und ich stand zögernd am Tor, als sie ihre Kinder rief, mit ihr zu kommen.

Immer wieder habe ich an diesen Sommertag gedacht und auch an jenen letzten Augustabend Jahre zuvor, an dem sie zu spät von einer Veranstaltung zurückkehrte und es zwischen uns, auch wenn sie es noch nicht aussprach, zum Bruch kam. Ich dachte an einen Tag Mitte Juli, als in Paris der Sommer abrupt endete und die übrigen Tage nur noch stumpf und grell wie an einer zu langen Kette vorbeiliefen.

Wir bringen alle unsere Opfer, hatte sie in einem ihrer ersten Briefe an mich geschrieben, kurz nach dem Tod meines Vaters. Aber nur du und ich wissen, wie schwer dieses eine wog. Ich stand im Salon meiner Eltern, ein Sonnenstrahl fiel schräg über das Parkett, und eine Trauer, die ich schon lange vergessen geglaubt hatte, löste sich wie ein Kiesel, der eine ganze Lawine mitriss.

Sie schickte weitere Briefe, und immer wieder fand ich auch einen maschinengeschriebenen Zettel mit einigen Gedichtzeilen. Vielleicht dachte sie sich gar nichts dabei, sie schrieb vielen. Bei Margarete Hauptmann bedankte sie sich für den Blumengruß mit einigen Zeilen aus *Nathan der Weise*, bei ihrer Schneiderin erkundigte sie sich nach den Mustern für den Mantelstoff und nach Rabatt für die beiden Hüte, und Frau Passer bekam für das sechste Kind und ihre sittlich einwandfreie Lebensführung das Mutterkreuz verliehen, einen Orden, für den niemand mehr zwei Finger verlieren musste.

Siehst du, Hans, an was für einer guten Welt wir bauen?

Sie ließ Ortsnamen fallen, Graubünden, Florenz, die sich vor mir zu vergangenen Bildern ausbreiteten. Häufig notierte sie nur ihren Alltag, Anschaffungen für das Haus in Schwanenwerder und für das am See hinter Bernau, eine Ponybahn für die Kinder, Reparaturen an der Yacht Baldur, Helmuts mäßige Leistungen in der Schule, und Hedda brauchte schon wieder neue Kleidchen. Der letzte Besuch in Duisburg bei ihrem Vater Oskar Ritschel, Januar einundvierzig. Er war mager geworden, die Operationen zögerten nur noch hinaus, was unabwendbar war. Der Blick aus dem Duisburger Hof ging auf die Oper. Wie ehrenhaft übrigens, dass Gründgens sich als Freiwilliger gemeldet habe. Wunderbar hat er Chamberlain gespielt, und Emil Jannings als Ohm Krüger, Hans, ich hoffe, du hast den Film gesehen!

Zum Tod ihres Vaters kondolierte ich ihr per Telegramm. Sie dankte und beteuerte, meine Worte bedeuteten ihr etwas. Sie näherte sich mir an, gab mir von neuem ein Gefühl der Vertrautheit, etwas Falsches lag darin, ohne dass ich hätte benennen können, was nicht stimmte. Sie wurde für ein paar Sätze wieder zu der Frau, die sie an meiner Seite gewesen war, so wie sie die Frau an der Seite der anderen Männer war. Ihr ebenmäßiges Gesicht, ihre elegante Figur, ihre Augen, changierend zwischen Grau und Blau, aber eigentlich haben wir uns alle in ihrem Blick nur widergespiegelt. Wir sahen uns selbst, so, wie wir uns sehen wollten. Darum verliebten die Männer sich in sie, Quandt ebenso wie Hellmut, Hoovers Neffe wie der Minister, Hitler und das ganze Land, und vielleicht tat auch ich es, vor langer Zeit, für eine Weile.

Es gibt nichts Schändlicheres, Hans, als tatenlos geblieben zu sein.

Das meiste deutete sie nur an. Einen Staatssekretär ihres Mannes nannte sie ritterlich, er sei eine wahre Stütze, und ich meinte zu verstehen, dass sie mit ihm eine Liebschaft unterhielt. Ihren Mann dagegen erwähnte sie mit einer Kühle, die ohne die Zensur wohl Verbitterung gewesen wäre. Niemand wird verstehen, warum ich bei ihm geblieben bin, schrieb sie. Sie werden mich hassen allein dafür.

Trotzdem beriet sie ihn weiterhin und ließ sich alles berichten, was er im Ministerium tat. Erst in Mailand habe ich mich zu fragen gewagt, was sie dort hielt, im Herzen des Reichs. Was sie zu diesem Herzen gemacht hat. Es sind Szenen, seltsam abgerückt, wie bei einem Filmdreh, bei dem ich noch das Schrägholz sehe, das die Pappwand der Kulisse hält, die Kabel, die über den Boden laufen. Nichts stimmt, und darum könnte alles wahr sein.

Die Wunderwaffe, die zum Himmel aufstieg wie ein Engel aus Pappmaché.

Ihre Bemerkung, Jupp habe sie in ihrer Küche erfunden, und ich schmeckte, wie in meinem Mund die Wolle aufquoll, mit der sich Millionen deutscher Schüler die Stellungen der Wehrmacht auf ihren Landkarten feststeckten.

Der Tod Richard Friedländers in einem Nebensatz. Lungenentzündung in Buchenwald.

Siehst du, Hans, es wird niemand bevorzugt, auch wir nicht. Wir essen unseren Eintopf und zahlen unseren Teil.

Am Ende auch ein ungelenker Versuch, selbst zu dichten.

Einmal ihre Frage: Was, wenn Hellmut noch am Leben wäre?

Darauf hatte ich keine Antwort, und doch schrieb ich ihr zurück. Warum ich ihr antwortete? Die Angst macht andere Menschen aus uns. Nachts träumte ich von den Häftlingen in Buchenwald. Sie traten aus den Baracken und zogen stumm an mir vorbei. Einer von ihnen hatte mein Gesicht. Es bedurfte nur eines Winks ihrer Hand, und ich wäre zu diesem Mann in meinem Traum geworden.

Die Angst war da, auch die Abscheu. Beides löste sich nicht auf, nur weil es Momente gab, in denen ich mir eine Nachricht von ihr erhoffte, ihr etwas mitteilen wollte. Es ist paradox, natürlich, aber handeln wir immer schlüssig, ohne Sprünge, ohne Widersprüche? Haben wir für einen Menschen nur exakt ein Gefühl?

VI

Anfang Juli landeten die Alliierten auf Sizilien, und zwei Wochen später wurde Mussolini gestürzt. Der Duce habe apathisch dabei zugesehen, wie er vom faschistischen Großrat entmachtet wurde. Mein Kollege Weber wollte sogar gehört haben, er habe erleichtert gewirkt. In Italien wurde der Ausnahmezustand verhängt, und im Generalkonsulat herrschte Unruhe, weil ein Mann aus dem Oberkommando der Wehrmacht angereist war, der im strammen Soldatengang die Treppe der Via Goito hinaufstieg. SS-Hauptsturmführer Palmer ließ sich von Fräulein Schnoop alte Akten bringen, schrie laut ins Telefon, tauchte schwitzend in unserer Lagebesprechung auf.

Mehrmals zitierte er Weber vor, weil er in den Rechnungsbüchern Unstimmigkeiten gefunden hatte, und mein Kollege, der sich für gewöhnlich nichts anmerken ließ, kam wie ein verschrecktes Kind aus den Verhören zurück. Weber hatte es vor mir verstanden, aber als Palmer nach einer Woche noch immer durch die Via Goito marschierte, dämmerte mir, dass er unser neuer Generalkonsul war. Dann musste auch ich zu ihm.

Palmer saß schwer hinter dem Schreibtisch, die Akten wirkten vor ihm wie falsches Dekor, und seinem glasigen Blick sah ich an, dass er in der letzten Nacht gesoffen hatte. Nie war ich mir sicher gewesen, was meine Kollegen über mich redeten. Im besten Fall galt ich als Kauz, weil ich noch immer allein lebte, aber ich zweifelte daran, dass wir uns in einer Zeit der besten Fälle kennenlernten. Palmer lächelte, und nichts daran beruhigte mich.

Auch Arndter?, fragte er mich.

Arndter?, fragte ich verwirrt. Ja, Abschlussjahrgang sechsundzwanzig.

Neunundzwanziger. Haus Burgund. Herrliche Zeit, damals.

Ich nickte und versuchte in dem fest in seine Uniform geschnürten Mann einen Jungen von damals auszumachen.

In welchem Haus waren Sie?, fragte er.

Bei meinen Eltern.

Ach, ein Externer. Aber ja, sonst hätte ich mich auch an Sie erinnert, stellte Palmer fest, und obwohl es so lange zurücklag, fühlte ich mich wieder wie an den Nachmittagen in der Villa Quandt, an denen mich der besuchsweise Einlass ermahnte, dass ich nie ganz dazugehörte.

Mit wem in der Klasse?

Mit dem jungen Caspar Graf von Bensberg und mit Fritz Kraemer, dem Sohn des Staatsanwalts Kraemer.

Ein Jude. War Ihnen das nicht bekannt?

Nein, das ist mir … ich dachte … Protestant.

Sie dürfen nicht so naiv sein. Die verstehen es, uns etwas vorzumachen.

Hellmut Quandt war auch in der Klasse. Noch während ich seinen Namen aussprach, bereute ich, ihn Palmer preisgegeben zu haben.

Die Quandts, das ist eine Familie! Sie wissen natürlich, wer Frau Quandt heute ist. Wir müssen uns einmal länger darüber austauschen.

Dann fragte er mich nach Visa aus, die unrechtmäßig ausgegeben worden seien. Es drang wie durch Watte zu mir, ich wusste ohnehin nichts davon, aber dass ich so ahnungslos war, machte Palmer noch misstrauischer.

Wie lange sind Sie denn schon hier? Seit vier Jahren! Und da ist Ihnen nichts aufgefallen? Ich bin enttäuscht von Ihnen als Arndter.

Es besteht allerdings die Möglichkeit, dass gar keine unrechtmäßigen Visa ausgegeben wurden, warf ich vorsichtig ein, auch wenn mir mit einem Mal klar wurde, warum Weber so bleich aus den Besprechungen kam.

Es besteht allerdings auch die Möglichkeit, dass Sie jemanden decken. Wie verplempern Sie eigentlich Ihre Zeit? Palmer blätterte in meiner Akte, und ich versuchte, etwas in den Eintragungen zu erkennen, aber er hielt sie zu weit von mir weg. Fünfunddreißig sind Sie dieses Jahr, las er, und immer noch unverheiratet. Das nenne ich Lotterleben.

Es habe in früheren Jahren eine unglückliche Verbindung gegeben, verteidigte ich mich. Ich weiß nicht, an wen ich eigentlich dachte. War Annies imaginäre Tochter zurückgekehrt, die mir einen Sommer lang Schutz geboten hatte, während ich von meiner Kindheit Abschied nahm? Oder dachte ich an die Frau mit dem Muff im Rang des Sportpalasts, der ich einmal beteuert hatte, wenn nicht sie, dann überhaupt niemanden zu heiraten?

Ihr gebrochenes Herz in allen Ehren, aber es ist nicht nur Ihre Privatangelegenheit, Kesselbach. Sie haben doch einwandfreies Erbgut, oder sehe ich das falsch? Er erhob sich aus dem Stuhl und lehnte sich mir entgegen, breit und mächtig in der Uniform, die noch immer so rau und dicht gewebt war wie die meines Vaters.

Was ist das hier eigentlich für ein Dissidentenhaufen?, schrie er. Sie haben keine Kinder, Weber hat keine. Denken Sie etwa, deutsche Soldaten wachsen auf Bäumen?

VII

Am 14. August wurde Rom zur offenen Stadt erklärt, und unser Konsulat stand still. Die alliierten Bomber flogen nun jede Nacht über Mailand. Wer konnte, war ins Umland geflohen, nach Como oder Cadenabbia, zu entfernten Verwandten, ins eigene Wochenendhaus oder in längst überfüllte Pensionen. Mit einer schmalen Bergbahn fuhr ich an bewaldeten Hängen entlang auf Domodossola zu. Das satte Grün wirkte beruhigend, wie ein Kindheitsschlaf, dabei wusste ich ja, dass auch diese Bäume genügten, um jemanden daran aufzuhängen.

An der Grenze kontrollierte ein Schweizer Beamter meinen Diplomatenpass, er rieb über die Stempel und über das eingestanzte Foto, doch er fand nichts Verdächtiges, bloß den Eintrag über achtzig Reichsmark, gezahlt am 2. Februar 1940 an der Gemeindestelle für Kriegswirtschaft in Arosa. In Brig stieg ich um, und in Luzern lag der Vierwaldstättersee dunkel unter den dichten Wolken, die Luft war klamm und ruhig. Der Krieg zeigte sich hier nur am Zeitungskiosk: *Messina von den Alliierten besetzt. Die Inseln Stromboli und Lipari kapitulieren.* Ich kaufte eine Ausgabe des *Bund* und spazierte am Ufer entlang, am Schweizerhofquai grüßten höflich die Hotelpagen. Ich war lange nicht hier gewesen, und Luzern kam mir wie eine Stadt außerhalb von allem vor, unberührt von dem, was gerade in Europa geschah, als wäre sie im Jahr siebenunddreißig stehengeblieben, dabei war ja ich es, der sie seitdem gemieden hatte.

Wieder stand ich vor der grauen Fassade des Arbeiterhauses, sah die rissigen Fensterläden über mir, die schaukelnden Wäscheleinen. Langsam stieg ich die abgetretenen Stufen hinauf. Hinter einer Wohnungstür im zweiten Stock stritten Kinder, und Geschirr klapperte, irgendwo lief ein Radio.

Karls Gesicht war hager geworden, und seine Augen wirkten müde. Am Telefon hatten wir nur wenige Worte gewechselt, als gäbe es keinen besonderen Grund für unser Treffen, das erste seit über zehn Jahren, und ich war mir nicht sicher, was ich von seiner Einladung halten sollte. Ich hörte das Radio, das Geschirr, die Kinderstimmen.

Lange her, sagte er endlich und führte mich hinein. Die Wohnung war nicht mehr als ein längliches Zimmer mit einer fensterlosen Küchennische, in der es nach Seife und Geschmortem roch. Die Schreibmaschine, die ich bei meinem letzten Besuch vom Treppenhaus aus gehört hatte, stand auf einem Tisch, kaum größer als ein Schülerpult, und Unterlagen waren im ganzen Zimmer verstreut. Neben das Fenster war eine Kinderwiege gerollt, und ein ausgeblichener Paravent verdeckte den Kopfteil eines schmalen Doppelbetts.

Marthe ist mit dem Kleinen spazieren, sagte Karl. Zu viert wäre es ein wenig eng hier.

Ich wusste nicht, dass du Familie hast.

Allein kommst du ja nicht durch diese Zeit, sagte er und räumte die Papiere vom Sofa. Und irgendwann bist du allein, wenn du einen nach dem anderen verlierst. Dass der Krieg die Menschen in Deutschland nicht längst aufbringt.

Einige glauben, nur mit dem Führer können wir noch gewinnen.

Und was glaubst du?

Ich sehe nur den Leuten zu. Selbst wenn Deutschland verliert ... und Deutschland kann ja nicht mehr gewinnen ... Wenn dein Kind erschossen wurde, willst du nicht auch noch einsehen, dass es für die falsche Sache war.

Karl nickte, erst da fiel mir sein Vater wieder ein, der im Krieg gefallen war. Er musterte mich aufmerksam, als suche er nach etwas Eindeutigem in meinem Gesicht. Das Grün seiner Augen, die Sprenkel von Bernstein um die Iris.

Ich habe mir Sorgen um dich gemacht, sagte er dann. Auch wenn ich mir nie sicher war, auf welcher Seite du stehst.

Seine Hand fuhr über meine Schulter, und plötzlich war der Raum erfüllt von Jungenlachen, die Schläge von Doktor Kuffsteiner fielen dumpf dazwischen, bis ich begriff, dass es ein Milchwagen war, der klirrend die Straße entlangfuhr, und ein Ball hüpfte gegen die Hauswand und sprang zurück.

In Mailand ist es gerade nicht leicht, sagte ich. Jede Nacht im Luftschutzkeller, und im Konsulat hat man uns einen Mann aus dem OKW geschickt. Palmer.

Der Sohn des Staatssekretärs?

Ich nickte. Er war auf unserer Schule, drei Jahre unter uns. Aber das rettet mich auch nicht vor ihm. Ich wette, er ist im Sicherheitsdienst, so, wie er alles durchsucht.

Warum bleibst du nicht hier?

Eine Nacht würde mir sicher gut tun. Mein Visum geht auf drei Tage.

Ich meine nicht bloß für ein paar Nächte. Als Flüchtling werden sie dich behalten, du bist ja kein Jude.

Als Flüchtling! Ich lachte trocken. Die pfercht man hier mittlerweile in Lager.

Es ist Krieg, Hans, ein Lager in der Schweiz ist besser als ein Bombenkeller in Mailand. Die Grandhotels sind leider ausgebucht.

Aber ich bin doch kein Flüchtling. Nein, es geht schon, bei uns geht es schon noch.

Oh, ganz sicher. Wenn die Deutschen Norditalien besetzt haben und alle beseitigen, die nicht im Gleichschritt marschieren. Tausend Jahre für das Reich, keinen Monat für den, der im Weg steht.

Du übertreibst, Karl.

Ich habe sie kennengelernt, Hans. Ein falsches Wort, und du bist in der Prinz-Albrecht-Straße. Und noch eines, und du bist in Sachsenhausen. Du musst mit Rothmund sprechen.

Rothmund, wiederholte ich.

Der Chef der Fremdenpolizei. Kennt ihr euch?

Nein. Nicht wirklich.

Er entscheidet, wer ins Land kommt und wer nicht.

Ich arbeite für das Deutsche Reich. Ich bin deutscher Reichsbürger. Es gibt doch eigentlich keinen Grund, warum es für mich gefährlich werden sollte.

Doch, den gibt es, sagte Karl. Ich habe ja gesehen, was zwischen Hellmut und dir los war.

Die Stille um uns war laut, und dann schlug unten der Ball wieder gegen die Hauswand.

Bitte sprich mit ihm, und wenn du es mir zuliebe tust. Karl drückte seine gefalteten Hände gegen die Stirn. Ich habe noch versucht, Franz in die Schweiz zu holen, sagte er leise. Aber da war es schon zu spät.

Ich wagte nicht, ihn anzusehen. Rubinroth stand wieder vor meinem Haus, schüchtern, beinahe ängstlich. Der kanariengelbe Schal hing schlaff über seine Brust.

Wem sage ich das, flüsterte Karl. Du hast die Stempel auf deinem Schreibtisch. Das J für die Pässe.

Wieso hast du mich nicht um Hilfe gebeten?, fuhr ich ihn an. Ich weiß nicht, warum ich es sagte und warum in diesem Ton, ob mich Karls Bemerkung gereizt hatte oder ob ich mir im Gegenzug seine Hilfe erhoffte oder ob ich es mir tatsächlich glaubte an diesem sinnlos verspäteten Nachmittag, an dem Franz Rubinroth, wie wir beide wussten, nicht mehr zu helfen war.

Franz wollte einfach nicht sehen, was auf ihn zukommt. Wenigstens du musst es versuchen, Hans. Es ist ja nicht unmöglich in deinem Fall.

Ich spürte Karls Hand auf meiner, es war mir unangenehm, und zugleich wünschte ich, er würde sie dort lassen.

Kannst du wirklich noch für dieses Regime arbeiten?

Es sind doch nur konsularische Fragen.

Ich verstehe euch nicht. Die einen zögern, und die anderen reden sich heraus, und die Dritten können Gewalt gegen die Mörder mit ihrem Gewissen nicht vereinbaren. Dabei gibt es überhaupt nichts anderes mehr als Gewalt, aber alle hadern und sind so gute Christen, während sie dabei zusehen, wie Hunderttausende Zivilisten einfach vernichtet werden.

Hunderttausende …, wiederholte ich.

Juden vor allem.

Aber so viele können es ja gar nicht sein.

Hans, wir kennen die Zahlen. Bern hat im Frühjahr die

Verbrennungsleistungen der Krematorien von Auschwitz erfragt.

Aber wie soll das …

Wir wissen, was im Osten passiert, Hans. Ob wir wollen oder nicht.

VIII

Sie haben möglicherweise ein zu schlechtes Bild von Sachsenhausen.

SS-Brigadeführer Kleinert und Rothmund, der Chef der Eidgenössischen Fremdenpolizei, hatten sich in tiefen Sesseln gegenübergesessen, während ich am Tisch über die Unterlagen wachte.

Zu schlecht?, fragte der Polizeichef und betrachtete den SS-Mann mit amüsierter Miene.

Die Schweiz wünschte Erleichterungen bei den Visabestimmungen, und da man in der Wilhelmstraße wusste, dass ich Ähnliches von Mailand aus schon mit Rothmunds Mitarbeitern besprochen hatte, war ich im vergangenen Herbst nach Berlin beordert worden. Ich weiß nicht, warum ich meine Begegnung mit Heinrich Rothmund Karl gegenüber verschwieg, jedenfalls war ich bei der Sitzung angespannt, denn erst als Kleinert mir einen strengen Blick zuwarf, legte ich den Füllhalter beiseite, mit dem ich, ohne nachzudenken, mitgeschrieben hatte.

Zugegeben, sagte Kleinert. Die Ernährung im Konzentrationslager ist reduziert. Es ist nun eben Krieg. Bei Ihnen nicht so sehr wie bei uns. Aber den Entzug der Nahrung als Strafe haben wir aufgegeben, und die Prügelstrafe wird in Gegenwart eines Arztes vollzogen. Es ist übrigens die höchste Strafe, die verhängt wird. Es geht um Disziplin, und nicht allen fällt sie gleichermaßen leicht.

Im Nebenraum begann laut ein Grammophon zu spielen. Als ich mich erhob, um danach zu sehen, griff Kleinert meinen Arm.

Lassen Sie. Wir brauchen keine Mithörer. Was übrigens die Flüchtlinge anbelangt, fuhr er an Rothmund gewandt fort, ich meine jene, die auch Sie nicht haben wollen, Kommunisten, Sozialisten, natürlich die Juden … Geben Sie doch diese Leute uns, schlug er vor und nestelte an einer Zigarrenkiste.

Und was wollen Sie mit Ihnen machen?

Bleibt dahingestellt. Er hielt Rothmund die Kiste hin.

Dahingestellt, wiederholte der nur. Kleinert winkte mir, und ich gab ihm Feuer. Nasslippig sog er an seiner Zigarre. Die beiden Männer taxierten sich.

Herr Brigadeführer, begann Rothmund, mir ist durchaus klar, weshalb Sie zu Ihren Maßnahmen greifen. In Deutschland haben Sie zu lange die Gefahr der Verjudung ignoriert. Unsere Behörden sind früher als Sie tätig geworden, und wir haben in dem einen und anderen am Ende einen brauchbaren Menschen gefunden. Sie müssen eines verstehen. Der Sessel knackte, als Rothmund sich darin aufrichtete. Die jüdische Rasse hat bisher allen Ausrottungsversuchen standgehalten, und sie ist immer gestärkt daraus hervorgegangen. Ihre deutsche Methode kommt mir deshalb nicht nur falsch vor, sondern gefährlich für uns alle. Weil sie uns letztendlich den Juden auf den Hals hetzt.

Kleinert sah Rothmund nachdenklich an, im Nebenraum sang von der Schallplatte ein Tenor *Am Brunnen vor dem Tore*, und das Schweigen zwischen uns drohte peinlich zu werden, weshalb ich leise zu Rothmund sagte, für die Visaerleichterungen sähe ich durchaus noch Möglichkeiten.

Deutschland kann in der Judenfrage keinen anderen Weg mehr gehen, erklärte Kleinert schließlich. Mir schien, dass seine Zigarre zitterte.

IX

Mit dem Bau der Baracken von Hannover-Stöcken war in diesem Sommer begonnen worden. Karl erzählte mir am nächsten Morgen davon, als er mich in der Pension abholte, in der er ein Zimmer für mich gefunden hatte.

Die Häftlinge zimmern die Holzwände, ziehen den Stacheldraht drum herum, und jemand prüft die elektrische Ladung des Zauns, sagte er. Die SS hat sie geschickt, damit die Reihen in Quandts Betrieb nicht leer bleiben. Es gibt eben zu wenige Arbeiter, die meisten sind an der Front oder irgendwo gefallen bei Smolensk oder Stalingrad.

Und die Häftlinge?, fragte ich.

Sind gar nicht erst bis zur Front gekommen. Weil sie zu jüdisch oder zu kommunistisch sind. Einige haben auch andere Männer geliebt. Jetzt stellen sie für Quandt Akkumulatoren her. Die Zwangsarbeit erzieht alle, die falsche Gedanken im Kopf oder falsches Blut in den Adern haben, sagte Karl bitter.

Ich nickte und betrachtete ein Plakat an der Hauswand, das mit wehend roter Fahne zur Wahl der Sozialdemokraten aufrief. Vom Regen war es ein wenig gewellt, aber es hätte porös sein müssen, so aus der Zeit gefallen schien es mir.

Die Häftlinge arbeiteten vor den Augen der Frauen, erzählte Karl, die in den Batteriewerken am Fließband die Schrauben prüften und in der Pause ihre mitgebrachte Stulle vor den Hallen aßen. Ein SS-Unterscharführer war für die Überwachung bestellt, und wer nicht schnell genug arbeitete, auf den prügelte er ein. Ich stellte mir vor, wie es ihn erregte vor den Frauen, im leichten Schweißgeruch ihrer Kittelkleider, ihre Bäuche vom stundenlangen Vorbeugen feucht, und er spielte seine grenzenlose Macht aus, die dank der Akkumulatoren aus dem Hause Quandt bis unter die Oberfläche des Atlantiks reichte.

Vier Reichsmark am Tag zahlt das Unternehmen für jeden Häftling an die SS, sagte Karl, bei gelernten Facharbeitern sechs, und die Akkumulatoren liefert Quandt an die Regierung. Wenn einer unter der körperlichen Belastung zusammenbricht, wird er durch einen aus Neuengamme ersetzt. Herzmuskelentzündung steht dann auf dem Totenschein. Man rechnet mit einem monatlichen Verlust von achtzig Mann und nennt es betriebswirtschaftliche Notwendigkeit. Du glaubst nicht, was heute alles als notwendig gilt.

Man gewöhnt sich schnell, sagte ich.

Wenn du zurückgehst, Hans, ist das Irrsinn.

Die Berge sind hier doch auch nicht so hoch, wie sie aussehen.

Immer noch besser als auf deiner Seite.

In Zürich wird wohl ein Posten am Konsulat neu besetzt, aber ich bin nicht unbedingt Ribbentrops Liebling.

Was das angeht, könntest du es dir leichter machen. Geordnete Verhältnisse beruhigen.

Du meinst?

Eine Ehe gibt Halt, vor allem den Menschen um dich herum. Die Leute haben dann weniger Fragen.

Ich glaube nicht, dass ich dazu gemacht bin.

Ach, Hans, du nimmst das zu schwer. Gefühle haben einen Dreivierteltakt und die Stimme von Zarah Leander, das ist weit weniger kompliziert als Grenzkontrollen.

X

Ende August hörten die Luftangriffe auf, und die Arbeit im Konsulat wurde wiederaufgenommen. Von Diplomatie verstand Palmer wenig, aber wer fragte noch danach. Die faschistische Partei war aufgelöst, Mussolini saß in einem Hotel in Gran Sasso in Haft, und Palmer bildete sich einiges auf seine familiären Kontakte in die Präsidialkanzlei und ins Reichsministerium für Volksaufklärung und Propaganda ein. Außerdem interessierte er sich für Orden, vor allem für den bulgarischen, auf den er immer noch wartete, und für unsere Sekretärin Fräulein Schnoop, weshalb er ständig bei ihr hockte und private Briefe diktierte.

Mein lieber Detlev!, hörte ich seine Stimme durch die dünne Wand. Wir selbst können trotz der kriegsbedingten Schwierigkeiten nicht klagen, denn es ist immer noch besser am Schreibtisch als mit einem Bauchschuss vor Stalingrad.

Kurz pausierte das Diktat, vermutlich beugte Palmer sich über Fräulein Schnoop, um einen Tippfehler auf dem Papier zu begutachten.

Meinem Schwager Stiller geht es leider, leider außerordentlich gut, fuhr Palmer fort. Er sitzt mit seinem Lächeln und ohne das Geringste vom Krieg gekostet zu haben, in Fettspeck und Kaffee an den Ufern des Bosporus und sieht über ein Sektglas hin die blaue Flut.

Mit der Zeit entwickle ich eine gewisse Sympathie für diesen Stiller, bemerkte Weber, der mir gegenüber an seinem Schreibtisch saß. Ich nickte und dachte an die Visa, nach denen Palmer mich gefragt hatte. Offensichtlich hatte er noch nicht genug gegen meinen Kollegen in der Hand. Auch wenn sich im Konsulat jeder davor in Acht nahm, den anderen zu vertrauen, schloss es Weber und mich doch zusammen, dass Palmer uns beide auf dem Kieker hatte.

Hatten Sie mal mit Rothmund zu tun?, fragte ich.

Man kommt ja nicht um ihn herum.

Natürlich, murmelte ich und sah zum Fenster. Unten im Garten spielten die Töchter unseres Kollegen Mehring.

Übrigens, diktierte Palmer im Nebenzimmer, erinnere doch bitte einmal deinen Vater daran, dass er sich für meine Beförderung interessieren wollte, denn seit drei Jahren habe ich es nicht weiter als bis zum Hauptsturmführer gebracht.

Als Kind, erzählte ich, hat meine Mutter mir eingeschärft, dass man nicht um kleine Dinge zu Gott betet. Sonst hat er keine Zeit mehr für die wichtigen Anliegen.

Und Sie haben es trotzdem getan?

Mir kam es damals nicht klein vor, aber es war wohl eigennützig.

Wissen Sie, Kesselbach, Ihre Mutter mag recht haben, in gewisser Weise. Trotzdem haben Sie damals sicher nicht all das hier verursacht. Man entscheidet sich doch jeden Tag neu.

Ich nickte, ohne meinen Blick von den beiden kleinen Mädchen zu wenden. Sie hatten große, weiße Schleifen im Haar wie Magdas Töchter. Neben uns schlug eine Tür, und Schritte eilten über den Flur. Schon stürmte Palmer in unser Büro, sein Gesicht noch geröteter als sonst.

Kesselbach! Sie fahren morgen nach Berlin. Wir brauchen Weisung.

Weisung wozu?, fragte ich.

Dieses Konsulat, sagte Palmer mit gebrochener Stimme, befindet sich nicht länger auf verbündetem Terrain. Italien hat einen Waffenstillstand mit den Alliierten unterzeichnet.

Mit der Hand fuhr er sich übers Gesicht, und mir schien, als habe er Tränen in den Augen. Dann knallte er seine Hacken zusammen.

Verstanden, Kesselbach?, schrie er.

Jawohl, Herr Konsul.

Wieder krachte die Tür hinter ihm zu. Weber und ich sahen uns schweigend an. Aus dem Garten drang Kinderlachen herauf.

Mehrings Frau ist auch wieder schwanger, bemerkte ich.

Was Sie nicht sagen, erwiderte Weber. Und Boffi fällt wohl immer noch aus?

XI

Man hatte Faulberger aus einer Kleinstadt in der Oblast Smolensk nach Berlin gebracht. Taube erzählte es mir, als ich ihn in der Bendlerstraße traf. Vor zehn Monaten war Taube ins Reichskriegsministerium versetzt worden, und wir sahen uns zum ersten Mal seit Beginn des Krieges. Seine Frau war mit den Kindern aufs Land gezogen, und er wirkte unsicher, was sonst er mir mitteilen konnte.

Früher hatte ich geglaubt, jemand wie er habe die Dinge im Griff, aber er verschob nur noch Menschen an die Front, und selbst die Ministerialbeamten in der Wilhelmstraße hatten bei unserer Besprechung am Morgen von nichts als Truppenverlegungen Richtung Italien gesprochen. Mehr fiel ihnen nicht mehr ein, und ich fragte mich, wie die Ostfront, die ohnehin kaum der Roten Armee standhielt, nach dem Abzug weiterer Soldaten noch verteidigt werden sollte. Taube konnte ich nicht fragen, er hätte mir ohnehin nichts preisgeben dürfen.

Faulberger hat Glück gehabt, sagte er. Sie haben ihn gerade erst zum Generalmajor befördert. Für einen so schwerverletzten Oberst wäre auf dem Transport sicher kein Platz gewesen.

Stein hat es wohl bis zum Oberstleutnant gebracht?

Taube nickte, und wir standen einen Moment schweigend da.

Ich habe nie verstanden, weshalb an der Ostfront nicht früher der Rückzug beschlossen wurde, bemerkte ich. Verzeih, ich habe ja keine Ahnung vom Militär, und du bist im Generalstab.

Er zögerte und blickte hinüber zum Kanal.

Die Entscheidungen kommen längst nicht mehr von uns, sagte er dann. Die Zeiten sind vorbei, in denen der deutsche Generalstab eine der Säulen war, auf denen unser Kontinent ruhte. Die Reichskanzlei trägt ein anderes Europa. Vielleicht ist tragen auch das falsche Wort. Er straffte seine Schultern und lächelte mich an. Aber Italien, Hans! Rom von der Wehrmacht eingenommen binnen achtundvierzig Stunden. Das nenne ich Leistung. Und der König ist Hals über Kopf nach Brindisi geflohen. Übrigens, ich bin mir sicher, Nina würde sich über einen Besuch von dir freuen. Ihr Mann kommt auch nicht mehr aus Russland zurück. Du entschuldigst mich. Wir haben viel Arbeit.

Im strammen Gang kehrte er zurück zur Pforte des Bendlerblocks, und ich fühlte mich bedrückt, denn ich war mir sicher, dass wir uns nicht wiedersehen würden. Am Nollendorfplatz nahm ich die Untergrundbahn Richtung Westen, aber ich erkannte meinen alten Bahnhof kaum wieder. Durchgänge waren zugemauert, Treppen schienen verschwunden, und ein Schild wies einen Luftschutzraum aus. Nach zwei Stationen musste ich wieder aussteigen, da ein Bombeneinschlag die Strecke beschädigt hatte, die zerborstene Decke am Nürnberger Platz war nur notdürftig mit Planen verhängt.

Als ich zu Fuß weiterging, kam ich an unserem ehemaligen Wohnhaus vorbei. Über mir wurde die Balkontür aufgestoßen, und aus der Beletage des Generals Kesselbach trat eine fremde Dame in einem Wollkleid. Ich wollte ihr etwas zurufen, aber ich ermahnte mich gerade noch rechtzeitig, dass ich mit der Wohnung nur durch meine Erinnerung verbunden war. Wir hatten sie nach Mutters Umzug verkauft, und die Dame im Wollkleid legte mit vollem Recht einen Vorleger über die Balkonbrüstung. Sie klopfte ihn aus, und etwas Sand rieselte mir ins Gesicht. Mittlerweile ist das Haus zerstört, wie ich gehört habe, in einer der Bombennächte. Ich weiß nicht, was aus dem Wollkleid und der Dame geworden ist oder aus dem Mädchen in Rotkreuz-Uniform, das mich kurz darauf durch den Flur des Lazaretts führte, wie ich überhaupt wenig weiß, was aus all den Gesichtern wurde, die einmal so bedenkenlos an mir vorbeizogen.

XII

Es ist nett, dass Sie ihn besuchen, sagte die Schwester, ein dürres Mädchen, höchstens sechzehn. Er hat ja keine Angehörigen mehr, seine Frau … Sie öffnete eine Tür und blieb im Flur zurück.

In Berlin hatten sie Faulberger sofort operiert, und sie hatten es gründlich getan. Ich sah die Decke flach unter seinem Becken. Faulberger zog sich an einem Haltegriff hoch und rief: Kesselbach!, als wäre es kein Name, sondern ein Befehl. Ich trat ans Bett und beglückwünschte ihn zu seiner Genesung.

Nicht mal den Soldatentod gönnen Sie mir. Nun denn, muss nehmen, was kommt. Bin in zwei Wochen zurück an der Front. Habe noch zu tun.

Es war offensichtlich nutzlos, etwas dagegen einzuwenden. Ich wusste nicht, ob der Arzt ihm gesagt hatte, dass er keine Beine mehr besaß, aber vermutlich wäre Faulberger auch dann noch überzeugt gewesen, es besser zu wissen.

Wir müssen Ordnung schaffen, erklärte er. Ohne Ordnung frisst uns das Chaos auf. Sie haben keine Vorstellung. Immer noch Zivilist, in so einer Zeit!

Ich verwies auf meine Tätigkeit im Konsulat.

Natürlich, Berichte tippen, das hält die Russen sicher zurück. Aber Sie haben schon recht, die Front ist nicht für jeden was. Es gibt Männer, die machen uns nur Scherereien, und damit meine ich nicht die mit Plattfuß. Die einen kotzen sich am ersten Tag auf die Hose, und die anderen fühlen sich ein bisschen zu gut. Wer Freude daran findet, unsauber zu schießen, den schicke ich sofort zurück. Wir wollen kein

Leid, wir wollen Gründlichkeit. Auch mit Blick auf unsere Munitionsvorräte.

Einige Berichte von der Front wirken sehr gründlich.

Und das missfällt Ihnen?

Es bleibt niemand übrig, nicht wahr? Keine Frau, kein Kind.

Sie denken in einer idealen Welt, Kesselbach, in der von Kant oder Leibniz oder Jesus Christus meinetwegen, nur leider gibt es diese Welt nicht. Dabei übersehen Sie das Eigentliche, das ist der Tod. Darum dreht sich alles, und nur weil Sie ihn ausblenden, heißt das nicht, dass er für uns nicht da ist. Entweder der Feind oder wir. Ich verrate Ihnen was. Natürlich stinkt eine Grube mit fünfzig Leichen, dagegen kann man nichts machen. Sie können es aber unterlassen, einzuatmen. Sie müssen die Logik schon verstehen, wenn Sie Ihre Berichte richtig tippen wollen.

Natürlich, Herr General. Ich frage mich nur, seit wann Kinder Kombattanten sind.

Faulberger hustete in ein Taschentuch. Wissen Sie, früher bin ich noch in die Kirche gegangen. Nicht so sehr wegen der Nächstenliebe, ein Tier kann nicht Ihr Nächster sein, und über kurz oder lang verwandeln wir alle uns in Tiere. Ich bin wegen der Auferstehung gegangen, das war schon ein Ereignis damals, denken Sie nicht? Christus hat den Tod überwunden! Aber das ist zweitausend Jahre her, und in der Geschichte ist nichts ewig. Irgendwann kommt immer etwas radikal Neues. Und wir, wir haben die Auferstehung überwunden. Das haben wir geschafft da draußen, wir ganz allein.

Das ist etwas Gutes, meinen Sie?

Faulberger fiel in ein hustendes Lachen. Was sind das

für Kategorien. Gut. Schlecht. Ich frage, wer tot ist und wer noch lebt. Ihr Vater hätte genauso gefragt. Gute Schule. Hat ja selbst den ganzen Dreck gesehen damals in Südwestafrika.

Er war in Peking, korrigierte ich.

Natürlich. Faulberger lachte wieder. Davor. Wie auch immer, man muss ja trotzdem weitermachen. Kneifen gilt nicht. Habe es auch meiner Frau gesagt. Sie hat drei Söhne geboren, über fünf Jahre verteilt, und alle drei in einer Woche gefallen. Ist das gut, ist das schlecht? Können lange drüber nachgrübeln, der Krieg macht weiter. Meine Frau nicht. Was soll man tun.

Faulbergers Brust hob und senkte sich schnell, sein Gesicht unter den grauen Bartstoppeln wirkte noch blasser, und während mein Blick seine Hüfte hinab über die leer und flach liegende Krankenhausdecke glitt, wartete ich auf ein Geräusch, ohne dass mir klar war, auf welches.

Wie geht es übrigens Ihrer Mutter?, fragte er.

Ich berichtete, dass sie zu ihrer Schwester gezogen war, die beiden Damen strickten fürs Winterhilfswerk, spazierten täglich eine Stunde nach dem Mittagessen, und es ging ihnen abgesehen vom Ischias meiner Mutter und vom grauen Star meiner Tante gesundheitlich gut. Meine Hand spielte in der Hosentasche und zog einen Groschen hervor.

Freut mich zu hören, freut mich zu hören. Meine Empfehlungen bitte auszurichten, sagte Faulberger, und ich meinte das Klirren der Münze in einem Blechnapf zu hören.

XIII

Der Eingangsbereich von Mackensens Berliner Wohnung war mit römischen Veduten geschmückt, das Kolosseum, ein Aquädukt von Nero, auch die deutsche Botschaft in der Villa Wolkonsky meinte ich unter Pinienkronen zu erkennen.

Herr Mackensen ist gerade sehr beschäftigt, sagte die Haushälterin und verstellte mir den Weg in den Flur. Ich drängte darauf, den Botschafter zu sprechen, er würde mich sicher sehen wollen, unsere Berliner Jahre verbänden uns. Mackensen war der Einzige, von dem ich mir noch erhoffen konnte, dass er im Auswärtigen Amt ein Wort für mich einlegte. Kurz verschwand die Haushälterin hinter einer der Türen und ließ mich schließlich vor. Auch hier gab man den Widerstand auf.

Herr Botschafter, sagte ich.

Mackensen stand in der Mitte des Raums, als könne er sich nicht entscheiden, in welche Richtung er sich zurückziehen sollte. Auch wenn er selbst es nur bis zum Hauptmann gebracht hatte, sah ich in seiner Haltung die militärische Autorität seines Vaters, des Generalfeldmarschalls. Die beiden Sessel, die bereitgerückt waren, beachtete Mackensen nicht, sondern trat bloß einen Schritt auf mich zu.

Wir kennen uns von früher, sagte er wohl in der Hoffnung, eine blasse Erinnerung in seinem Kopf heraufzubeschwören.

Wie geht es dem Prinzen?, fragte ich. Hört er noch so gern Brahms? Sein Requiem wird ja leider nicht mehr so oft gegeben.

Kommt alles einmal wieder. Im Moment spielen sie lieber *Zar und Zimmermann*. Heiter, und ein wenig gefällig.

Eine deutsche Heiterkeit, sagte ich. Die fehlt mir in Italien manchmal.

Konnten sich da nie zwischen Christkönig und Mussolini entscheiden, bemerkte Mackensen. Bedauerlich. Was machen die Katholiken eigentlich, wenn die Wandlung misslingt?

Ist das möglich?, fragte ich.

Heute ist alles möglich. Und jetzt wird Rom überrannt. Die Falte zwischen Mackensens Brauen wurde tiefer, während er sich über seinen Schnurrbart strich.

Mir kam zu Ohren, dass im Konsulat Zürich die Stelle eines Legationssekretärs frei wird, brachte ich endlich vor.

Aber das ist doch unter Ihrer Eignung!

In diesen entscheidenden Monaten kann ich nicht an Besoldungsgruppen denken, Herr Botschafter. Mein Vater, General Kesselbach, hat noch in Neuve-Chapelle gekämpft. Der Dienst fürs Vaterland war für uns immer …

Das Vaterland, gewiss. Nirgends ist es so schön wie in der Heimat.

Mackensen sah mich traurig an, und ich meinte, in seinem Blick läge das kalte Bedauern über meine Dummheit, so offen zu ihm gesprochen zu haben.

Herr Kesselbach, meine letzten Tage in Rom liegen hinter mir. Wohin es mich als Nächstes treibt, wird man sehen.

Sie kehren nicht zurück in die Wilhelmstraße?

Man wird sehen. Mackensen fuhr sich wieder über den Schnurrbart. Ich habe natürlich Pläne. Eine Reise nach Posen im Oktober. Und danach wird man sehen. Es gibt ja immer Pläne. Aber ein Volk, das noch an Magie glaubt, und anders kann man den italienischen Hostienzauber ja nicht nennen, besitzt womöglich nicht die Ernsthaftigkeit, die es braucht, um an der Seite Deutschlands zu bestehen.

Er trat vor das hohe Fenster hinter seinem Schreibtisch, blickte auf die Spree, ehe er zur Scheibe gewandt sagte: Es war mir nicht möglich, den Duce im erwünschten Maße von unserer Lösung der Judenfrage zu überzeugen.

Er nickte vor sich hin.

Es war mir einfach nicht möglich, verstehen Sie?

Halb drehte er sich zu mir.

Wie geht es übrigens Frau Goebbels? Waren Sie nicht mit ihr bekannt?

Oh, sie haben es ganz hübsch am Bogensee. Sogar ein paar Tiere halten sie da.

Tiere, sagte Mackensen.

Ein kleiner Zoo, wenn man ehrlich ist. Für die Kinder. Und die Großmutter wohnt jetzt auch bei ihnen, seit Westberlin ausgebombt wurde. Nur eine Operation hat der Frau Minister zu schaffen gemacht. Sie haben davon gehört?

Eine Operation, sagte Mackensen ausdruckslos.

Ihr Gesicht war gelähmt. Das ist natürlich ohnehin unschön, aber bei einer Frau wie ihr, ich meine, für die offiziellen Fotos geht das ganz und gar nicht.

Nein, das geht nicht, stimmte Mackensen mir zu.

Die Gefallenen muss man im Zweifelsfall zurücklassen, bemerkte ich, und er sah mich verständnislos an.

Entschuldigen Sie, wo hat Ihr Vater noch mal gekämpft?

Neuve-Chapelle.

Neuve-Chapelle. Mackensen probierte das Wort, aber er schien schon nicht mehr zu begreifen, was es meinte. Nun, grüßen Sie Frau Goebbels. Ich danke aufrichtig für Ihren Besuch.

Ich verneigte mich vor ihm und wollte mich entfernten, er aber reichte mir die Hand. Kraftlos drückte er meine. Das war alles, was er noch für mich tun konnte.

XIV

Wie ein runzliges Kind saß Mutter an diesem Abend vor mir, so klein war sie mittlerweile geworden. Ihre Angst vor englischem Regen war der Angst vor englischen Bomben gewichen, und dann wieder brachte sie beides durcheinander. Meine Tante, die in meiner Kindheit nie in Erscheinung getreten war, da sie mit ihrem Mann weit entfernt, noch hinter Königsberg eine Farm für Nerze betrieben hatte, wuselte im Nebenzimmer herum, als habe sie über all die Jahre selbst die Gangart dieser Tiere angenommen. Ihr Mann war in einer stillen, preußischen Pünktlichkeit wenige Wochen nach meinem Vater verstorben, so dass die beiden Witwen sich nun hatten wiederfinden können. Mutter rief ihre Schwester in alter Gewohnheit Annie, dabei konnte nichts darüber hinwegtäuschen, dass die richtige Annie, die für mich allen Zeiten enthoben am Bügeltisch unseres Berliner Zimmers stand und mit besorgter Zärtlichkeit auf die Holzschienen meiner Eisenbahn blickte, nicht mehr da war. Sie betreute nun Kinder in einem Heim an der Ostsee, und ich fühlte eine zänkische Eifersucht, als Mutter davon erzählte.

Aber du wirst immer ihr Jeanlebon bleiben, versicherte sie mir, und ich dachte, ich müsste ihr endlich sagen, dass ich längst kein Jeanlebon mehr war, eher ein Jeanlemal, ein schlechter, ein böser Jean, auch wenn diese Kategorien für Faulberger nicht galten. Zumindest war ich einer, der sich mit denen eingelassen hatte, die den Ostseekindern die Eltern und meinem Onkel die Pelzhändler und meinem Vater die Regeln des Kriegs genommen hatten.

Hat Vater eigentlich mal über General von Trotha gesprochen?, fragte ich.

Der war wohl auch in Frankreich?

In Windhoek.

Ja, natürlich, Windhoek, wiederholte Mutter, und mir schien, dass sie es für eine französische Kleinstadt hielt.

Ob ich einmal wieder in Venedig gewesen sei, wollte sie dann wissen, und ob mir der Sprachunterricht von damals nütze. Doch sie hatte keine Geduld, sich die Gegenwart anzuhören. In einem Karton hatte sie alte Zeichnungen von mir entdeckt und nahm sie zum Anlass, von meiner Kindheit zu sprechen, von meinem Stoffhund, den sie Walther nannte, von meiner Begeisterung fürs Ringen, womit sie Boxen meinte, und von meiner Fantasie, in der sie eine künstlerische Begabung zu erkennen glaubte.

Was für Menschen du gemalt hast, sagte sie kichernd. Mit drei Fingern an der Hand. Wie dein Vater.

Kinder malen immer Menschen wie ihn, sagte ich schroff. Als ich ihr betroffenes Gesicht sah, tat es mir leid, und trotzdem, ich weiß nicht, warum, fuhr ich einfach fort: Sie malen Menschen mit drei Fingern und ohne Hals, manchmal mit einem Bein, manchmal ohne, und manche Kinder malen Menschen sogar ganz ohne Leib. Es kommt ihnen ja nicht komisch vor. Erst wenn sie solche Menschen tatsächlich vor sich sehen.

Aber du hast solche Menschen doch nie gesehen, nicht wahr, Jeanlebon?

Mit der linken Hand strich sie über den Rücken ihrer rechten, als wage sie nicht mehr, nach meiner zu greifen.

Kleider machen Leute, flüsterte sie, Kleider machen Leute.

XV

Als ich Berlin am Montag wieder verließ, feierten die Zeitungen Mussolinis Befreiung durch deutsche Fallschirmjäger, und am Mittwoch, zurück im Mailänder Konsulat, erfuhr ich, die SS führe nun Razzien am Lago Maggiore durch. Ich wollte nichts davon hören. Je weniger ich hörte, desto besser kam ich durch, aber natürlich ahnte ich, was mit den Juden geschah, die sie in den Hotels fanden, ich wusste ja auch, was mit denen passierte, die von Schweizer Grenzwächtern aufgegriffen und zurückgeschickt wurden. Sie wurden der SS geradewegs in die Arme geworfen. Jeder wusste das, aber das war nicht der Punkt, der bei uns einige Tage später für Aufregung sorgte.

Zu Palmers Verdruss berichteten die Schweizer Zeitungen empört über im See treibende Leichen. Unser Generalkonsul war alles in allem mit dem Vorgehen an der Grenze zufrieden, aber schlechte Presse konnte er nicht gebrauchen. Ihm war auch zu Ohren gekommen, dass jemand im Konsulat Zweifel am Sinn der Razzien für die Kriegsführung geäußert hatte, und so hielt er uns vor versammelter Mannschaft eine Standpauke.

Diese Aktionen sind sogar der Sinn der Kriegsführung, verkündete er und reckte sich. Wenn wir den Volksfeind nicht restlos ausmerzen, wird er uns in den Rücken fallen. Das Gefährliche, erklärte Palmer, während Fräulein Schnoop die Fensterläden des Besprechungsraums öffnete, das Brandgefährliche wäre, wenn die Menschen plötzlich Mitgefühl mit diesen Gestalten empfänden. Wenn man in Lugano und Lausanne nichts mehr gegen den Zustrom hätte und immer mehr von diesen jüdischen Schmarotzern akzeptierte. Und was Italien angeht, den Norden hat die Wehrmacht zwar im Griff, aber die Bevölkerung kooperiert leider nicht überall so, wie es wünschenswert wäre. Herr Mackensen hat zu wenig im Sinne des Reichs erwirkt, und wie sich Herr Weizsäcker beim Vatikan macht, das weiß im Moment nur der Heilige Geist. Der Papst lässt die Juden am Ende noch wie Ratten in seine Kirchen laufen. Meine Herren, die Verantwortung liegt also einstweilen bei uns. Darum frage ich Sie: Wann haben Menschen Mitleid?

Palmer sah in die Runde, das Sonnenlicht lag wie ein Kranz um sein kurzes, blondes Haar. Weber floss etwas Schweiß die Schläfe hinab, und seine Hand tanzte leicht auf der Lehne.

Wenn es sie nichts kostet!, verkündete Palmer. Warum sollte der Schuster in Hallwil dafür bezahlen, dass drei Sozialdemokraten, die obendrein eigentlich Kommunisten sind, über die Grenze kommen, und was hat der Postbeamte in Biel mit dem dissidenten Schriftsteller und seinen Kindern zu tun, die in Basel eine ganze Hoteletage bewohnen? Weshalb soll die Wäscherin in Arth-Goldau, die ohnehin nicht über die Runden kommt, jetzt noch nachts fremde Wäsche über das Blech schrubben, damit sie mit ihren Abgaben ein paar jüdische Mädchen füttert, während ihre eigenen Kinder weiter darben? Das sind legitime Fragen, sagte Palmer, und darum nehmen die Schweizer Behörden den Schuster, den Postbeamten und die Wäscherin in Haftung, dann ist es mit dem Mitgefühl schnell vorbei. Dennoch soll es Juden geben, die von Italien aus in die Schweiz gelangen und dort untertauchen. Ohne Hilfe ist das ganz unmöglich. Meine Herren, der Zuständigkeitsbereich dieses Konsulats reicht bis Garzeno und Porto Ceresio, und mit der laxen Haltung, die hier in den letzten Jahren geherrscht hat, kommen Sie bei mir nicht durch.

Die Sonne war so weit gewandert, dass sie mir direkt ins Gesicht schien. Ich starrte in die Helligkeit, bis alles zu schmelzen begann, sogar Palmers Stimme zerging im Licht. Alles war fern. Ein Sommer im Jahr siebenundzwanzig. Ein Sommer im Jahr vierundzwanzig. Der Geruch brackigen Wassers, klammen Badestoffs.

Kesselbach, träumen Sie? Morgen sind Sie in Baveno und sprechen mit dem Kommandeur!

XVI

Wir sind ja nicht auf Urlaub hier, entschuldigte sich der Scharführer für den mit militärischem Gerät zugestellten Hotelgarten. Er war fast noch ein Junge, schlaksig und groß, und bestaunte die Horch-Limousine, die Palmer mir für die Fahrt geliehen hatte.

Davor waren wir in einem Dorf bei Kursk stationiert, erzählte er, während er mich durch den Flur des Beau Rivage zu seinem Dienstzimmer führte. Anfang August wurden wir hierher versetzt. Also alle, die noch übrig waren. Für die Gefallenen haben ein Kamerad und ich am Dorfeingang ein Kreuz aus Holzscheiten aufgestellt. Irgendwas muss man ja machen, denken Sie nicht? Aber einer hat es in der letzten Nacht verheizt. Dabei hatten wir Sommer.

Er bot mir einen Stuhl an und hantierte in einer Ecke mit einem Spirituskocher, auf dem er Ersatzkaffee aufwärmte. Dass nahe ihrer neuen Kommandostelle Leichen im Lago Maggiore schwammen, war ihm nicht erklärlich.

Nach meiner Kenntnis sollten Sie hier nur die italienischen Soldaten entwaffnen, sagte ich.

Die Razzien waren angeordnet.

Von wem?

Er sah mich misstrauisch an und reichte mir einen verbeulten Becher. Weiß nicht mehr. Hauptsturmführer Becker war beurlaubt.

Sie sollten also Juden aufspüren?

Die haben ja noch versucht, rüberzukommen auf die andere Seite. Aber wir arbeiten schnell.

Sie haben sie verhaftet.

Jawohl.

Und sie eine Woche lang festgehalten.

Wir hätten Sie auch länger festhalten können, bis die Deportationszüge fahren. Was hätten wir damit gewonnen? Vielleicht war ich zu lange in Russland, aber ich verstehe nicht, warum wir mit etwas warten sollen, was man auch sofort erledigen kann.

Sie müssen sich doch an die Weisung halten, sagte ich hilflos.

Das haben wir ja. Von uns will bestimmt keiner wegen Befehlsverweigerung vors Kriegsgericht.

Lassen Sie mich mit Ihrem Vorgesetzten sprechen.

Das ist nicht möglich.

Warum?

Anstatt zu antworten, musterte er meinen Anzug.

Also gut. Ich erhob mich und knallte den Becher auf den Tisch. Ich schicke Ihnen Konsul Palmer. Der ist Hauptsturmführer, dann können Sie unter sich bleiben.

Wir haben die Leichen in Planen gepackt und mit Steinen beschwert, ehe wir sie in den See geworfen haben. Meinen Sie, wir denken nicht mit? Ich weiß nicht, was da schiefgegangen ist.

Darum kümmert sich ab jetzt Konsul Palmer, sagte ich und ging zur Tür. Als ich schon auf dem Hof war, kam der Scharführer mir nach und hielt mich am Arm fest.

Eine Sache noch. Er rückte dicht an mich heran. Ich habe gesehen, wie ein Kamerad nach der Razzia … Er war so besoffen, dass er kaum noch gehen konnte. Und dann hat er sich an der Frau des Hausverwalters …

Mit der Faust schlug er mehrmals in seine offene Hand.

Das geht doch nicht, zischte er. Sie war gar keine Jüdin.

XVII

Neben Karl stand ich am Gartentor und blickte auf den gebückten Mann, der in der Erde grub, seine Hände rau vom Jäten. Astern, Dahlien und verblühter Feuersalbei flossen in ordentlichen Beeten zum Haus hin, knotige Bäume warfen Schattenflecken dazwischen. Noch von Baveno aus hatte ich ihn angerufen, oder vielmehr seinen Nachbarn, der einen Telefonanschluss besaß. Er versprach mir, Karl auszurichten, dass ein Schulfreund ihn sehen müsse, sofort. Unruhig war ich vor dem Postamt auf und ab gegangen, Palmers Limousine in der Sonne glänzend, und hatte nicht gewusst, was ich tun sollte. Mehrmals hatte ich meinen Pass mit dem Visum hervorgeholt und wieder in die Brusttasche gesteckt. Als die Postangestellte auf die Straße getreten war, hatte ich sie nur reglos angestarrt. Mein Bekannter sei auf dem Weg nach Ascona, ich solle vor der Kirche Santa Maria auf ihn warten.

Herr Braun, sagte Karl, ich habe Ihnen von Hans Kesselbach erzählt. Er ist aus Mailand hier.

So? Der Mann, der einmal Ministerpräsident Preußens gewesen war, ging in die Knie, um eine Kartoffel aus der Erde zu reißen. Wir hatten ihn den roten Zaren genannt, damals, als es noch Unterschiede zwischen Sozialdemokraten und Sozialisten gab, zwischen Konservativen und Liberalen, als ich noch geglaubt hatte, wir müssten uns in der Demokratie nur einrichten und dass die Vernunft der Welt schon größer wäre als ihr Hang zur Gewalt. Nun kauerte er zwischen abgeernteten Bohnenranken und Kartoffeln.

Was kann einen in Salò halten?, fragte er. Die Mörderbande räumt ja sogar bei ihren Freunden auf.

Man geht vor wie in Deutschland, sagte ich. Das überrascht ja niemanden mehr.

Braun drehte sich um, und ich sah in ein sonnengegerbtes, faltiges Gesicht, wie das eines Bauern, der nie die Lichtlosigkeit wilhelminischer Verwaltungsbauten gesehen hat.

Sie reden von sich, sagte Braun. Sie überrascht nichts mehr.

Als ich das Gatter losließ, merkte ich, dass ich zitterte. Meine Schuhe rutschten über den Grasboden, gute Budapester mit glatter Ledersohle. Karl griff meinen Arm und hielt mich.

Und Sie wollen trotzdem dabeibleiben?, fragte Braun.

Von wollen kann überhaupt nicht die Rede sein. Aber die Schweiz lässt einen nicht mehr so einfach rein.

Ach, Sie möchten bessere Bedingungen? Wissen Sie, dass ich damals ausgelacht wurde, als ich schon dreiunddreißig hierhergekommen bin? Einige haben mir vorgeworfen, ich würde Deutschland im Stich lassen. Oh natürlich, die Brandstifter lässt man walten, aber uns wirft man vor, wir hätten die Demokratie nicht bis zum Letzten verteidigt.

Vielleicht gibt es ja doch eine Verpflichtung, durchzuhalten.

Welche Verpflichtung kann man gegenüber diesen Leuten haben? Der rote Zar trat auf den Spaten und lockerte den Boden auf. Es gibt einige, sehr wenige, die haben sich ihren Anstand bewahrt, und es gibt andere, die finden zumindest den Punkt, an dem sie das alles nicht mehr mittragen. Wenn man einsieht, dass man nicht mehr aufrecht aus der Sache herauskommt, dann ist es besser, wegzukriechen, als zu bleiben.

Von wem reden Sie?

Es ist nur ein Rat. Natürlich können Sie ihn ignorieren.

Ich sah mich zu Karl um, aber er wich meinem Blick aus.

Irgendwann wird Hitler nicht mehr da sein, sagte ich.

Natürlich, irgendwann.

Es kann auch schnell gehen.

Sie können die ganze Reichskanzlei in die Luft sprengen, er wird grad draußen sein, um sich die Beine zu vertreten. Und selbst wenn nicht – dann werden alle zu Demokraten, denken Sie? Hat es denn was gebracht, dass Heydrich in Prag ermordet wurde?

Heydrich war bloß Heydrich.

Wer will denn die Regierung gestürzt sehen? Ein paar Unverbesserliche wie wir, die längst im Exil sind. Die Deutschen haben die Demokratie so schnell vergessen wie eine Vokabel aus ihrer Schulzeit. Das hier hat sich besser durchgesetzt, gefressen werden muss immer. Braun rieb mit dem Daumen Erde von einer Knolle und hielt sie prüfend in die Sonne. Seit meinem Rückzug aus der Politik verstehe ich, wie naiv wir damals waren.

Sie waren Politiker, kein Hellseher.

Aber wir haben ja hell gesehen!, entgegnete er. Viel zu hell. In Weimar haben wir gedacht, wir könnten mal eben so die Demokratie einführen, wir würden den Menschen einen Gefallen damit tun. Und was ist daraus geworden? Die meisten wollen ihre Ruhe, sie wollen Sauberkeit, Ordnung, eine Frau, die ihnen die Kinder großzieht, und sie wollen hören, dass sie etwas sind. Irgendwas. Darum jubeln sie Hitler zu.

So viel gibt es nicht mehr zu jubeln.

Mag sein, dass den Deutschen mittlerweile Lebensmittelmarken lieber sind als Paraden. Vielleicht wollen sie sogar Frieden. Aber eine andere Ordnung? Nach zehn Jahren Diktatur, nein, da ist nichts mehr zu machen.

Ohne Hitler bricht alles zusammen, beharrte ich.

Oder es rückt Dönitz nach oder Goebbels oder weiß der Henker wer von diesen Verbrechern.

Das sind nur noch Gespenster.

Braun sah mich prüfend an, und ich meinte, ein kurzes Flackern in seinem Blick zu sehen.

Die Gespenster, Herr Kesselbach, sind wir. Meine Herren, ich habe zu arbeiten. Sie stehen im Weg.

XVIII

Für gewöhnlich vermeide ich es zu tauchen. Es ist mir unheimlich, wenn alle Stimmen von mir abgeschnitten sind und nur die Geräusche des Wassers noch wirklich scheinen. Schon gar nicht öffne ich die Augen, aus Angst vor dem Brennen und mehr noch davor, die Fische und Algen und Steine so nah zu sehen in gebrochenem Licht. Es kommt mir falsch vor, aber ich weiß, es ist nicht falsch, und das gefällt mir noch weniger. Man tritt in eine andere Wirklichkeit ein mit anderen Regeln, anderen Geschwindigkeiten, und mir ist bereits die eine Wirklichkeit zu viel, aber an diesem Tag sprang ich vom Steg ab kopfüber in den See. Einen Moment lang war es eisig, dann öffnete ich die Lider. Ich sah die Fische und Algen und Steine in der irisierenden Helligkeit, meine Arme zogen kraftvoll an den Seiten zum Körper. Was über der Wasseroberfläche lag, drang nicht bis hierher, und Karls Hand strich über meinen Rücken.

Lange blieben wir so, seine Hand zwischen meinen Schulterblättern, und mit der anderen kraulte er gegen den Auftrieb an. Unsere Beine spielten umeinander, dann blieben sie ruhig, seine Haut an meiner. Es heißt, man könne nur wenige Minuten unter Wasser bleiben, aber unser Leben verstreicht ja nicht gleichmäßig, es verdichtet sich oder zerfällt, bleibt stehen oder versinkt, und der hilflose Versuch, ihm mittels Uhrwerken einen Rhythmus aufzuzwingen, zeigt nur unsere Furcht, wir könnten die Kontrolle über etwas verlieren, worüber wir sie nie hatten. Die Wellen kräuselten das Licht, nur eine Spiegelung, hinter der alles weiterging. So unwahrscheinlich es war, Gott hatte mir noch einmal einen Wunsch erfüllt, obwohl er um uns herum bereits verschwunden war.

Karls Kopf durchschlug als erster die Wasseroberfläche, und dann tauchte ich neben ihm auf. Mein Herz pochte heftig, und meine Lungen sogen sich wieder voll Luft. Trotz der Kälte des Sees war das Schwimmen leicht, als zögen uns unsichtbare Fäden vorwärts. Vom Ufer her begannen die Kirchenglocken zu läuten, über die ruhigen Mauern des ehemaligen Jesuitenkollegs hinweg, und ich dachte, dass ich nie eine Vorstellung von der Seele gehabt hatte, von jenem Teil, der nicht nur körperlich war und zerstört werden kann wie eine Maschine, und ich fragte mich, ob es die Seele in unserer Zeit eigentlich noch gab.

Karl hätte es vielleicht gewusst, aber ich wollte nur neben ihm im Wasser treiben. Im Blau löste sich das gegenüberliegende Ufer auf. Brauns Haus zog fort und mit ihm die Trauer, die darum gehangen hatte, auch wenn ich heute sagen muss, dass sie fast eine Gnade war. Sie hatte ja sonst kaum noch Platz, war aufgelöst in Heldengedenken für die einen und Schweigen über die anderen. Wir vergaßen sie nicht einmal, weil man, um zu vergessen, vorher wenigstens im Stillen nach ihnen gefragt haben muss.

XIX

Durch das Fenster blickten wir auf den Lago Maggiore und die Dächer Asconas, dazwischen fächerten Palmen ihre Kronen auf. Karl saß auf einem Schemel, ein Handtuch um die Hüften, das Gesicht von der sinkenden Sonne angestrahlt. Natürlich war es für ihn nicht zu spät gewesen, um mit dem Zug zurück nach Luzern zu kommen, aber Karl hatte die kleine Pension am Rand der Altstadt vorgeschlagen, und ich war ihm durch den schattigen Garten gefolgt. An einem Baum wuchsen noch Feigen, und im Empfangsraum hatte eine alte Dame hinter einem zu hohen Tresen das Gästebuch aufgeschlagen. Schnell hatte ich meine Brieftasche wieder zugeklappt, als Karls Blick auf das Foto gefallen war.

Es mache uns nichts aus, das Zimmer zu teilen, hatte er erklärt, wir würden uns seit der Schulzeit kennen, und die Dame hatte mich prüfend gemustert.

Wie nett, hatte sie erwidert und uns einen Schlüssel mit schwerem Messinganhänger für Zimmer neun gegeben. Auch sie wird gewusst haben, dass man selten ohne Koffer reist.

Du solltest es dir nicht unnötig schwermachen, Hans. Mit manchen Fragen lässt man dich in Ruhe, wenn du verheiratet bist.

Ich saß auf der Bettkante und fühlte den Luftzug vom Fenster in meinem nassen Haar.

Bist du eigentlich aufrichtig mit dir?, fragte ich.

Aufrichtig?, fragte Karl belustigt. In einer besseren Zeit vielleicht. Marthe und ich … Wir haben keine Sehnsucht nacheinander, falls du das meinst. Wenn sie nicht da ist, denke ich wenig an sie. Aber ich will sie nicht verletzt sehen, das ist schon mehr, als diese ganzen Romantiker füreinander empfinden. In ihren Hochzeitsreden glänzen ihre ganzen Werte und noch mehr Gefühle, im Alltag sieht alles schon stumpf aus. Hast du dich eigentlich je gefragt, was mit den Fingern deines Vaters passiert ist?

Das weiß ich doch, gab ich zurück und wollte ihm die Geschichte erzählen von der Kaiserinwitwe Cixi, von den Boxern, die wie unzählige Jack Johnsons in den Ring stiegen, und von dem Orden, den mein Vater für die verlorenen Finger bekommen hatte. Da wurde mir zum ersten Mal bewusst, dass es nie mehr als eine Abenteuergeschichte für Kinder gewesen war.

Manchmal denke ich, du lebst noch immer in der Vergangenheit, sagte Karl.

Ich erinnere dich doch nur an sie.

Und wenn. Ich könnte dich ja verstehen. Wer wollte nicht wieder zurück, unter diesen Umständen. Aber die Sache mit Hellmut …

Der Himmel über dem See lag in gleißendem Orange, mit einem rötlichen Hauch um den Wolken, und auf der anderen Uferseite hatte die SS die Hotels durchkämmt und jeden erschossen, den sie für falsch befunden hatte. Natürlich hatte Karl recht, aus seiner Sicht und auch im Allgemeinen, und wären die Zeiten besser gewesen, wären es vielleicht auch die Menschen, sie wären nicht durch Pensionsflure gezogen und hätten andere Menschen aus ihren Zimmern gezerrt, um sie im Wald zu ermorden – und vielleicht waren auch gar nicht die Zeiten schlecht, sondern nur die Menschen. Die Sonne ging ja trotz allem mit solcher Pracht unter. Sie tut es auch jetzt noch. Sie schert sich nicht darum, was wir tun. Und wir denken so leicht, wir wären allmächtig, einige zumindest denken das.

Karl und ich saßen schweigend da, ich auf dem Boden neben dem Schemel, meine Schulter an seine Hüfte gelehnt. Mit der Hand strich er mir durchs Haar, und leise begann er zu summen. Ich brauchte eine Weile, bis ich die Melodie erkannte. Dann sang er mit der hohen, weichen Stimme von damals.

Wenn das meine Mutter wüsste
wie's mir in der Ferne ging!
Schuh und Strümpfe sind zerrissen
durch die Hosen pfeift der Wind.

Es war still, viel stiller als in meinem Schlafzimmer, in dem bis in die Nacht die Drohung von Fliegeralarm in der Luft hing. Wir waren nur noch Schemen im Dunkeln, aber ich wusste, dass er mich ansah. Er beugte sich zu mir, sein Mund war so dicht, dass ich seinen Atem spürte.

Pass bitte auf dich auf, flüsterte er.

Ich spürte die Wärme seiner Hand, sie fuhr meine Schläfe entlang über meine Wange.

Du weißt, wer Hellmuts Stiefmutter heute ist?, fragte er leise. Der Teufel, antwortete er selbst, und ich erschrak über das Wort, weil es in der Dunkelheit fiel und weil Karl nicht mehr flüsterte und vielleicht weil ich immer gedacht hatte, das Wort gehöre zu Magdas Mann.

XX

Mit einem Strauß Nilrosen stand ich vor Ninas Haus. Die Straße lag in Nikolassee, einer bürgerlichen Wohngegend, der Vorgarten war gepflegt, mit schmalen Beeten und einer Hecke. Nina kam an die Tür, nahm die Blumen entgegen, ich bekundete ihr mein Beileid, und im nächsten Satz schon fragte ich, ob sie am Abend mit mir ausgehen wolle. Es war pietätlos, aber wenn es den Heldentod jeden Tag mit größerem Rabatt gibt, wartet niemand mehr auf den angemessenen Moment.

Ich bin mir sicher, dass auch sie aus nüchternen Gründen zusagte. Ihre zwei kleinen Kinder mussten versorgt werden, und die Witwen wurden jeden Tag zahlreicher, was sie im Ganzen zwar sichtbarer, aber jede einzelne doch fast unsichtbar machte. Man ging Abmachungen ein, und daran ist nichts Verwerfliches.

Auf Empfehlung von Taube führte ich Nina ins Hotel Adlon am Brandenburger Tor aus, das noch keine Bomben abbekommen hatte. Der Speisesaal war holzvertäfelt bis unter die Decke, als säßen wir schon in einem Sarg, und die Menschen an den Nachbartischen merkten nichts. Sie lachten, sie tranken, sie amüsierten sich.

Es war befremdlich, in dieser Stadt auszugehen, in diesem Land, das einen Krieg verloren hatte, aber noch so tat, als wäre es anders. Im Osten hob man Gruben aus, in die junge Soldaten kotzten, weil sie den Gestank nicht ertrugen, und die Menschen, die sich eine Handtasche an die Brust gedrückt hatten, um den gelben Stern zu verbergen, waren von der Straße verschwunden. Es herrschte eine schwindelerregende Freiheit, keine Moral mehr zu kennen, nur noch die spießbürgerlichen Sitten, und ich spürte, wie schnell ich wieder hineinwachsen könnte, bliebe ich nur ein paar Monate, ein Jahr, vielleicht zwei in dieser Stadt und käme durch auf einem Posten im Ministerium dieses untoten Reichs.

Nina erzählte schleppend von Grimms Märchen, die sie ihren Söhnen vorlas, von den Schuhen, in denen eine Stiefmutter sich zu Tode tanzte, ich habe vergessen, in welcher Geschichte. Sobald ich nach ihrem Alltag fragte, wurde ihr Blick abwesend, und Nina begann mit ihren kräftigen Fingern die Serviette zu falten. Als der Kellner sich ein weiteres Mal unserem Tisch näherte, bat sie mich, Wodka zu bestellen. Ich sagte ihr, dass Wodka nicht auf der Karte stünde.

Richten Sie dem Chef Grüße von Georg aus, dann steht er auf der Karte.

Nach dem ersten Glas wurde sie lebhafter. Mein Großer verschlingt jeden Tag solche Mengen, erzählte sie, die sind in der Kriegswirtschaft nicht vorgesehen, und der Kleine fragt nach seinem Vater, was soll ich ihm denn sagen? Dass sein Vater ein Held ist oder ein Idiot? Bestellen Sie uns noch einen Wodka, Hans.

Auf dem Rückweg hing sie in meinem Arm, ihre Füße fanden nur durch Zufall ihre Richtung. Sie lallte. Sie wollte etwas, aber ich verstand nicht, was es war. An diesem Abend begann ich sie zu mögen, weil sie auf nichts mehr etwas gab. Sie war lebendig, auch wenn es nur noch das Ausspucken von Leben war. Wenig später übergab sie sich im Bad meines Hotelzimmers, ich hörte das Würgen und Röcheln und dachte an Faulberger und an das, was da draußen lag, hinter der Tür, jenseits dieses Flurs, außerhalb dieser Stadt und mitten in ihr.

XXI

Lange hatte ich keine Vorstellung von Liebe. Ich habe einige Verwirrungen darunter gesammelt, die doch je etwas anderes, vielleicht sogar Gegensätzliches meinten. Große Gefühle sind selten, angepriesen in Romanen, die verkauft werden wollen, verklärt von Menschen, die zu verführen wissen. In Wirklichkeit ist zwischen einem Irren und einem Verliebten der Unterschied gering, und ich weiß nicht, warum man vor dem einen Angst hat und den anderen beneidet. Ich hatte Magda gesehen und den Minister, da waren sie, die großen Gefühle. Es war doch besser, man hielt sich davon fern.

Als ich Nina fragte, ob sie meine Frau werden wolle, geschah es schlicht und geordnet, so als fragte ich mich selbst, ob es nicht Zeit wäre, eine größere Wohnung zu nehmen oder in ein ruhigeres Viertel zu ziehen. Ich hatte dafür gesorgt, dass man auch in der Wilhelmstraße Kenntnis von meiner Verlobung erhielt. Geordnete Verhältnisse halfen, und nun waren sie eben das, was Liebe meinte. Alle anderen hatten es immer schon gewusst. Auch Karl, Karl vor allem.

Aus Bern hatte Rothmund herzlich für meine Grüße gedankt. Gern erinnere er sich unseres Treffens in Berlin. Dass man in Zürich Einwände gegen mich haben könnte, glaube er zwar nicht, werde aber diesbezüglich bei Konsul Dienstmann ein Wort für mich einlegen. Mit vorzüglicher Hochachtung. Sig. Rothmund.

Ich erzählte Karl am Telefon von der Verlobung. Wir würden das Trauerjahr noch abwarten, die Hochzeit fände im Juli statt. Es war ein kurzes Gespräch. Karl gratulierte mir und versicherte, bald würde ich merken, wie viel leichter das Leben werde.

Ist sie in Ordnung?, fragte er noch.

Wir reden nicht über Politisches, aber ich glaube, seit dem Tod ihres Mannes denkt sie über manches anders. Du wirst sie kennenlernen, wenn wir in der Schweiz sind. Auf die Stelle in Zürich rücke ich noch in diesem Jahr.

Du arbeitest weiter für das Regime?, fragte er.

Ich bin Beamter, ich arbeite für unser Land, und es wird auch wieder ein anderes Deutschland geben.

Ich bin mir da nicht so sicher, Hans.

Jedenfalls, Nina und ich …

Ich denke, ihr solltet erst einmal zu zweit bleiben, unterbrach er mich.

Im Gegenlicht sah ich ihn am Fenster in Ascona, er griff nach meinem Arm, und ich dachte nur ein Wort. Verräter.

Es freut mich für dich, dass du heiraten wirst, sagte er. Du wirst sehen …

Ja, ich werde sehen, schnitt ich ihm das Wort ab. Dann legte ich auf.

XXII

Am letzten Dienstag des Novembers drangen in den Schweizer Luftraum Flugzeuge ein, deren Nationalität nicht zu erkennen war. Sie flogen einige Minuten in östlicher Richtung, ehe sie wieder abdrehten. Die Berge wurden an diesem Tag flacher, trotzdem waren sie noch das Sicherste, was dieser Kontinent bot, und als mir der Hausverwalter die Wohnung in der Zürcher Rütistraße öffnete und die Schlüssel übergab, fühlte ich mich erleichtert, als radiere jemand meinen Namen von einer Liste.

Ich öffnete den Reisekoffer, die Kisten warteten noch am Grenzbahnhof Chiasso auf den Zoll, und hängte die vergilbte Fotografie von Waldemar inmitten meiner schattenhaften Vorfahren im Salon auf. Die *Buddenbrooks*-Ausgabe mit der Widmung einer unleserlichen Tante stellte ich auf den Schreibtisch. Dann setzte ich mich und schrieb einige Zeilen an meine Mutter.

Als ich aufsah, war die Dämmerung schon so weit fortgeschritten, dass ich nur mehr die Lichter der Nachbarhäuser in der leicht abschüssigen Hanglage sah. Ich saß sehr aufrecht und fühlte die Leere in der Beletage des Konsuls Kesselbach, die aber doch nur natürlich war in einer Wohnung, in der die Mehrzahl der persönlichen Dinge erst in den kommenden Tagen eintreffen würde. Es war alles richtig so, es war nicht anders gegangen. Den Gefallenen musste man im Zweifelsfall zurücklassen, um sich selbst aus der Schusslinie zu bringen.

Am nächsten Morgen machte mich Konsul Dienstmann mit meinem Vorgänger bekannt, der für einige Tage in die Schweiz zurückgekehrt war, um mich einzuarbeiten, ein nervöser leiser Mann, der sich für Schopenhauer und Schiller interessierte und alle zehn Minuten seine Brille abnahm, um sie zu putzen. Er war vor wenigen Wochen nach Berlin beordert worden, die Gründe nannte man mir nicht, und ich fragte nicht danach, ich war froh, auf seinen Posten zu kommen.

Er wirkte erschöpft, seine Nase spitz und sein Kinn fliehend. Während wir die Akten durchblätterten, fragte er mich mehrmals, in welchem Jahr wir gerade wären, und seine Brille blieb keine drei Minuten auf der Nase.

Ich nahm an, er müsse eine Nacht ausschlafen, aber entweder schlief er nicht, oder es reichte nicht aus, am nächsten Tag saß er ebenso fahrig vor mir, die Dossiers rutschten ihm aus der Hand, Stifte fielen zu Boden, es geht, es geht, sagte er und griff nach seinem Putztuch. Ich meinte, die Gläser würden ihm bald zwischen den Fingern zerbrechen, und betrachtete die blaue Ader, die an seiner Schläfe schwoll.

Ich war lange nicht mehr in Berlin, wissen Sie. Es ist doch ein anderer Ton … wie soll ich sagen, ein anderer Geist … will meinen, eine andere Welt, die sich da dreht. Finden Sie nicht?

Meine Verlobte wohnt in Berlin.

Oh. Mein Vorgänger schlug knallend sein Tüchlein aus. Oh.

Am nächsten Tag ließ er sich von einem befreundeten Psychiater in eine Nervenheilanstalt in Kreuzlingen einweisen. Man attestierte ihm einen Zusammenbruch. Es war die deutsche Krankheit, die in der Schweiz grassierte. Ich hörte, man stecke sich leicht an.

Juli 1944
Was wir sind

I

Die Operation in Breslau, sagte der Dresdner Arzt, ist gut verlaufen. Die Schmerzen können trotzdem wiederkommen. Auch die Ticks. Im schlechtesten Fall die Lähmung. Sie kann im Prinzip gar nichts dafür, der Trigeminus zieht sich durchs Gesicht, und wenn etwas ihn reizt, wird sie zucken. Die menschlichen Nerven sind eigensinnige Gewächse, sie lassen uns noch das feinste Zittern mit Heimtücke spüren. Ohne Nerven kein Schmerz. Warum hat uns die Natur wohl mit solch bösartigen Fäden durchzogen?

Damit wir etwas empfinden, sagte ich.

Der Arzt lächelte mich durch seine getönten Brillengläser an.

Ohne Nerven wären wir Götter, und was Frau Goebbels anbelangt, vermutlich wird man noch eine dritte Operation durchführen müssen. Aber sagen Sie ihr das nicht.

Ihr Krankenzimmer war hell, große Fenster gaben den Blick auf ein Waldstück und auf benachbarte Villen frei. Zur anderen Seite hin lag der Elbhang, und unten bog sich der Flusslauf zwischen Schloss, Ständehaus und Hofkirche, die Kuppel der Frauenkirche wölbte sich zum Himmel. Die barocke Schönheit der Stadt hatte mich schon bei meiner Ankunft erschöpft, unter deren Dächern so viel Nacht und Schlaf lag. Hier konnte man alles vergessen. Die Welt war in Frieden und in ihr dieses Land. Im Osten, weit weg von hier, bröckelte das Reich, verfiel, kippte in die Tiefe, und selbst der Propagandaminister musste von Wundern reden, um weiter glauben zu machen, irgendetwas sei noch zu gewinnen.

Magda hatte sich in den Kissen aufgerichtet. Ihre linke Wange war geschwollen, ein Speichelfaden lief ihr aus dem Mund, und ich konnte nicht sagen, ob sie sich freute, mich zu sehen. Jede Mimik war aus ihrem Gesicht verschwunden wie bei einer Toten.

Schalt das ab. Magda wies auf den Volksempfänger. Was redet er heute für einen furchtbaren Quatsch, nuschelte sie. Ich sah das Röhrchen mit den Schlafmitteln neben dem Radio liegen und drehte die Stimme des Führers lautlos.

Hättest du mir geschrieben, ich hätte dir untersagt, herzukommen. Aber jetzt bist du hier … Dann sollst du das hier eben sehen. Sie verschliff die Vokale, und ich hörte ihr die Schmerzen beim Reden an.

Ob ich nicht eines der Fenster öffnen solle, schlug ich vor.

Ich rieche schon, nicht wahr? Die Ärzte behaupten, ich sei zweiundvierzig und hätte noch viel vor mir. In Wahrheit bin ich weit über siebzig. Jedes Kind hat mich fünf Jahre älter gemacht.

Das ist nur die Operation, es wird wieder besser.

Nichts wird besser. Sie brauchen mich noch für die Filmaufnahmen. Darum flicken sie mich wieder zusammen. Aber wenn der Krieg vorbei ist, lassen sie mich fallen, und Opium geben Sie mir schon jetzt nicht, Jupp hat es untersagt.

Cognac wohl auch nicht?

Magda hob nur die Braue. In den Briefen hatte sie von ihrem Glas gegen schwere Gedanken geschrieben, und ich nahm an, dass die Gedanken bereits mit dem Aufwachen kamen und bis zum Abend nicht gingen, dass sie selbst ihre Barbiturate noch mit Schnaps herunterspülen wollte.

Als ich den Flachmann aus meiner Jackentasche zog, hellte sich ihr Blick auf. Ich spürte ihre kalten Finger an meinen. Um ihr nicht beim Trinken zuzusehen, blickte ich zu den Nilrosen, die ich mitgebracht hatte. Vor einer Woche war Hellmuts siebzehnter Todestag gewesen. Pritzwalk war weit, und Paris war es auch, Namen aus einer anderen Zeit, und Hellmut saß mit Zigarre und Cognacschwenker zurückgelehnt in einem Chesterfield-Sessel und wies mit der Glut der Zigarre in den Raum. Er hatte das harmlose Gesicht eines Elfjährigen. Hätte er dem Bau der Baracken zugestimmt wie sein Bruder und sein Vater? Hätte er die Zwangsarbeiter angenommen, die man schon vor Jahren schickte? Hätte er irgendwann aufgehört, Magda zu lieben?

Da draußen, eine so prächtige Oper, sagte sie, ohne zum Fenster zu blicken. Und nachts der Fliegeralarm.

In zwei Tagen heirate ich, hörte ich mich sagen und fühlte einen schwachen Triumph. Sie konnte nicht länger glauben, ich ließe jede Frau ihretwegen ziehen. Und doch wartete ich auf etwas. Auf ihre Billigung, ihren Einwand. Dabei wusste ich doch, wer sie war, und ich wusste es nicht mehr, glaubte wieder, die junge Madame Quandt könne zurückkommen mit einem Leben vor sich, das anders verliefe, drehte sie sich nur zufällig weg, hörte sie jene Kränkung nicht, übersähe diesen abschätzigen Blick, begegnete sie Prinz Auwi an einem anderen Tag, versäumte sie diese eine Rede des Gauleiters.

Was ist der Zufall, dass wir ihm anlasten, was wir tun? Dass wir ihn haftbar machen und glauben, er lege Rechenschaft für uns ab? Madame Quandt konnte nicht wiederkommen, weil sie ja bereits vor mir lag, die geschiedene Frau Quandt, verheiratete Goebbels, und natürlich würde auch diese Trennung nicht endgültig sein, es gibt keine endgültige Trennung, und man entkommt nicht der Geschichte, die man selbst schreibt.

Auf euch. Magda hob den Flachmann, das Metall klirrte an ihren Zähnen. Du musst ja auch einmal einsehen, dass Heiraten genauso vergebens ist wie alles andere.

Sie fragte nicht nach meiner Verlobten oder ob ich glücklich sei, diese nichtssagenden Höflichkeiten, die man gewöhnlich auf eine solche Nachricht folgen lässt. Sie zog nur den kleinen Tisch neben ihrem Bett heran und hob eine Karte der angefangenen Patience.

In Lanke weckt meine Mutter mich nachts, sagte sie. Sie steht in der Tür und sagt mir, wir sollen sie morgen früh aus dem See holen. Vielleicht sollte ich einfach mit ihr gehen. Wenn wir verlieren, werden sich die Alliierten an mir rächen. Und wenn wir gewinnen … Dann lässt Jupp sich scheiden. Weit über siebzig, und vor mir liegt nichts mehr.

In der Schweiz ist es ruhig. Du könntest mit den Kindern …

Die Kinder wissen nichts. Sie lieben es, im Ponywagen zur Schule zu fahren.

Für ein paar Wochen bloß.

Ein paar Wochen! Magda lachte abfällig. Die Kinder habe ich fürs Reich bekommen. Was sind sie danach?

Du weißt, wer diesen Krieg beenden kann. Auf dich als Frau würde er anders hören als auf seine Generäle.

Eine Frau versteht nichts vom Krieg.

Auf dich als Mutter.

Mit plötzlicher Unruhe versuchte sie sich in ihrem Bett aufzurichten.

Was ist das da draußen? Was passiert da?

Vor dem Krankenhauszimmer war eine Krähe gelandet. Ihr kräftiger schwarzer Schnabel pickte nach etwas. Ich trat an die Balkontür und sah die kleine Kuhle auf dem Boden, in der sich Wasser gesammelt hatte. Ein fahler Wurm ringelte sich darin.

Die Welt, die danach kommt, ist es nicht mehr wert, in ihr zu leben, hörte ich Magda. Die Besten sind dann gefallen. Alle, die unsere schöne Idee getragen haben. Was von den Deutschen bleibt … nach dem Zusammenbruch … nur der Bodensatz … Abschaum … Manchmal wache ich auf und denke, jetzt ist es so weit. Die Russen sind viel näher, als Jupp im Radio zugibt.

Als ich mich wieder zu ihr drehte, sah ich den Schweiß auf ihrer Stirn, doch ihr Blick war vollkommen klar und blau.

II

Im Hotelzimmer zog ich das Foto aus meiner Brieftasche und betrachtete es eine Weile, Hellmuts schläfrigen Blick, Magdas damals noch weiche Gesichtszüge, mit einem spöttischen Zug um den Mund. Als Kind hatte ich kein Bild vom Teufel, vielleicht, weil ich auch keine Vorstellung vom Tod besaß. Meine Eltern hatten mir Angst vor ihm einzureden versucht, wenigstens Respekt, aber ihre Geschichten malten mir doch nur ein Tier mit rotem Fell, das aufrecht auf Ziegenhufen stand, die Hitze liebte und mich weniger erschreckte als die Zeichnungen im *Struwwelpeter*.

Ich weiß nicht, ob die Fantasie von Kindern überhaupt für ihn reicht. Der Teufel ist geschickt, hochintelligent, frei von Demut, er verführt aus Prinzip. In den Museen von Mailand bis Florenz hatte ich zahlreiche Darstellungen von ihm gesehen, melancholische, hochmütige und hinterhältige Gesichter, die mir seinen Hohn nicht wirklich zu fassen schienen. Denn eigentlich tut er doch nichts. Er bringt uns bloß gegen uns selbst auf und lockt uns zu zerstören, was wir für unseren Kern gehalten haben, und wir flüstern uns ein, hier, erst hier bei ihm, würden wir wahrhaftig, im einzigen Reich, das wirklich ist. Angst jedenfalls hatte ich immer nur vor den Madonnen.

Leise summte ich den Schlager im Radio mit. Morgen würde ich in Berlin mit Ninas Vater zu Abend essen, wir würden so tun, als wäre es eine gewöhnliche Zeit für eine Trauung. Es kam ja nicht mehr darauf an, der eine log hier und die andere da, und es waren schon Ehen aus schlechteren Gründen als meinen geschlossen worden. Man schmiedete Pläne des kleinen Glücks, um alles andere beiseitezuschieben, und für den großen Tag hatte sich sogar Annie angekündigt.

Der Führer ist unverletzt, hörte ich den Nachrichtensprecher das Musikprogramm unterbrechen. Die Revolte einiger verbrecherischer Offiziere niedergeschlagen!

Ich hockte mich vor den Empfänger, als könnte ich dadurch besser hören. Ein Attentat im Führerhauptquartier, sagte er, dann setzte die Musik wieder ein.

Ich eilte hinunter zum Empfang, bat um eine Telefonverbindung nach Zürich und zog mich in die Kabine zurück. Der Generalkonsul war bereits im Feierabend, erfuhr ich, und mein Kollege Gisevius noch nicht aus Berlin zurück.

Nicht zurück, wiederholte ich.

Als ich mich umdrehte, sah die Rezeptionistin zu mir herüber, einen Hörer am Ohr. Sofort legte ich auf und überlegte, was ich eben gesagt hatte. Es war nichts Verfängliches, nur meine Hast hatte mich verdächtig gemacht.

Ich lächelte ihr zu und ging hinaus auf die Straße. Die Luft war drückend, und ich meinte das Heulen einer Sirene zu hören. Meine Schritte beschleunigten sich, im Gehen tastete ich nach meiner Brieftasche. Geld, Ausweispapiere. Der Bahnhof lag keine zehn Minuten entfernt. Im Schaufenster eines Ledergeschäfts sah ich Reisetaschen, doch es hatte bereits geschlossen. Ich eilte weiter, um ohne Gepäck eine Fahrkarte für den Nachtzug nach Frankfurt zu lösen und von Frankfurt eine Karte nach Zürich. Natürlich war das verdächtig, alles an mir war es, ich konnte es nicht mehr vermeiden.

Nur ein Mann saß mit mir im Abteil, der sich als Handelsreisender namens Gerber vorstellte und mir Ausschnitte seines Lebens aufdrängte, das zwischen dem Vertrieb kriegswichtiger Stoffe und dem Stolz auf seine Tochter verlief, die beim BDM nun die Fahne trug.

Ich habe einmal einen Textilproduzenten gekannt, der das ganze Heer mit Uniformstoffen beliefert hat, erzählte ich.

Was Sie nicht sagen!

Den Krieg hat Deutschland trotzdem verloren. In zwei Tagen werde ich in Berlin heiraten.

Dieses Mal klang es fast schon glaubwürdig, und ich wiederholte es in Gedanken: Ja, in zwei Tagen war ich ein verheirateter Mann, wie die meisten Männer meines Alters, und niemand würde mehr Anstoß an mir nehmen.

Aber verzeihen Sie, warf Herr Gerber ein, wenn Sie in Berlin heiraten, fahren Sie in die falsche Richtung.

Verwandtschaft, sagte ich so entschieden, dass sich Herr Gerber keine Nachfrage traute.

Während der Fahrt wurden wir mehrmals kontrolliert, und in Weimar schien es größere Probleme zu geben. Auf dem Bahnsteig diskutierte der Schaffner mit einem Gleiswärter, der Lokführer stand mit einer Zigarette im Mund dabei. Herr Gerber bat mich, auf sein Gepäck aufzupassen, und trat hinaus, um sich einzubringen. Mir fiel das Foto ein, das noch auf dem Schreibtisch des Hotelzimmers lag. Ich kann nicht sagen, warum gerade das Bild mir Sorgen bereitete. Die Rezeptionistin hatte meinen Namen im Gästebuch notiert, und spätestens morgen würde dem Zimmermädchen auffallen, dass ich verschwunden war.

Der Zug fahre nicht weiter, verkündete Herr Gerber, als er sich wieder zu mir setzte. Er war sehr aufgebracht, denn er wollte nur bis Erfurt, was nicht mehr weit war, und ich

glaube, er hätte sich weniger ereifert, wäre der Zug bereits kurz hinter Dresden liegen geblieben. Und Berlin ist abgesperrt wegen des Attentats!

Das waren bestimmt die Briten, entschied er, und ich bemerkte, es wären gewiss die Juden gewesen, hätte man sie nicht alle fortgeschafft.

Gerber ließ sich von meinem Einwurf nicht beirren und sprach weiter von dem Vorfall in der Wolfsschanze, wob Details ein, von denen ich nicht wusste, ob sie dem Gespräch mit dem Schaffner oder Gerbers Fantasie entsprangen, und ich fragte mich, wo Taube wohl an diesem Abend war. Es war, wenn man so will, mein Glück, dass ich noch nicht in Berlin mit Ninas Vater bei Zigarre und Cognac über die Zukunft seiner Tochter sprach, während die Hauptstadt abgeriegelt wurde und ich festgesessen hätte. Wehrmachtsverbände rückten aus, um Straßensperren im Regierungsviertel zu errichten, doch wie ich später erfuhr, gelang es ihnen nicht einmal, das Haus des Rundfunks zu besetzen, dessen länglichen Klinkerbau ich so gut kenne, er liegt nur wenige Meter entfernt von Magdas ehemaliger Wohnung an jenem Platz, der einmal Reichskanzlerplatz hieß.

Als die ersten Fahrgäste ihre Sachen packten, um auszusteigen, kam jemand mit der Nachricht, der Zug werde doch fahren, aber man müsste auf Weisung warten. Von wem oder worüber, wusste niemand, und Gerber blies seine Backen auf.

III

Kleider machen Leute. Meine Mutter nickte mir anerkennend zu, und ich sah an mir herab, auf die Manschetten meines Brautanzugs, und im Revers steckte Flieder. Karl stand mit dem Rücken zu mir vor dem Altar, das Priestergewand fiel ihm breit über die Schultern, als er den Kelch in die Höhe hielt und etwas murmelte, aber wir wussten beide, dass die Wandlung auch dieses Mal misslang. Ich drehte mich um, in der Kirchenbank saß mein Vater nach vorn gekippt, die Stirn auf dem Holz der Vorderbank. Damit werden Sie nicht durchkommen, sagte der Mann neben ihm. Erst jetzt erkannte ich den Gefreiten Kolljatschek, denn anstelle der Uniform trug er Richterrobe, und ehe ich ihm etwas zu meiner Verteidigung entgegnen konnte, setzte der Hochzeitsmarsch ein, und durch das Kirchenportal traten Hellmut und Magda in langen weißen Hemden.

Als ich die Augen aufschlug, fiel bereits Morgenlicht in das bäuerliche Pensionszimmer. Es roch nach Stroh, das in Garben als Zimmerschmuck von der Decke hing. Herrn Gerber hatte ich in Erfurt alles Gute für seine kriegswichtige Produktion gewünscht und ihm durchs Abteilfenster gewinkt, während sich der Zug wieder in Bewegung setzte. In Gotha hatte uns der Schaffner endgültig die Hoffnung genommen, heute noch Frankfurt zu erreichen, und wir waren auf die Gasthöfe in Bahnhofsnähe verteilt worden.

Ich konnte höchstens drei Stunden geschlafen haben, trotzdem stand ich auf und machte mich mit fahrigen Griffen über der Waschschüssel frisch. Erst als Blut auf das Porzellanweiß tropfte, merkte ich, dass ich mich mit dem geliehenen Rasierer geschnitten hatte. Ich spürte nichts, als wäre meine Haut betäubt, drückte das Handtuch auf die Wunde.

Am Bahnhof war ich der erste Passagier. Die Sonne hatte bereits die Dämmerung geschluckt, und die Schienen strahlten in fahlem Licht. Vor meinen Augen surrten sie vorbei, immer schneller, als wären es nicht die Zugräder, die sich bewegten, sondern die Schienen selbst, und ich dachte schon, ich würfe mich einfach auf sie und ließe mich von ihnen bis Frankfurt tragen, Hauptsache weg, weg, nur weg. Aber vielleicht führten die Gleise gar nicht nach Frankfurt, vielleicht waren gerade dies die Gleise in den Osten. Ich starrte auf die Metallstränge, wie sie surrten, schnell, immer schneller, und wich einen Schritt vom Gleisbett zurück.

Sie wollen eine Fahrkarte?

Entsetzt sah ich den Bahnwärter an. Sein altes, rundes Gesicht wirkte starr wie bei einem Zinnsoldaten, und nur der tabakgefärbte Bart raschelte, als er die Lippen aufeinanderpresste. Wir standen uns gegenüber, einige Minuten vielleicht oder wenige Sekunden, bis ich zur Besinnung kam.

Um zehn Uhr war ich in Neuruppin. Mir waren die Stunden im Zug endlos vorgekommen, und doch, als ich sie mir jetzt zusammennahm, schienen sie keine zwanzig Minuten lang. An jedem Halt hatte ich eine weitere Erinnerung abgestreift, alle die Bilder, die mein Denken so schwer gemacht hatten. In Dossen zog ein Steg an mir vorbei, Holzplanken, ein Sprungsockel, und ein Jungenkörper federte in die Höhe, ehe er sich kopfüber ins Wasser stürzte. Dann ließ ich auch diese Erinnerung los.

Wir standen schon eine Weile am Bahnhof von Wittstock,

länger als gewöhnlich. Auf dem Bahnsteig patrouillierte SA, und ich lauschte auf Schritte im Gang. Jemand hustete. Etwas wurde über den Boden geschleift. Der Reisende mir gegenüber las die Morgenzeitung, sie meldete den vereitelten Mordanschlag und eine Feldschlacht an der Westfront.

Zwei Polizeibeamte verstellten unsere Abteiltür. Der Größere hatte eine gefurchte, nackte Oberlippe, und sein Kollege roch nach Zigarettenqualm. Er kontrollierte zuerst mein Gegenüber, dann wandte er sich zu mir. Ich gab ihm den Pass, er schlug ihn auf, betrachtete das Foto, das ihm nicht genügend Ähnlichkeit mit mir zu haben schien oder doch zu viel, und ich spürte meinen Körper schwer im Sitzpolster, meine Muskeln waren betäubt. Dann reichte er mir den Pass wortlos zurück. Jeden Moment würde einer der beiden hinauswinken, und die SA-Männer kämen in den Waggon, um mich festzunehmen. Das war ihre Aufgabe. Überhaupt dafür gab es sie ja.

Gute Reise! Die Beamten wandten sich ab, und der Kleinere riss die Tür hinter ihnen zu. Auf dem Bahnsteig schob er sich die Mütze in den Nacken und rieb sich die Stirn. Der Zug fuhr langsam wieder an. Ich wollte das Fenster öffnen und ihnen zurufen, dass sie gründlicher meinen Pass durchschauen müssten. Dass ich mit Sicherheit auf einer Liste stünde. Dass die Verräter in jedem Abteil säßen.

Draußen zogen die Fachwerkhäuser und flachen Schuppen vorbei, ein See glitzerte auf. Ich saß reglos und blickte aufs Fenster. Durch die Birken ging sanfter Wind. Darüber legte sich die Spiegelung meines Gesichts. Die geraden Linien des Bendlerblocks. Das schläfrige Wasser des Kanals.

IV

Von Charlottenburg war Pritzwalk keine drei Stunden mit dem Zug entfernt. Am Bahnhof wurde seit einem halben Jahrhundert die Wolle von den Häfen im Norden umgeschlagen, und die fertigen Uniformen für die Armee wurden in die Waggons nach Berlin verladen. Man brauchte wieder viele davon. Die Kirchturmuhr läutete hier blechern, und zwischen den Fachwerkhäusern wuchsen an manchen Ecken die Straßenzüge vier Stockwerke hoch, als reckten sie sich zu einer großen Stadt. Ein Bach floss an der Fabrik außerhalb der Stadtmauer entlang, und oben flatterten über den glasierten Zinnen die Hakenkreuze. Hinter den großen, gleichförmigen Fenstern webten sie noch immer die Uniformen, wie jene, die schon mein Vater getragen hatte, mit dem dichten Maschenlauf, der mir als Kind zugleich Vertrauen gab und Angst gemacht hatte, nur hatten sie jetzt keine Merinowolle mehr, und die Männer an den Maschinen trugen die gestreifte Kluft der Zwangsarbeiter.

Was Ihr seid – das waren wir
Was wir sind – das werdet Ihr

Ich hatte eine Weile auf den metallenen Schriftzug geblickt, ehe ich durch das Tor des Friedhofs trat. Neben der kleinen Kapelle war ein Grab frisch aufgeworfen, der Blumenschmuck welkte in der Sommerhitze, und hinter der Friedhofsmauer klapperte ein Pferdefuhrwerk über die Landstraße nach Perleberg. Die Automobile hatten sie ja fast alle eingezogen, und es gab kaum noch Benzin. Die

Wege hier drinnen waren geordnet, die an den Boden gedrückten Steinplatten trugen Jahreszahlen und Namen, damit sich irgendjemand erinnerte, und dieser Irgendjemand war wahrscheinlich auch schon tot.

Weiter hinten, auf dem von der Stadt abgewandten Teil des Friedhofs, leuchtete der Grünspan zwischen den Tannen. Langsam ging ich auf das weiße Gebäude mit der Kupferkuppel zu. Durch die schmalen Fenster fiel kaum Licht in den runden Bau. Die drei älteren Grabsteine davor waren unleserlich verwittert, und über der Tür prangte nur der Familienname: Quandt. So reich, so mächtig, und doch verschwanden sie hinter einem kalten, klaren Schriftzug.

Ich hörte zuerst die Wespen im Gebüsch summen, und dann entdeckte ich den angebissenen Apfel. Danach erst sah ich die Krähe neben der Bank. Ich trat an sie heran, und sie hüpfte beiseite, nur ein Stück. Sie folgte mir seit Dresden, seit meinem Besuch im Sanatorium. Magda, dachte ich, musste noch in der Nacht gestorben sein. Natürlich gaben sie in den Nachrichten nicht bekannt, dass die erste Frau des Reichs in der Klinik eingeschlafen war mit einer Mischung aus Barbituraten und Cognac und einem Ausblick auf Villen und Wald. Direkt nach dem Attentat konnte das keine Meldung sein, und warum sollten sie es auch zugeben, sie hatten ja alles außer das Lügen verlernt. Es gab auf den Straßen keine Menschen mehr, die nicht hineinpassten, es gab sie nur noch in den Fabriken, in Sachsenhausen, in Hannover-Stöcken und unter den glasierten Zinnen.

Eigentlich hätte ich in Berlin sein sollen und mit meinem künftigen Schwiegervater eine Zigarre rauchen. Aber es war gut, auf dieser Bank zu sitzen, auf der mich niemand fand, weil man hier nur nach den Toten suchte. Morgen hätte ich geheiratet und dann ein friedliches Leben in der Schweiz geführt, wer hätte mir noch etwas anhaben können? Nicht die Flieger, die vor Basel abdrehten, nicht die SS, nicht die Bilder, die aus dem Osten kamen und aus Berlin. Die Welt ging weiter, für irgendjemanden geht sie immer weiter, und ich wollte nur Blumen an Hellmuts Grab bringen, einen Nelkenstrauß, ich hatte es seit vielen Jahren vor, seit siebzehn, um genau zu sein, aber das Geschäft neben der Kirche verkaufte nichts mehr. Die Beerdigung hatte ich damals versäumt, sie fand lange vor diesem Krieg statt, und auch wenn ich weiß, dass er damit nicht angefangen hat, denke ich wieder an Hellmuts Mutter und an den Vater von Karl, der nicht zurückgekommen ist wie viele Väter. Ich denke an die leere Hand meines Vaters, aus der die Schulterklappen gefallen sind. An den Soldaten, der zu tief eingeatmet hat, und an Franz Rubinroth vor meinem Haus. An das schmale Röhrchen mit Barbituraten auf dem Nachttisch. An Madame Quandt, die einmal Friedländer hieß, und an den Jungen, der eines Morgens blass und schmal in unsere Klasse kam. Er starb sehr jung, fast noch ein Kind. Ich hätte ihn wohl gern einmal wiedergesehen.

Am 28. April 1945 schreibt Magda Goebbels im Abschiedsbrief an ihren ältesten Sohn Harald von der *Treue bis in den Tod dem Führer.*

Am ersten Mai, einen Tag nach Hitlers Suizid, löst sie Barbiturate in heißer Schokolade auf und bringt sie ihren sechs jüngeren Kindern, die in einer Kammer im Führerbunker in ihren Betten liegen. Unklar ist, ob Magda selbst die schlafenden Kinder daraufhin mit Zyankali tötet oder ob es der Arzt Ludwig Stumpfegger für sie tut.

Sie selbst begeht noch am selben Tag zusammen mit ihrem Mann Selbstmord.

Nach dem Krieg führt ihr Sohn Harald zusammen mit seinem Halbbruder Herbert die Unternehmensdynastie fort. Die Quandts sind bis heute eine der reichsten und wirtschaftlich mächtigsten Familien Deutschlands.

Laut den Aufzeichnungen Auguste Behrends hieß Magdas junger Liebhaber während ihrer Ehe mit Günther Quandt nicht Hans Kesselbach, sondern Fritz Gerber. Sie habe den Studenten nach ihrer Amerikareise auf einem Ball kennengelernt, über einen früheren Umgang der beiden war Auguste Behrend nichts bekannt. Er soll auch nicht aus Berlin, sondern aus einer wohlhabenden rheinländischen Familie gekommen sein. Mit letzter Gewissheit lässt es sich nicht mehr sagen. Vielleicht hieß er doch Hans Kesselbach und war eben so, wie hier beschrieben.

Quellen

S. 55: »Und wie sie … für alles Schöne Interesse gewinnen.« Vgl. die Aufzeichnungen von Günther Quandt, zitiert nach Rüdiger Jungbluth: *Die Quandts. Ihr leiser Aufstieg zur mächtigsten Wirtschaftsdynastie Deutschlands*, Campus Verlag, Frankfurt am Main 2002, S. 80.

S. 88 f.: »Ein verarmter Schwuler … bessere Beleuchtung.« Vgl. Magnus Hirschfeld, zitiert nach Rainer Herrn: *Der Liebe und dem Leid. Das Institut für Sexualwissenschaft 1919-1933*, Suhrkamp Verlag, Berlin 2022, S. 15.

S. 100: »… sie erzählte mir von der alten Ostpreußin … kennengelernt hatte.« Vgl. Anja Klabunde: *Magda Goebbels. Annäherung an ein Leben*, C. Bertelsmann Verlag, München 1999, S. 23 f.

S. 226 ff.: »SS-Hauptsturmführer Palmer …« Das Generalkonsulat wurde um den Jahreswechsel 1941/42 mit dem SS-Hauptsturmführer und späteren Biografen von Magda Goebbels, Hans-Otto Meissner, neu besetzt. Meissner, Sohn von Otto Meissner, dem damaligen Staatssekretär und Leiter der Präsidialkanzlei Hitlers, ist in einigen Punkten Vorbild für Palmer. Im Roman *Webers Protokoll* (Frankfurter Verlagsanstalt, Frankfurt 2009) jedoch kommt Palmer erst im Sommer 43 nach Mailand. Daher folge ich hier der Fiktion.

S. 236: »Deutschland kann … Weg mehr gehen.« Vgl. Heinrich Rothmund: Notiz über meine Besprechung in Berlin. Bern, Ende Januar 1943. Auf: http://www.thata.net/thatabludok26.html (zuletzt aufgerufen: März 2024).

S. 237 f.: »Ein SS-Unterscharführer … Verlust von achtzig Mann«. Vgl. Jungbluth, S. 190 ff.

S. 240: »Übrigens, … als Hauptsturmführer gebracht.« Brief von Konsul Dr. Hans-Otto Meissner, 14. 9. 1942. Berlin Document Center BDC.

S. 259: »Nun kauerte er … Kartoffeln.« Vgl. Hagen Schulze: *Otto Braun oder Preußens demokratische Sendung*, Propyläen, Frankfurt am Main 1981, S. 795.